中国小小说名家档案

冷面杀手

孙方友◎著

吉林出版集团股份有限公司

总 策 划：尚振山
策划编辑：东　方
责任编辑：杨　洋
封面设计：三棵树
版式设计：麒麟书香

图书在版编目（CIP）数据

　　冷面杀手/孙方友著 . 一长春：吉林出版集团
股份有限公司，2010. 4
　（中国小小说名家档案）

　　ISBN 978 - 7 - 5463 - 2832 - 4

　　Ⅰ . ①冷…　Ⅱ . ①孙…　Ⅲ . ①小小说 - 作品集 -
中国 - 当代　Ⅳ . ①I247. 8

　　中国版本图书馆 CIP 数据核字（2010）第 069749 号

书　　名：冷面杀手
著　　者：孙方友
开　　本：710 mm×1092 mm　1/16
印　　张：15
版　　次：2010 年 5 月第 1 版
印　　次：2017 年 6 月第 2 次印刷
出　　版：吉林出版集团股份有限公司
发　　行：北京吉版图书有限责任公司
地　　址：北京市西城区椿树园 15-18 号底商 A222
　　　　　邮编：100052
电　　话：总编办 010-63109269
　　　　　发行部 010-63104979
印　　刷：北京一鑫印务有限责任公司
书　　号：ISBN 978 - 7 - 5463 - 2832 - 4
定　　价：30. 00 元

一种文体和一个作家群体的崛起

——《中国小小说名家档案》序

最近几年，由于工作的关系，我开始接触并关注小小说文体和小小说作家作品。在我的印象中，小小说是一种非常古老的文体，它的源起可以追溯到《山海经》《世说新语》《搜神记》等古代典籍。可我又觉得，小小说更是一种年轻的文体，它从上世纪80年代发轫，历经90年代的探索、新世纪的发展，再到近几年的渐趋成熟，这个过程正好与我国改革开放的30年同步。我觉得这是一个非常有意义和非常有意思的文化现象，而且这种现象昭示着小说繁荣的又一个独特景观正在向我们走来。

首先，小小说是一种顺应历史潮流、符合读者需要、很有大众亲和力的文体。它篇幅短小，制式灵活，内容上贴近现实、贴近生活、贴近群众，有着非常鲜明的时代气息，所以为广大读者喜闻乐见。因此，历经20年已枝繁叶茂的小小说，也被国内外文学评论家当做"话题"和"现象"列为研究课题。

其次，小小说有着自己不可替代的艺术魅力。小小说最大的特点是"小"，因此有人称之为"螺丝壳里做道场"，也有人称之为"戴着镣铐的舞蹈"，这些说法都集中体现了小小说的艺术特点，在于以滴水见太阳，以平常映照博大，以最小的篇幅容纳最大的思想，给阅读者认识社会、认识自然、认识他人、认识自我提供另一种可能。

还有非常重要的一点，小小说文体之所以能够迅速崛起，离不开文坛有识之士的推波助澜，离不开广大报刊的倡导规范，离不开编辑家的悉心栽培和评论家的批评关注，也离不开成千上万作家们的辛勤耕耘和至少两代读者的喜爱与支持。正因为有方方面面的共同努力形成"合力"，小小说才得以在夹缝中求生存、在逆境中谋发展。

特别是 2005 年以来，小小说领域举办了很多有影响力的活动，出版了不少"两个效益"俱佳的图书，也推出了一批有代表性的作家和标志性的作品。今年 3 月初，中国作家协会出台了最新修订的《鲁迅文学奖评奖条例》，正式明确小小说文体将以文集的形式纳入第五届鲁迅文学奖短篇小说奖的评奖。而且更有一件值得我们为小小说兴旺发展前景期待的事：在迅速崛起的新媒体业态中，小小说已开始在"手机阅读"的洪潮中担当着极为重要的"源头活水"，这一点的未来景况也许我们谁也无法想象出来。总之，小小说的前景充满了光耀。

在这样的历史背景下，《中国小小说名家档案》的出版就显得别有意义。这套书阵容强大，内容丰富，风格多样，由 100 个当代小小说作家一人一册的单行本组成，不愧为一个以"打造文体、推崇作家、推出精品"为宗旨的小小说系统工程。我相信它的出版对于激励小小说作家的创作，推动小小说创作的进步；对于促进小小说文体的推广和传播，引导小小说作家、作品走向市场；对于丰富广大文学读者特别是青少年读者的人文精神世界，提升文学素养，提高写作能力；对于进一步繁荣社会主义文化市场，弘扬社会主义先进文化有着不可估量的积极作用。

最后，希望通过广大作家、编辑家、评论家和出版家的不断努力，中国文坛能出更多的小小说名家、大家，出更多的小小说经典作品，出更多受市场欢迎的小小说作品集。让我们一起期待一种文体和一个作家群体的崛起！

中国作家协会党组成员、书记处书记

中国作家协会副主席

中国作家出版集团管委会主任

目 录

作品荟萃

■ 作品评论

■ 创作心得

■ 创作年表

雅　盗

　　陈州城西有个小赵庄，庄里有个姓赵名仲字雅艺的人，文武双全，清末年间中过秀才。后来家道中落，日子越发窘迫，为养家糊口，逼入黑道，干起了偷窃的勾当。赵仲是文人，偷盗也与众不同，每每行窃，必化装一番。穿着整齐，一副风雅。半夜拨开别家房门，先绑了男人和女人，然后彬彬有礼地道一声："得罪！"依仗自己艺高胆不惧，竟点着蜡烛，欣赏墙上的书画，恭维主人家的艺术气氛和夫人的美丽端庄，接下来，摘下墙上的琵琶，弹上一曲《春江花月夜》，直听得被盗之人瞠目结舌了，才悠然起身，消失在夜色里。

　　赵仲说，这叫落道不落价，也叫雅癖。古人云："有穿窬之盗，有豪侠之盗，有斩关劈门贪得无厌冒死不顾之盗；从未有从容坐论，怀酒欢笑，如名士之盗者。"——赵某就是要当个例外！

　　这一日，赵仲又去行窃。被窃之家是陈州大户周家。赵仲蒙面入室，照例先绑了主人夫妇，然后点燃蜡烛，开始欣赏主人家的诗画。当他举烛走近一帧古画面前时，一下瞪大了眼睛。那是一幅吴伟的《灞桥风雪图》。远处是深林回绕的古刹，近景是松枝槎桠，板桥风雪。中间一客，一副落魄之态，骑驴蹒跚而过，形态凄凉。中景一曲折清泉，下可连接灞桥溅溪以助回环之势，上可伸延向窗渺以续古刹微茫……整个画面处处给人以失意悲凉之感！

　　赵仲看得呆了。他由画联想起自己的身世，仿佛身临其境，变成了那位骑驴过客，不由心境苍凉，心酸落泪。不料趁他哀伤之时，周家主人却偷偷让夫人用嘴啃开了绳索。周家主人夺门而出，唤来守夜的家丁。家丁一下把主人卧房围了个严实。

赵仲从艺术中惊醒，一见此状，急中生智抓过夫人，对周家主人说："我只是个文盗，只求钱财，并不想闹人命！你若想保住夫人，万不可妄动！"

周家主人迟疑片刻，命家丁们后退几步。

见形势略有缓和，赵仲松了一口气。他望了周家主人一眼，问："知道我今日为甚吃亏吗？"

"为了这幅画！"周家主人回答。

"你认得这幅画吗？"赵仲又问。周家主人见盗贼在这种时候竟问出了这种话，颇感好笑，缓了口气说："这是明朝大家吴伟的真迹《灞桥风雪图》！"

"说说它好在哪里？"赵仲望了望周家主人，挑衅般地问。

周家主人只是个富豪，对名画只知其表而不知其里，自然说不出个道道儿，禁不住面红耳赤。

那时候赵仲就觉得有某种"技痒"使自己浑身发热，开始居高临下，口若悬河地炫耀道："吴伟为阳刚派，在他的勾斫斩折之中，看不出一般画家的清雅、幽淡和柔媚，而刚毅中透着凄凉的心境处处在山川峰峦、树木阴翳之中溢出。不信你看，那线条是有力的勾斫和斩截，毫无犹豫之感。树枝也是钉头鼠尾，顿挫分明，山骨嶙峋，笔笔外露……"说着，他像忘了自己的处境，抓夫人的手自然松了，下意识地走近那画，开始指指点点，感慨阵阵……

周家主人和诸位家丁听得呆了，个个木然，目光痴呆，为盗贼那临危不惧的执迷而叹服不已。

赵仲说着取下那画，对周家主人说："此画眼下已成稀世珍品，能顶你半个家产！你不该堂而皇之地挂它，应该珍藏，应该珍藏！"

周家主人恭敬地接过那画如接珍宝，爱抚地抱在胸前。

赵仲拍了拍周家主人的肩头，安排说："裱画最忌虫蚀，切记要放进樟木箱内！"说完，突然挽过周家主人的胳膊，笑道："让人给我拿着银钱，你送我一程如何？"

周家主人这才醒悟，但已被赵仲做了人质。万般无奈，他只得让一家丁拿起赵仲开初包好的银钱，"送"赵仲走出大门。

三人走进一个背巷，赵仲止了脚步，对周家主人笑道："多谢周兄相送，但有一言我不得不说，你老兄抱的这幅画是一幅赝品，是当初家父临摹的！那真品仍在我家！为保真品，我宁愿行窃落骂名而舍不得出手啊！"

那周家主人这才恍然大悟，一下把画轴摔得老远，愤愤地说："你这贼，真是欺人太甚！"

赵仲飞前一步，捡了那画，连银钱也不要了，双手抱拳，对着周家主人晃了几晃，然后便飞似的消失在夜色里……

从此，赵仲再不行窃，带着全家躲进偏僻的乡村，用平日盗得的银钱买了几亩好地，白日劳作，夜间读画——读那幅《灞桥风雪图》。

据说，赵仲常常读得泪流满面……

女 匪

民国十几年的时候，豫东一带活跃着一支女匪。队伍里多是穷苦出身的姑娘，而匪首却是位大家闺秀。至于这位小姐是如何沦入匪道的，已无从考究。她们杀富济贫，不骚扰百姓。打舍绑票，也多是有钱人家。

女匪绑票不同男匪，她们大多是"文绑"，极少动枪动刀。先派一位精明伶俐的女匪徒，化装一番，潜入富豪之家当女仆，混上半年仨月，看熟了道儿，定下日期，等外围接应一到，便轻而易举地抱走了人家的孩子。然后托中人送书一封，好让主家准备钱财。

这一年秋天，她们又抱了陈州一富商之家的独生子。那富商是城里的首富，已娶了七房姨太太，方生下这一后嗣。七夫人很有学识，见娇儿被绑，悲痛欲绝，几经思索，便给女匪首写了一封信：

　　我愿意长跪在您面前，哀求看在上帝的面子上，把孩子安全地还给我，免除我的痛苦。我以一个母亲和你同属女性的身份，请你三思。
　　你所做的事对我全家造成了伤害。我要回孩子的愿望比要世界上任何东西都强烈，我愿意为你做任何事来换回我的儿子，请你告诉我你的条件。

女匪首看了这封感人至深的信，很是欣赏，来了兴致，便回信一封：

　　我不愿跪在任何人的面前，我也不愿别人跪在我的面前。我只请求你看在上帝的面上，把我所需要的东西安全地送给我，免除我的人生之苦。我以一个女性的身份，请你理解你我命运的不同！一哲人说：谁都希望不跟着命运走，到头来，命运却又主宰着那么多人！由于命运之神把我推上了匪道，因而我需要生存和向一切富人报复的愿望要比世界上任何东西都强烈！我愿意为你保全你的儿子，请你拿出三千大洋来，于本月×日在我随时通知你的地点接回你的儿子！为保险起见，请不要告诉任何人！

那夫人接到女匪首的信，颇为惊讶！她万没想到女匪首竟也如此知书识礼，文采照人！她产生了想见见那才女的冲动，当下准备三千大洋，等到匪首的通知，亲自坐船去了城东的芦苇荡里。

女匪首并不失约，等观察四下无动静后，便威风凛凛地出现在一只小船上。大红斗篷，迎风招展，于碧绿的青纱帐中，犹如一朵硕大的红牡丹，映衬出眉目的秀丽和端庄。七夫人惊愕片刻，才发现那个曾在她府上当丫环的女匪正逗着她的孩子玩儿，她那颗悬挂的心才落了下来，忙让人亮出大洋，让女匪首过钱。女匪首笑笑，打出一声呼哨，芦苇荡里旋即蹿出一叶小舟，上面有女匪二，各佩枪刀，接过大洋过了数，又箭般地驰进芦苇荡的深处，淹没在一望无际的绿色里。这时候，只见女匪打了一下手势，两船靠拢。那女匪递过孩子，交给夫人。可万没想到，孩子竟不愿找他的生身母亲，又哭又嚎，紧紧地搂抱住了女匪的肩头。

夫人惊诧万分，痛心地流下了泪水，对女匪说："万没想到，你们首先绑走了孩子的灵魂！"

女匪首大笑，说："孩子毕竟是孩子，每个女人向他施舍母爱，他都会得到温暖！尊敬的夫人，这些是用钱买不到的！常言说，生身没有养身重！你想过没有，当你抱走你儿子的时候，我的这位妹妹会是什么样的心情呢？"

夫人抬起头，那女匪正在伤心地抹眼泪，好似有着和她同样的悲哀。

夫人感动了，对女匪首央求："让这位妹子还回我府当丫环吧？"

女匪首望了夫人一眼，说："由于她已暴露了身份，我认为不太合适！你若想让你的儿子快乐地回去，夺回那用金钱买不到的东西，可以在我们这里住上几日。"

七夫人秀眉紧蹙，毅然上了匪首的小舟……

狱 卒

陈州贺老二，老两口都是狱卒，专看死囚。无论男女，只要一犯死罪，剩下的日子统归贺老二夫妇掌管。人之将死，有什么要求，官方尽量答应。所以，贺老二夫妇做的是善事。

贺家原是大户，家道中落之后，贺老二便托父亲的生前好友谋了这个"阴阳差"。开初，是他一个人干，后来突然来了个女人犯了死罪，诸事不方便，经上方批准，妻子也便有了零差。女人犯罪率低，女狱卒多为临时。但无论如何，夫妻俩挣下的银钱也尽能混饱肚子了。

由于贺老二识文懂墨，每遇到死囚有遗言，多请他落个笔记。贺老二自幼写仿，扎下了童子功，所以字很帅。被杀的人多是阳寿不长，自然有话要说。慢慢地，这便成了一条规矩。每有刑事，不等犯人相问，他就端来笔墨纸砚，隔着牢门问死囚：有话留下吗？

这情形就显得悲壮。所以，陈州至今仍流传着一句十分恶毒的咒语：有话你就留给贺老二说去！

这一年，死牢里又关了一名死囚。死囚姓白，叫白娃。白娃很年轻，还不足十八岁。他是城南颍河边人，由于家贫，十五岁就随陈州名匪王老五拉杆子，月前攻一个土寨的时候被官方生擒。因当时正闹捻军，无论大小，无论男女，单等秋后处斩。

白娃赶上了火候，单等秋后处斩。

贺老二就很可怜白娃，觉得他年纪轻轻，又是苦命人，便处处照顾他，他对白娃说："娃子呀，只要你不逃跑，吃啥我给你弄啥！"

白娃哭了，说："大伯，我啥也不想，只想活命！"

贺老二一听犯了难，无奈地说："俺百条都能帮你，唯有这命保不得！

你既然惜命，为何当初下黑道呢？"

白娃泪流满面地说："我从小没爹，是娘苦心巴力把我拉扯大。十五岁那年，远房二叔劝我外出随他做生意，谁知出来竟是干土匪！大伯这次若能救我出去，我饿死也要走正路！"

贺老二同情地望着白娃，许久才摇了摇头说："孩子，晚了！一切都晚了！"

白娃一听，痛哭欲绝，从此不吃不喝，说是宁愿活活饿死，也不愿让母亲看着儿子上刑场！

贺老二好说歹劝不济事，就觉得很犯愁，回到家时，也把不住长吁短叹。老伴见他精神不振，问其原因。他长出了一口气，对老伴说了实情。老伴也是个好心肠，听后也禁不住为白娃担心。

老伴说："娃子就剩下这么点阳寿，总不能让他活活饿死呀！"

"我也是这么想，可就是劝他不醒哟！"贺老二满面愁容。

"都怪你把话说得太死，让他少了盼想！"

老伴嘟囔贺老二说："事情到了这一步，总该想个办法，让他活过这几天！"

贺老二望了老伴一眼，半天没吭一声。他觉得老伴说得有些道理，便开始想办法，想了半宿，终于有了好主意。

第二天，他摊纸磨墨，模仿匪首王老五的口气写了一封密信，大意是说到白娃处斩那一天，众弟兄将化装潜入陈州劫法场……信写好，他让老伴化装一番，伴装是探监，把信卷进烙馍里，偷偷给了白娃，并暗示说吃烙馍的时候要小心，免得噎了喉咙。趁守牢的兵丁不在，老太婆便谎说自己是王老五派来的，暗暗说了劫法场的事，并安排白娃说："王大哥说，要你这阵子养壮身子，到时候省得误事！"

白娃不认得贺老二的老伴，信以为真，偷偷打开馍，果见一信，更是深信不疑。他虽不识文墨，但他从老太婆口中知晓了内容，顿时来了精神，他把那信当成了救命符，贴在胸前，一口气吃了五张大烙馍。

从此，白娃精神大变，猛吃猛喝。贺老二夫妇见他再不愁生死，心中也高兴，想法生点儿照顾他。

白娃吃得白胖。

不久，时近秋月。眼见白娃没几天阳寿了，贺老二特地找到刽子手封丘，安排说："白娃是个苦命的孩子，行刑时千万别让他多受罪！"

为让白娃充满生的希望，临刑前一天，贺老二又派老伴探了一回监。贺妻特地给白娃做了好吃的，悄悄送到牢房，对白娃说："孩子，你终于有了出头之日了！"

老太婆扭脸就落下了泪水。

拉出白娃的时候，白娃精神昂扬，不像别的死囚，一脸阴气。他满面含笑地跪在刑场中央，双目充满希望，在人群中扫来扫去……直到封丘手起刀落，白娃才含笑入九泉。那颗落地的人头倔强地离开了身子，在刑场里滚动了一周——那溅满血花的脸上笑意未减，充满希望的双目仍在人群中扫来扫去，扫来扫去……

绑　票

陈州为老灾区。包公陈州放粮，早已家喻户晓。人穷生歹心，所以陈州多匪盗。

相传陈州南曾有一股强匪，上千人马，为首的名叫牛小个子。牛小个子文武双全，智谋过人，拉起杆子来也不小打小闹，多是囤囵吃大户或是攻城镇。打开一地，财宝抢空，然后开始大绑票。

一般大绑票有两道程序：第一道是摸手。手上有月强者当场放生，手嫩细者上绑带走。到了匪巢，进行第二道试探。先给你端盘鱼送去，偷偷看你是从鱼头开始吃，还是从鱼身上肉多的地方下箸。要是从鱼头吃，就认定你是"肥票"，赎金海得吓人。

这一年，陈州新上任一位知县，姓贾。贾知县久闻这股匪害人不浅，决心要消灭他们。土匪多是神出鬼没，抢完即走，很不好打。若想歼匪，情报很重要。知县筹划几日，决定派手下一名心腹深入虎穴当探子。

被派的人叫马力，年轻力壮，且有一身好武功，在江湖上颇有名声。马力接了任务，化装一番，开始去寻匪入伙。

几日以后，马力被两个匪徒带进了匪巢。牛小个子让人给马力去掉勒布，走上去围着马力转了一周，笑道："老弟吃过官饭？"

马力点了点头。

"为何放着金碗不端，来这里受委屈？"

马力便用提前编好的理由回答了牛小个子。牛小个子听后笑笑，双目盯着马力说："那好，既然山穷水尽，那就别再留后路！请你说出住址，把家中亲人全搬来！"

这下可难住了马力。他家中上有老下有小，若一齐被搬进匪巢，自己哪里还有退路？别说贾知县交的任务难以完成，怕是自己还真得误入匪道哩！可事到如今，不说又难以过关。马力一咬牙，便说了。

牛小个子让马力写了家书，当下挑选出五六个精干的匪徒，化装一番，连夜出发，不几日便接来了马家老小。

马力的父亲见儿子入了匪道，气得七窍生烟，不吃不喝，马力有苦说不出，只是叹气。马力的妻子很贤惠，像是非常理解丈夫的苦衷，劝马力说："家中有我，你放心去吧！"

当天夜里，牛小个子与马力喝血酒。酒过三巡，只见牛小个子一挥手，从屏后窜出来几条大汉，把马力绑了。

马力疑惑地望着牛小个子，不解地问："大哥，这是什么意思？"

牛小个子笑笑，呷了一口酒说："请小弟先委屈几日！这一回，要看那贾知县是如何待你了！"说完，修书一封，对一匪徒说："把此信速投陈州县衙，就说我绑了马力一家大小的肉票，让贾知县三天之内出钱赎票！"

贾知县接到书信，气得七窍生烟，一看价钱，大得吓人。想了想，觉得这事儿挺丢人，便按下不讲了。

限期转眼即过，却不见贾知县派人回信，牛小个子让人押来马力，亲自松绑，说："看来贾知县怕丢乌纱帽，不要你了！老弟日后咋办？"

马力双膝跪地，双手抱拳道："跟随大哥，在所不辞！"

牛小个子扶起马力，说："今晚就由你把那鸟贼绑来！"

当天晚上，马力领着一股强匪悄悄潜进县城，半夜时分，跳入县衙，仗着地形熟悉，不一时便绑住了贾知县。

出县城十余里，是一片小树林，马力让人止了脚步，然后走近贾知县，问道："知道我是谁吗？"

"你是马力！"贾知县平静地说。

马力摘下面罩，愤愤地问："我一家大小遇难，你为何见死不救？"

"我两袖清风，哪来的银钱？"

马力冷笑一声，说："你瞒得过我吗？"

贾知县面呈灰色，再也没话。

到了匪巢，牛小个子大步上前，给贾知县松了绑，恭敬地说："大人抱歉，如此请您驾到，实则出于无奈！"

当下，牛小个子私下摆了酒席，说是给知县压惊。酒过三巡，牛小个子说："贾大人施政陈州，实为地方父母官！牛某误入黑道，还得请大人日后多给方便！"

贾知县望着刀光闪闪的匪巢，万般无奈地点了点头。

牛小个子让人取出笔墨，摊在知县面前，笑道："空口无凭，以此为证！"

贾知县迟疑片刻，终于掂起了狼毫。

贾知县写完，按了指押，递给了牛小个子。牛小个子看了一遍，说："大人若日后反悔，可别怪牛某不客气！"

贾知县笑笑，说："能伸能缩乃大丈夫！我乃一方父母官，尔等皆属我辖下黎民，虽手段不当，但总是为了养家糊口吧？"

牛小个子大笑，当下放了贾知县。

马力闻之，惊诧不已，急急找到牛小个子，不解地问："大哥，好不容易抓了肥票，为何又白白放了？"

牛小个子拍了拍马力的肚子，拿出贾知县的亲笔，递给了马力，说："请他来，为的是日后互给方便！"

马力看完字据，目瞪口呆，禁不住骂道："真乃是一个狗官！"

"何止一个！"牛小个子说着打开柜子，一把抓出一沓儿，凛凛地说："这都是周围几个县数任大人的亲笔，你饱饱眼福吧！"

马力直看得浑身发冷，面色发白，最后一拍桌子，仰天长啸："原来如此！"

牛小个子笑笑，拿起那沓儿"字据"，递给马力说："贤弟误入黑道，气得令尊大人几日不吃不喝！你我劝他不醒，只得靠这些了！"

不久，牛小个子病逝，马力便当了匪首。马力掌权之后，专抢富豪和官府，连连杀了十多个官员。后来李自成入关，马力便率部归随了起义军。再后来，马力战死沙场。

据《陈州县志》记载，马力死时年仅三十六岁。

马力死后，陈州百姓捐钱为他立了一块碑。后来清兵入侵，那碑又被推倒了。

再后来，连墓也找不到了！

师 爷

师爷为人捉刀，总怕遭报应，怕那些死在自己手里的冤鬼前来索命，他们常常夜里做噩梦，白天精神恍惚，梦见和恍惚看到死者前来报应，有的甚至惊吓而死。

老师爷对小师爷讲述办事之经验，说是诉讼要想叫原告胜时，就说他如不真是吃了亏，是不会来打官司的，要想叫被告胜时，便说原告率先状诉，可见健讼。如果长幼相讼，责年长者曰，为何欺侮弱者，则幼者胜，责年幼者曰，若不敬长老，则长者胜——这就是所谓的"师爷笔法"。这种"师爷笔法"多是绍兴师爷创造，在清朝中后期曾经相当流行。有了这种"师爷笔法"，便有了"衙门深似海，弊病大如天"、"公堂一点朱，下民一点血"、"冤死不告状"等等饱含着人民血泪的俗谚，也有了师爷的"轮回报应之恐惧。"师爷精神上所以出现病态，是他们的笔刀、苦嘴、辣手酿出的苦果，是他们造下的罪孽的报偿，是封建社会幕僚制度弊端的折射。联想"文革"中的无限上纲，诛心之法，更是觉得"师爷笔法"三味——这是很耐人寻味的。

但师爷也有正直的。

清咸丰年间，陈州县衙师爷柳先觉就是一个例子。

柳先觉虽不是绍兴人，但同陈州周围几个县的"绍兴师爷"很熟。经他们介绍引荐，柳先觉就展转到了陈州当了师爷。

其实，这柳先觉就是陈州人。

柳家为乡间一般人家，自幼读书，天资聪慧，机智而有辩才。十几岁就能给人写诉状。

其语言精炼，逻辑严密，无懈可击。有一次甲告乙的羊啃甲的麦苗，县太爷一看十分恼火，准备重判乙的罪，但一看辩辞，又觉得不妥。辩辞上写着"……实冻腊月，地冻如铁，镢头镢不动，羊能吃麦吗？"太爷一想有道理，结果判甲为诬告罪。甲心中不服也找柳为其写辩辞，呈给老太爷，太爷一看辩辞写道："气呵呵，蹄趴趴，一口麦疙瘩；前腿趴，后腿蹬，羊啃麦苗如拔葱。"太爷觉得辩辞说得很有道理，就问甲乙二人的状子是谁写的。二人都说是柳先觉，太爷心中有点火气，派人去把柳先觉叫来。太爷想这人一定是个老学究，谁知来到大堂的却是一个十八九岁的青年。太爷向柳提出一连串难题，想难倒柳先觉，不料柳先觉对答如流。县太爷看难不到他，觉得很丢面子，叹气道："你如此才华毕露，何时能坐到我这个位置上？"

这句话对柳先觉打击很大，回家本想发奋读出功名，不想家中却供应不起了。万般无奈，只好外出谋职。他先在皖地一个县里当师爷，几年后，才展转回到陈州。

柳先觉回到陈州的时候，当初那位刺激他的县太爷已经调离，眼下的陈州知县姓林，叫林士奥。林知县也很年轻，只比柳先觉年长一岁，算是新榜进士，刚放任陈州不久。更令人奇怪的是，两个人不但岁数相当，长相也相差不多，无论从个头胖瘦脸盘眼睛都有些相像之处，猛一看很像弟兄俩。所以这林士奥很乐意柳先觉当师爷。他说两个年龄相差不多长相又有点似亲兄弟的年轻人在一起总会要有许多令人高兴的事儿发生。

果然，柳先觉应聘之后，两个人谈得很投机，对某个案件的看法也很容易取得一致。一般当师爷，多愿意碰上昏官，而林士奥，却是一位正直的清官。有一天，柳先觉对林士奥说："你若是昏官，我才有机会吃了原告吃被告。现在不行了，你一下阻了我的财路！"林知县笑道："这你就不懂了，若是昏，他定贪钱财，你虽然吃了原告和被告，但还得孝敬当权者，这就使所得的银两有了水分！而今你碰上我，若想吃原告或被告，一定是纯利喽！"柳先觉说："我原来跟人当师爷，总能得些外财，今日碰上你，所剩积蓄眼见要吃光，看来我要当穷师爷了！"林士奥想想也是，说："想涨薪水要明说，何必兜圈子呢？"说完，二人大笑不止。由于两个人学识、脾气相投，所制造出的环境极其宽松和自由。反过来，这种环境又陶冶了他们，使他们很卖力地去做事情。也就是说，经过努力，林士奥的清官名声日益增高。由于名声喊了出去，就成了某种制约和追求，促使着林士奥更加严格要求自己。柳先觉身为师爷，跟着啥人学啥人，也慢慢走出了"绍兴师爷"的怪圈，成了两袖清风坚持正义的好师爷。

二人极受陈州人青睐。

这时候，洪秀全在金田起义，成立太平军。北方捻党借机行事，纷纷响应。1852年张洛行在亳州聚众起义，迎接太平军北伐。1855年，各地捻军首领于涡阳举行会议，推张洛行为盟主，以涡阳为中心，建国号"大汉"，称"大汉明命王"，分白、红、黑、蓝、黄五色旗统领各军，扩充地盘。他们西征的第一要镇就是陈州城。

可惜，张洛行们碰上一块硬骨头。

这当然功归于林士奥的廉政。陈州人很明白，无论何人当政，碰上一任清官总是不易的！当初陈胜建都陈州，并未给陈州人带来什么好处！倒是清官包拯曾几次救助陈州人于水深火热之中！所以，陈州人很有清官意识。他们不听你如何许愿而是要看现实，任你花言巧语他们只是拭目以待。捻军就吃了这个亏，尽管他们竭力宣传推翻清政府建立新政权有如何如何的好处，但陈州人不信，他们只信林士奥的，因为林士奥执政陈州几年陈州人感到心情舒畅，于是随着林知县的令下全城军民同仇敌忾，坚守城池，阻住了捻军西进周口的要道。

捻军首领张洛行很是恼火，他做梦未想到西征第一仗会打得如此糟糕，大伤了起义军的士气。

张洛行调集了红、白旗主力部队，扬言要活捉林士奥，血洗陈州城。

战斗打得很苦，一连打了半月有余，由于朝廷援兵不济，陈州城内断水断粮，终于寡不敌众，难以再守。林士奥派人送出信息，对张洛行说，只要不杀陈州百姓，他愿意任捻军随意发落。

张洛行为顾全大局，答应了他的条件。

林士奥整衣扶冠，走出县衙，给陈州百姓叩了三个响头。不想陈州百姓一下跪倒，阻住了林士奥的去路，他们说甘愿人头落地，不愿父母官为民殉身！

陈州城一片号啕。

林士奥感动得泪流满面，说自己一人何足挂齿，身为父母官，决不能让自己的百姓再遭涂炭！可是，陈州百姓越聚越多，跪满了几道街，任林知县苦口婆心地解释劝说，众人仍是长跪不起。

望着这感人肺腑的场面，柳先觉感到报答林士奥知遇之恩的时候到了，便说："大人，让我替你前行吧？"

万般无奈，林士奥只得答应了柳先觉。

柳先觉换上官服，化装成林知县模样，让人系下城楼，然后大义凛然地走进了张洛行的大帐。柳先觉原想替林士奥舍命救百姓，不料这张洛行极爱人才，竟不计前嫌，设宴招待"林青天"，并执意留他在起义军内当谋士。

这一下，柳先觉傻了眼，如不答应，张洛行会当即变卦血洗陈州；如果答应，林知县便成了"降官"，肯定会身败名裂！怎奈又不能说破，更没办法向林知县请示，而张洛行已高举酒杯，单等与他碰杯庆贺——万般无奈，柳先觉只好代替林士奥答应了张洛行，参加了起义军。

清政府虽然援兵不及，但有关这方面的情报却十分灵通，一时间，陈州知县林士奥投降捻军的消息便传遍朝野。张洛行为鼓士气，更是大肆宣扬，并写了奏折报呈到天王府为林士奥讨官职。林士奥做梦未想到会是这种结局！他原想如果柳先觉代替自己为陈州百姓牺牲，事后必将奏明皇上追封柳先觉为英雄。这下可好，一转眼自己竟从正七品官变成了"降官"！想来想去，就觉得自己无论如何也难以说清！又加上平常两袖清风，没"喂"一个可靠的后台为自己辩解，就觉得仕途无望，便身背叛名，改名换姓隐藏了起来。再后来，捻军失败，柳先觉被活捉押解陈州，审讯他的正是当初说他"才华毕露"的那个陈州老知县。老知县姓田，早已由正七品升为五品，任知府。知府田大人还记得同僚"林士奥"，问他当初为何要投降捻军？那时候的柳先觉已升为捻军的领导人之一，但他一直隐名埋姓，用的仍是"林士奥"的名讳。由于时间长了，他把自己也真的当成了"林士奥"，直到看到姓田老父母官，才突然想起自己是柳先觉。由于想起了自己是柳先觉，也随即想起了这姓田的当初说的那句话，笑了笑说："老大人，你可记得有一个名叫柳先觉的人？"

田知府想了想说："记得！那柳先觉年轻气盛，才华毕露，成不了什么大器！"

柳先觉笑道："大人，实不相瞒，我就是那不能成大器的柳先觉！当初为拯救陈州百姓，由我柳某人化装成林大人与张洛行会面的！原想留一世英名，杀身成仁，不想那张大帅非但不杀我，还委以重任，实乃是沾了"林青天"的光呀！"

不想田知府听后并不惊讶，面色愈加冰冷地说道："你说的这些老夫早已知晓！当初林士奥答应你当替身乃是最大的失策！若真的林士奥走进了张洛行的大帐，他是决不会投降，背叛臣之罪名的！你知道吗？就因为你如此草率地糟蹋别人的英名，那林士奥至今潜逃在外，并遭到家灭九族之严惩，死了200多口人呐！"

柳先觉如炸雷击顶呆然如痴。

"记得当初我说过一句刺伤你的话，你还觉得挺委屈！自古民有民俗官有官道，你没坐到过我这里，不知官之利害！大清皇上的乌纱，戴上如箍，摘去流血！当初你虽然与林士奥长相相仿，并穿上了官服，戴上了花翎，但骨子里只是一个朱笔师爷的素质和教养，所以才害人害己呀！"

柳先觉听得面色惨白，心如滴血，禁不住仰天长啸："林大人，小人对不起您呀——"言毕，"扑通"跪地，给田大人磕了几个"血头"，哭喊道："田大人，今日我死已定，只求能为林大人正名呀！"

田大人望了柳先觉一眼，冷笑道："你说得轻巧！若为林大人正名，那皇上的脸面往哪儿搁？官场之事，清楚不了糊涂了，你二人也只好将错就错了！"

柳先觉哭天无泪！

几日后，开斩叛官"林士奥"。陈州人不忘'林青天'的恩德，也不忘柳师爷的勇敢，十里长街，如下了酷雪。

直到那一刻，柳先觉才觉得自己不枉来世一遭儿！

那一天，真正的林士奥也化装进城来看"自己"被斩。望到十里长街的情景和血染刑场的惨状，百感交集，大病了一场，差点儿送了性命……

霸王别姬

颍河乡的书记郑张来省城开会，想借机请一请在省城工作的颍河老乡，联络联络感情，要他们多为家乡人办些事情。他把这个想法与在省政府当财务科长的吕强一说，吕强说你这父母官请客，哪个不来？郑张说你看放哪儿合适？吕强说就在"天然居"吧，那里有一道好菜，叫"霸王别姬"，很招人。

接着，吕强给郑张介绍说，这"霸王"是老鳖，"姬"为"小母鸡"。老鳖不是人工养殖的那种，是在湖河中自然生长的那种。小母鸡为"柴鸡"，而且是正在下蛋的"少妇鸡"。做法为传统工艺，先把活鳖放在笼屉里加温，笼为特制笼，周围有圆眼儿，开始用纸糊了，温度一高鳖发渴，找地方儿换气，便把纸拱烂，头从眼儿里伸出来，赶巧外面有备好的佐料水。鳖将佐料水吃进五脏，排出去原有的废物，几经"清蒸"，鳖让体内吸足了"佐料"，然后开始杀鳖。清蒸的鳖高傲地将一足踏在卧地的"玉姬"身上，构图给人一种悲壮感，由鳖与人联想起失败的英雄末路状。味道不但独特，而且美妙无比。只是价格特高，"霸王"卖到500元一个，一个上斤重的鳖与一只3斤重的小母鸡组成的"霸王别姬"，至少近千元。郑张说既然请了，就不能丢份儿，那就上"天然居"吃"霸王别姬"。第二天中午，该请的老乡一个个走进了"天然居"。吕强订的雅间叫"紫光阁"，服务小姐是个很清秀的小姑娘，胸前的号码为8号。8号小姐看到郑张时怔了一下，然后陪着笑脸喊先生，礼貌相让。吕强像是常来这里，对宴会的道道很熟悉，指使小姐弄这弄那，喝什么茶，抽什么烟，全由他张罗。因为十几个人都是颍河人，又全说家乡话，室内就充满了颍河气息。

8号小姐拿过菜单，要郑张点菜。郑张将菜谱递给吕强，说："吕科长，您先点。"吕强说："一人点一个。"郑张说："那我就点霸王别姬吧！"众人大笑。吕强说："父母官，说鸡不带吧。"郑张这才悟出自己失言，面色红了一下，笑道："霸王别姬，霸王别姬！下面挨个儿点。"众人一人点了一个后，又由吕强做"总结"，几热几凉几个汤，喝什么酒，要什么饮料，一笼说了，最后对那8号小姐说："要快！"

不一会儿，凉菜热菜开始陆续上桌。酒是家乡酒：宋河粮液。众人虽同在省城，但平时都各自忙自己的工作，也并不常见面，借此机会，叙说友情，禁不住乱给家乡父母官敬酒。郑张很高兴，说是自己在诸位的家乡问事，请诸位多多关照。谁若有什么事情，只要一个电话，兄弟一定照办。众人同时举杯，齐声说好说好说！话落音，都干了。郑张放下酒杯，问8号小姐说："霸王别姬怎么还不上？"

8号小姐急忙解释："先生，今日客多，点霸王别姬的人也多，大师傅做不及，请诸位原谅！"

过了一会儿，仍不见上"霸王别姬"，郑张又问："怎么还不上那道大菜？"

那小姐又急忙解释说："先生，请你别慌，我这就去催！"8号服务小姐说完，急忙到门外叫来传菜小姐，悄声说着什么。

眼见酒席就要结束了，仍不见上"霸王别姬"，众人都禁不住面露急色。郑张更是耐不住，斥问那小姐说："到底怎么回事儿？"

小姐也有些慌恐，急急出去，不一时又急急回来，抱歉地说："先生，实在对不起，今日的'霸王别姬'已缺料了！"郑张一听变了脸色，"忽"地站起，怒目那小姐说："我们早早订桌，又早早报了'霸王别姬'，你推三说四，一直不上，现在竟说卖完了！搞什么鬼？"

众人也深感受了愚弄，纷纷指责8号小姐。吕强口气很硬地说："叫你们老板来！"一听要叫老板，8号小姐懵了，苦苦哀求说："诸位先生，你们千万别让老板来，老板一来我就要被炒鱿鱼！实言讲，我压根儿就没给你们报这个菜！"听8号小姐如此一说，众人都怔了。郑张不解地问："你为什么不报？"没想那8号小姐竟跪了下来，哭着说："郑书记，我没什么意思，只是想让你省点儿！"郑张呆了，怔然地问："你怎么知道我姓郑？"8号小姐说："我就是颍河乡的人，来省城打工才两年！"这一下，全场静极，十几个科级处级干部齐刷刷望着跪在地板上的小老乡，惊诧万状，许久许久没人说话……

捉鳖大王

陈州多湖，湖内多鳖，屡捉不尽，便造就出一批捉鳖能手。刘二就是远近闻名的捉鳖大王。

世间凡是称王者，必有绝技。刘二捉鳖，一是眼真，二是手准。他先把自己变成了一只"鳖"，知其行，懂其道，手到擒来，可谓神奇之极。

鳖，食居有规律。夏天浅水滩，冬天暖水窝。夏天头仰起，秋季头朝里。刘二能按照不同的季节寻出那仅露一点儿的鳖头或鳖鼻——冬春二季寻鳖鼻，夏秋之际找鳖头。有人说他能闻出鳖味儿来，相传有所失真，但无论冬夏春秋，皆逃不脱他的火眼金睛这一点儿无疑。鳖还有向阳向绿之脾性，更有"两不卧"之习——不卧污泥窝，不卧石头窝，一般爱卧在清水浅沙处和多螺蛳的绿色水草下。一旦看准，刘二就蹑手蹑脚。出手如箭，一举之劳，鳖便成了瓮中之鳖。

刘二能日捉几十只，自然称得起"王"。

鳖称团鱼，又叫甲鱼，味鲜美，能壮阳延寿。吃鳖吃鲜，死鳖吃不得。尤其被蚊虫叮死的更不可食。因而有捉鳖难放鳖更难之说。刘二家特备养鳖池，池内有浅沙。捉了便放进去，冬夏皆有鲜货。

刘二不但卖鲜团鱼，也出售团鱼汤。刘氏团鱼汤，肉色鲜活，味美别致，堪称陈州一绝。刘氏团鱼汤不在街上出门面，更不挂招牌，只在家中做。若有人前来定汤，他便到鳖池内捉出一只，用草戏出鳖头。一刀剁了，放入热水中，煺去鳖衣，掀开鳖甲，取出五脏，只留苦胆。刀解数块后，把胆汁搣进肉里，然后爆炒。等五味"吃"进肉中，方添水烧汤，顿时满屋异香。

据传鳖之最贵处便是这股异香和鳖裙，因而刘家人皆长寿。

大凡来陈州的官员或贵客，除去品尝蒲根儿外，更不忘喝一顿刘氏团鱼汤。每每酒过三巡，刘二便按时送来了鲜汤。客人盛情不过，敬酒三个。刘二也不客气，一气喝干，双手抱拳晃一周说："见笑！"然后便端起托盘出门，并不急走，直等满棚赞叹声起，方心满意足回家忙活。

刘氏生意极红火。

这一年，陈州沦陷。一日本大佐听说刘二汤绝，便派人命令其日送一汤。刘二应下，做了，端汤直送宪兵队部。那大佐正在院里纵使狼狗撕一个女人的衣服。那女人惧怕地惊叫着。大佐哈哈大笑，双目放出淫光，直盯那女人雪白的奶子……刘二面色苍白，双腿禁不住地打战，鳖汤溢了一托盘。

日本大佐见刘二送汤来了，便止住了狼狗，放刘二进了他的卧室。刘二余惊未消地放了汤，正欲回走，突然被大佐喝住。那大佐的鹰眸时而盯汤，时而盯着刘二那苍白的脸，突然冷笑一声，命人从食堂内端出两只碗，把鳖汤一分为二，指着其中的一碗命令刘二道："你的，先喝！"

刘二擦了一把被吓出的汗水，端汤先喝了。好一时，大佐方喝，喝毕，伸出拇指对刘二说："汤的大大的好！你的良民大大的！"

刘二如万针刺心。

即日起，刘二每天皆来送汤，照例是一分为二，他先喝，大佐后喝。

大佐喝过鳖汤，精力旺盛，杀人作乐，强奸妇女，无恶不作。

街人大骂刘二，说他用鳖汤养肥了一只狼。这只狼杀人成性，南京大屠杀时曾砍卷刃三把柳叶刀。刘二对狼如此孝敬，可见是一条没有血性的巴儿狗！

此后，再没人去刘家订汤。

刘二有苦难诉，仍得垂着眼皮去送汤。每日一次，从不敢怠慢。

这一天，刘二照例前来送汤。大佐照例一分为二，刘二先喝，大佐后喝。没想半夜时分，大佐七窍流血，一命呜呼。宪兵队第二天才发现大佐身亡，便火速捉拿刘二。谁知到了刘家，刘二也早已七窍流血，命丧九泉了……

据陈州人说，刘二为寻这种慢性剧毒药，曾送人二十只大团鱼。

刺 客

旧世道，陈州城有不少专业刺客，多是些武艺高强、智谋超群的人物。江湖上，刺客分两种：一种为"黑刺"——只要有人给钱，杀人不论青红皂白；一种为"官刺"——专杀官府追捕的政治要犯、江洋大盗或其他非杀不可的人物。往往是先贴出画像，然后扬言悬赏多少多少银两。刺客怀揣画像，四处寻觅，得之首级，到官府领赏钱。

城南尚武街有个叫仇英的人，就是远近闻名的"官刺"。

据传仇英上无兄下无妹，五岁成孤儿，六岁随舅父习武，练得一身好武艺。尤其轻功，堪称一绝。飞檐走壁，如履平地。

因为仇英有了名声，所以官府每逢遇到难以捉拿归案的罪犯，多请他去行刺。

这一年，陈州城东出了一个大盗，名叫盖天。盖天为"孤贼"，行窃从不与人搭伙，多是独来独往。这种人胆大包天，行动诡秘，且又多是极难对付的人物。盖天也曾被官府捉拿过几回，皆因看管不严又让其逃之夭夭，上面公文早已下达，说盖天专盗官府，死有余辜。陈州知府请来仇英，出银千两，要他为官除害。仇英见过盖天，不需画像，便携剑出发了。

经过一个多月的明察暗访，仇英终于摸清了盖天的踪迹。原来这盖天极狡猾，他深知官府正四处捉拿他，许多人决不会想到他竟敢在家中过夜。盖天利用众人之错觉，可谓是在"敌人眼皮底下"打鼾了。一日深夜，盖天作案后消失在夜色里。仇英紧紧追赶，到了一个小村落，只见盖天进了一个破落小院。仇英知道这是盖天的家，便飞身过墙，匿在暗处。小院儿不大，三间破草屋一间小灶房。天黑得伸手不见五指，好一时仇英才辨出方位。只见盖天待在屋前，久久不动。后来刚要进屋，又突然回头，警惕四望，见无可疑之处，才开门走进房内。仇英正欲前移，突听房门又开，那盖天执剑而出，东跳西蹦，如遇劲敌。仇英倒吸凉气，心想这盖天果真非寻常之辈。

过了一时，盖天像是稳定了惊慌，悄然进屋。仇英见时机成熟，飞一般贴在了门口处，故意弄出了响动。那盖天像是在门后专候，"忽"地开了房门，利剑猛然出击，接着涌出一团黑影。仇英认为是盖天挥剑而出，正欲行刺，又怕中了盖天的奸计。正在迟疑瞬间，不料盖天从窗户里穿出。仇英急中生智，悄然卧倒在那团黑物上。

盖天四下寻觅，竟没发现仇英。仇英贴在盖天扔出的被褥上，大气不出，伺机杀戮。果然，那盖天见无动静，就要抱回被褥进屋的当儿，仇英挥臂出剑，旋下了盖天的脑袋。

热腥的气息使仇英蹙了一下眉头，他急忙取出包单，包了盖天首级，正欲出走，突然听得室内有人叫"天儿"。顺音望去，原来是一位老太婆，颤颤抖抖地从里间摸了出来，口中轻声呼唤着"天儿"，双手如摸象般朝前探着路。

仇英心想这大概就是盖天的盲母了！他怔然片刻，急忙放了包单，轻轻拉开盖天的尸体，然后开门，点燃了蜡烛。

盖天的母亲听到响动，问道："天儿，你又做事了？"

仇英不敢吭，打开盖天带回的包儿，内里除去金银之外，竟还有几个热包子。仇英走上去，把包子递给了老太婆。老太婆接过包子，狼吞虎咽地吃了，又斥问儿子道："你几回发誓洗手不干，为何又干了？"说话间，老太婆的面部严肃如冰。

仇英仍是不敢搭话。

"你说?!"老太婆抖抖地看着"儿子"，严厉地追问。

仇英觉得很心酸，好一时才说："大娘，我是盖天的朋友！盖天出了远门，一时半会儿回不来，他让我来照料您老人家！"

老太婆怔了一下，许久，才叹气道："怪我一双盲眼，错怪了客人！盖天九岁丧父，我苦心巴力拉巴他，不料他却走了邪路！我好寒心呐！"

言毕，老太婆抹了抹泪水，又说："你要好生劝劝他，让他改邪归正！"

仇英就觉得双目有些发潮，满口答应，并说从明天起由他派人给老人送吃喝。拜别老人，仇英悄悄扛起盖天的尸体，埋在了村外的乱坟之中，然后跪地，告慰盖天的在天之灵，说是一定会照顾好他的老娘！

第二天，仇英去官府交过盖天首级，领了赏钱，然后派人照天给盖天的盲母送吃喝。

一日，仇英又追杀一个要犯路过盖天所住的村子，天已大黑，他就想去看看老太婆。盖天的母亲非常高兴，感激地拉过仇英的手，抚摸良久。她摸索着给仇英铺了床，对仇英说："孩子，盖天不在，这些日子多亏你呀！"仇英谎称自己早已和盖天哥哥插过香，盖天的母亲也就是自己的母亲！接着，他动情地说："大娘，孩儿自幼无娘，您老就是俺的亲娘！"盖天的母亲哭了，许久才止了啜泣，对仇英说："能让我摸摸你的剑吗？"仇英抽出宝剑，递给了老太婆。老太婆接过剑，先摸了摸，又在眼前晃了晃，然后放在鼻下嗅了嗅，突然飞身而起，立了一个门户，挥剑直出，非常准确地削了蜡烛，室内顿然一片黑暗。

仇英大惊失色，他做梦未曾想到老太婆的剑法如此娴熟！他急忙闪到角处，躲着寒光闪闪的利剑。老太婆舞剑如雨，飞剑如网般罩得仇英动弹不得，且剑尖每次都能准确地在仇英的胸前撩一下。仇英的胸前"刀痕"累累，布屑儿飞舞如雪。仇英吓白了脸，正欲想法逃脱，不料那剑已压在了他脖颈处。老太婆像有千斤臂力，压得仇英大气不敢出。

老太婆怒气冲冲地说："一切我都非常清楚，是你害死了我的儿子！我儿子虽然不规，可他在我面前是个孝子！他虽为强盗，可没害过黎民！你为虎作伥，专为官府刺杀无辜，我岂能容你！"

仇英痛苦地闭了双目。

许久，那剑竟松松地落了下来。老太婆收了功夫，放了宝剑，摸索着坐在床上，无力地对仇英说："你走吧！想你自幼无娘，又是一个良心不灭的壮士，我饶你一条性命！"说完，老太婆取出一件新袍子，撂给了仇英。

望着双目失明的老太婆一针一钱摸制出的袍子，仇英像是第一次饱尝了母爱！他禁不住热泪横流，"扑通"跪地，叫了三声亲娘，然后将剑入鞘，深情地说："娘，从今以后，我就是您的亲儿子！"

老太婆痛哭不已。

仇英郁闷地走出村庄，禁不住又回首观望，突然发现盖天家火光冲天。他大吃一惊，飞身回奔，急急翻过墙头，扑向三间草房。

门，已上了闩。

仇英大喝一声，夺门而进。火光之中，只见老太婆双手合十，正襟危坐。仇英哭叫着亲娘，冲上前要背起老太婆，老太婆岿然不动。

仇英深知自己的功夫远不及老太婆，便拔出剑来跪在老太婆面前，哭着说："娘，请您赐儿一死！"

"你走吧！"老太婆冰冷地说。

"娘若不走，孩儿愿陪娘一同化为灰烬！"

……

许久，老太婆终于抱过仇英，母子二人恸哭不止。

四周一片火光……

狼狈为奸

陈州大土匪季三太是个瘫子，但有一手好枪法，双手使匣枪，一打一个准。由于没了双腿，就让一个大汉背着他。那大汉姓赵，叫赵九。赵九腿长，跑如飞，又有一身蛮力，背着季三太打家劫舍，做过不少恶事。

季三太原来在军队里当兵，是有名的神枪手，一次战斗中，被炸断了双腿，退役回家后，就当了土匪。开初他只是在路旁劫路，后来就雇用了赵九。他第一次爬上赵九的肩头，扬手打了一只飞鸟，又扬手打断一根电线，对赵九说："你若背叛我，是逃不出我的手心的！你的腿再快，但快不过我的子弹！"

赵九说："只要你好好待我，我永远也不会背叛你！"

季三太说："这个当然！"季三太果不食言，自己有什么，也给赵九弄来什么。二人合当一个匪首，率领百十号人马，凭着赵九的腿，季三太的枪法，打出了一片天地。

有一次，季三太抢来了一地主的小老婆。那女人年不过三十，长得十分妖艳，季三太对赵九说："九弟，平常我什么都与你平分，唯有这一次要委屈你了！"赵九也十分喜欢这个女人，对季三太说："大哥，我啥都可以不要，唯有这个女人你要让我！"季三太当然不愿意，拿起了枪说："我喊一二三，请走出我的卧房！"赵九不甘示弱，说："我要不走呢？"季三太冷笑一声说："那我就打死你！打死了你我可以再找人背我，而你不会打枪，光凭两条腿是不能当匪的！我再说一遍，你的腿再快也没有我的子弹快！"

赵九无奈，恋恋地望了那女人一眼，只得怏怏而去。

季三太知道赵九与自己分心，就另选了一名土匪当"腿"，解雇了赵九，只让他在伙房里当伙夫。赵九从匪首的位子上一下跌到了伙夫的地位，很不服气。每回季三太外出，他就在家对那小女人百般献殷勤。一来二去，二人有了感情，赵九就背着那女人逃跑了。

季三太抢劫回来不见了赵九和女人，心中很是懊悔自己手软，低估了赵九，让他钻了空子。他马没歇鞍，就命"腿"背他去追赵九。新选的"腿"叫王周，年轻腿长，不一时就追上了赵九和那个女人。季三太先鸣枪警告让赵九放下那女人，不然就打断他的双腿。赵九哪里肯依，快跑如飞，季三太愤怒至极，向赵九开了枪。为不伤那女人，季三太单瞄准赵九的双腿打。可不知什么原因，连连打了数枪，皆未击中赵九。季三太觉得很奇怪，问背他的年轻土匪王周说："我一向弹无虚发，为何打不住赵九？"

王周已累得大汗淋淋，喘吁着说："大哥，你别忘了，赵九曾是你的腿，你平常如何打枪，他已熟烂于心，于下意识中就可以躲你的子弹！"

季三太一听，很是震惊，又试了两枪，果然又被赵九无意识中躲了过去。季三太急中生智，对王周说："停下来！"王周忙止了脚步。季三太稳了一下情绪，瞄准赵九飞舞的双腿，"当当"两枪，赵九就应声倒了下去。

一看赵九倒了下去，王周大吼一声，一下把季三太撂了丈余。季三太被摔得头破血流，挣扎着爬起，向那王周开枪射击。王周躲过飞来的两颗子弹之后，对季三太说："大哥，你两把枪里头十二颗子弹，已经打光了！"

季三太再扣扳机，果然没了子弹。

季三太惊慌失措，急忙往腰里摸子弹，可腰里已没了子弹带。

王周手拎着子弹带朝季三太晃了晃说："别找了，子弹在这儿！"说完，突然从腰里掏出一把手枪，推上膛，对季三太说："赵九太老实，只愿当狈，不愿当狼！为了一个女人，你却失去了他对你的忠诚！马上没有了狼，狈要称大王！"说完，勾动扳机，一枪结束了季三太的性命，然后从地上扶起那女人，为她打打身上的土，很自然地背在了身上，对断了腿的赵九说："赵九兄，得罪了！你可知道，为收拢你们这支队伍，我家主人可算是费尽了心机！"

赵九恍然大悟，愤怒地说："怪不得你们能追得上，原来是这女人丢了暗号！"

那女人"咯咯"地笑着，对王周说："你也应该把这秘密告诉季三太。"

王周叹了一口气，说："他也算个人物，不能让他死得太遗憾！"

言毕，二人望了一眼可怜巴巴的赵九，扬长而去。

赵九拖着血腿爬到季三太身上，号啕大哭。

指 画

指画又称指墨画，据传指画是清初康熙年间一个叫高其佩的人创立的，不但史有所载，且有作品存世，堪称画苑一奇葩。

陈州指画名家叫于天成。

于天成，1880 年出生于陈州，原名于鱼。他家道贫寒，出身卑微，没读过多少书，大半生是做雇员，担当录事、文书等职。然而他于青年时期就刻苦自学，专攻指画，清末年间便树帜于中原画坛，其指画山水、梅花等都是别具风格。

于天成的指画功力厚实，造诣很深，尤其是淡墨画，具有大家气魄。于天成不但手勤还很爱思考。于天成说他本人善于用淡墨的原因是因为行笔便捷轻盈，神韵潇洒超然。当然，指画用淡墨，除去境界外，技巧也是极难的。他的代表作《山村图》题句："高山流水外，别有读书堂。"从画面看来，既粗犷自然，又浑润淡远，这正是笔所难能处。陈州名士李典则题于天成指画诗云："黑戏新参一指禅，胸中逸气幻云烟；陈州重见高其佩，偶写青山抵酒钱。"可谓是深知深解的知者了。

于是，于天成的名气越来越大。

随着名气的增大，于天成的画作也越来越值钱。民国初年的岁月里，"跑官"的人多用于天成的墨宝当做仕途的敲门砖或朝上爬的阶梯，一时间，洛阳纸贵。

作品价钱高了，人也"贵"了起来。人称于天成的手指为金指。于天成当然也越发珍爱自己的手指头。弹指一挥便是钱，这是多少人梦寐以求的呀！其实，跑官的人多是利用公款买画，出手大方，一幅画往往会抬来抬去，价格越来越惊人。到了袁世凯充任临时大总统的时候，若想得于天成一幅《及第图》，至少要用筐朝于府抬"袁大头"。

大概就在这时候，陈州新上任了一位县执事。当时的执事就相当于清朝的县太爷或以后的县长。执事姓李，叫李之，太康人，因与张镇芳有点儿瓜葛便被委任为陈州执事。李之很喜欢于天成的指画，喜欢又怕掏钱，心想自己乃陈州父母官，于天成当属陈州辖民，要一幅总该是理所当然的吧？不料托人一"打码"，于天成根本不吃那一壶。这下惹恼了李之，回家卖了田地和庄院，用马车把银元抬进于府，一下购得于天成十幅墨宝。

几天以后，李之就派人把于天成抓进了县衙。于天成很傲气地望了李之一眼，问："我犯了什么罪？"李之阴阴地笑笑，说："你最好别问！只要卷宗上写明就可。咱明人不做暗事，今天本县抓你就是报复你，打一打你的嚣张气焰。让你晓得，你名气再大，艺术再高，但在权力面前，你只是鸡蛋碰石头！"言毕，命人拿出县衙老刑具，放在于天成面前。于天成一看，原来是前清审犯人用的手夹。竹板做的，可松可紧，把犯人的十指夹在板中，两边有人上劲的那种。于天成大惊失色，凄然大叫："怎么，你要毁我的金指？！"李之冷笑着点点头，说："对！你有这双手可以发财，我们没有这双手怎么办？伙计们，怎么办？"

"毁了它！"堂后响起一片喊声。几个彪形大汉，三下五除二，就把于天成的十个指头套进竹夹内。只听一声吼，又听一声惨叫，一代指画大家就这样结束了旺盛的艺术生命。

从此，于天成的指头变成了鸡爪形，成了残废，再也不能绘画了。

于天成到处告状，花了很多钱，由于没危及生命，始终引不起官方的重视。当然，李之为应付于天成告状，也送了不少钱。法院吃过原告吃被告，只好和稀泥。

于天成残废后，他的指画更为珍贵，简直成了文物，价值连城了。

李之收藏的那十幅画只卖了两幅，就用马车往太康老家装了几车银元。接着，他又拿了几幅画进一趟省城，然后他就被调到豫第九行政区督察分署当了专员。

冷面杀手

那时候，于天成就极后悔自己没想到这一层。什么事都应该激流勇退，当初若自己画上一批藏起来，然后毁掉右手，岂会有如此下场？

于天成深有感触地说："什么叫艺术？权力才是最高的艺术呀！"

修真庵

修真庵，俗称姑庵庙，位于陈州南寨西墙外，始建于清嘉庆十八年，坐北朝向南，外围成长方形。南墙居中建有木石结构的门楼，门楼上方刻有"修真庵"三个绿色大字。西墙居中建有门朝西的钟楼，内悬大钟一口，相传有一吨多重。该庵的主要建筑是前大殿和后堂楼。大殿横卧中间，将其截然分成前后两院。大殿系砖瓦木石结构，房顶覆以黄绿琉璃瓦。大殿正堂神龛内供释迦牟尼等三尊金色塑像，高达丈余，形象逼真。大殿东西两侧的山墙下，在六尺高的神台上塑有十八罗汉金身，造型奇特，栩栩如生。西厢三间，供奉的是药王孙思邈，墙上绘有神农尝百草和药王行医的壁画。东厢三间，供奉的是送子娘娘，墙上有二十四孝图。

顺大殿东侧朝里走，直达后院。后院正中有堂楼三间，楼上全为尼姑的住室，楼下正中一间供奉着几尊小佛像，东西两间分别是主持和老尼的堂。西厢三间也是尼姑的住室，东厢三间为香积厨。南山墙外有一小花园，美观别致。

专管这座小花园的尼姑，名叫慧善。

慧善出家前是个大家闺秀，其父曾在湖北为官，后来因涉嫌一桩案子，被判死罪。家道中落之后，慧善来修真庵当了尼姑。这慧善长相出众，当初曾是陈州城不少富豪子弟追求的对象。慧善不但相貌出众，而且是个才女。她善诗文，善丹青，还弹一手好琴。"小楼昨夜月迟迟，偷出乡帏漏残时。风动闺怨无寄处，诗未出口泪先湿。"就是她的诗作。她最有名的是《菩萨蛮·废宅》：

凉阶虫语声幽咽，鸱头狐拜三更月。

风细叶萧萧，台荒草没腰。

湿萤飞不起，明灭蓬蒿里。

谁唱断肠诗？罗衣不入时！

相传这是她出家后路过自家旧宅的写照，凄凉悲歌，令人垂泪。

修真庵的花园周围不但有松柏，也有银杏和核桃树。花园内玫瑰丛丛，数株桃树、梧桐树和梨树，疏密参差，错落有致。春天来了，柳枝转为嫩绿，丝丝条条于风中摇曳弄姿，鸟们开始于树梢头婉转啼鸣，接着梨花开了，梧桐花开了，玫瑰花开了，一丛一片的粉白红黄，妖娆明艳。每到这时候，慧善就一天到晚不离开花园，想出一些咏春的诗句记下来，打磨着寂寞的时光。每到春天，也是香客进香的最佳时机，进香的人在大殿供过香火后，多要来后院转一转。

这一年，孙传芳的部队在陈州驻防，有一位团长太太因无后常来修真庵进香求子。团长太太姓吴，叫吴洁贞，三十几岁，文雅端庄。每次来进香，均要带着护兵马弁来。为不扰乱庙内安静，吴太太总是将护卫留守门外，自己只带一个侍女进入庵堂。当然，她主要是拜拜送子娘娘，每次来都要拴娃娃，出不少香钱。开初，庙内主持老尼只把她当做一般大户人家的家眷，几次之后，方知这女人出手大方，便视她为贵客，特意安排慧善接待。庙内对待有钱有势的香客，总是另眼看待，要派上档次的尼姑请她们进斋堂，摆出水果香茶，如果中午不走，还要用斋宴招待。这吴太太也是豪门出身，知书识礼，一见慧善，就觉得她不是一般的尼姑。后来几经交谈，果然了得，只两回见面，吴太太就喜欢上了慧善。她说她喜欢慧善双目中流出的哀怨和聪慧、走路的稳重和大方、言谈的不俗和才溢、外貌的美丽和端庄，并说她正欲为自己的夫君寻找一位二太太，没想在此碰到了。吴太太对慧善说自己没生育能力，丈夫压根儿不想娶二房，是她做主的。她不想让丈夫讨个厉害的，要讨一个与自己对脾味的，将来有了孩子，可分给她一个。她看慧善善良，又是个才女，便觉得有了依靠，老了省得受凄凉。听到这话，慧善面色平静，一副进入"佛"的表情。吴太太见多识广，见慧善不言语，笑笑说："看来我要与佛争人了！"第二天，她便带着自己的丈夫来到庵内。团长长得很帅气，高大魁梧，一身正气。因为团长大驾光临，老尼主持忙带慧善迎接。慧善一看吴太太的丈夫果然一表人才，禁不住轻声念了一句：阿弥陀佛。

吴太太先热情地向慧善介绍自己的丈夫，然后又向自己的丈夫介绍慧善。那年轻的团长不苟言笑，像是对慧善视而不见，只礼节性地点了点头，这倒使慧善有点儿丧失自尊，吴太太更是一副大失所望的样子，很尴尬地望了慧善一眼，像是要弥补什么，声称自己要去娘娘殿拜佛，要慧善好生招待她的夫君。慧善面色毫无表情地念了一声阿弥陀佛，然后公事公办地对那团长说："施主请坐。"

不料等那吴太太一走，那团长一下子像换了个人，满面堆笑地对慧善说："这位师父，你千万别上了这个女人的当！你别看她表面说得好听，背后却是另一套。她几次张罗着为我寻二房传宗接代，实际上是借别人在考验我。我曾经暗地讨过一个小老婆，而且还生了儿子，她得知后，竟暗中派人将她们母子全杀了！"慧善一听如炸雷击顶般呆了，怔怔地问："那你为什么还要她？"团长颓丧地说："你不知，她的父亲是孙传芳的把兄弟，我的上司。若我将她休了，怕是连命都没了！"慧善这才领悟到面前这个男人的难处，觉得吴太太可恶，不该利用一个出家人考验她丈夫。慧善想你既然如此戏耍我，那也就别怪我不客气了。想到此，她突然问那团长说："你不怕我把这些告诉你太太吗？"那团长笑了，很自信地说："我看您慈眉善目，肯定是个好人。"慧善反问道："你的太太不也是长得像贤妻良母吗？"团长摇摇头说："这没可比性。她可能是太爱我了，所以就从爱心中生出毒来！"慧善觉得这年轻的团长颇懂道理，禁不住就望了他一眼说："你如此委曲求全于她，一定有什么宏图大志吧？"团长沉吟一会儿说："是的！我父亲原是一名官员，后遭人陷害致死，为报家仇，我便入了伍。后来我越来越知道兵权的重要。比如，我若杀了仇人，必负法律责任，若带兵打回去，就是杀了仇人全家，也如同杀鸡一般。但得兵权并非一句话，所以我现在只能借太太和丈人的力量，才能一步步进入军界核心。"这一下，慧善更加吃惊，她没想到面前这位英俊的军人竟有着与自己同样的遭遇与不幸，而不同的是，人家倾尽终生要报家仇，而自己却极力躲避，甚至连心都死了。她禁不住用敬佩的目光又望了望那团长，说道："看来，你是又想要儿子又不想舍太太了！"团长郑重地摇了摇头，对慧善说："自从我那儿子被杀之后，我早已心灰意冷，现在一心向上攀登，争取早报家仇。"言毕，那团长站了起来，又说道："师父，得罪了，告辞！"

团长走出了庵堂，直去娘娘殿寻妻去了。

慧善觉得团长复仇的心胸和志气对她的撞击太大了，她一下像悟出了什么，突然叫住那团长说："慢走，我可以帮你！"

团长止了脚步，扭过脸来，不解地望着慧善。慧善也望着那团长，许久了才说："如果我当你丈人的小老婆，会对你的高升大大有利！"

团长这才悟出慧善的决策，"扑通"跪地，很重地给慧善磕了三个头……

竹斐园

竹斐园是陈州城内的名园，由清康熙十四年已卯科举人杜之林所建。杜之林曾任过宝坻知县，素爱工诗，喜啸咏，其诗格高迈，情词蕴茂，不事摘棉布绣，真稳中自饶风味。著有《葆光堂诗稿》《师检堂诗集》《陟城吟》六卷。杜之林告老还乡后在园中春赏芍药，秋咏桂菊，别有一番情致。其友周斯盛游园后曾题《竹斐园》诗一首："久客江湖远，陈城风雨余。频来因看竹，独坐每临渠。藤蔓依瓜满，梧荫置屋虚。只应携枕簟，竞日此相于。"

顾名思义，竹斐园是以竹为主。园内竹影摇曳，松柏葱郁，花木争艳，蜂蝶舞飞。最为罕见的是一片奇草，经夏不藏蚊子，酷暑难忍之时，将一竹床放置草坪之上，蚊虫不侵，真是令人惊奇。杜子林的诗友高梦阳曾多次畅游竹斐园，写下了《竹斐园会君子》：

三月到斐园，斐园春正好。

绿水带烟城，园林白皓皓。

况与会心人，衔杯坐芳草。

微言时剖析，幽意恣探讨。

风来落英满，醉卧不许扫。

在《再游竹斐园》中又写道：

莫道园林春事稀，重来尚见一花飞。

叶心梅实垂垂结，树底山峰款款归。

百罚酒杯真不厌，故园风景旧多违。

浊河清渭天波远，更上高城眺落晖。

到了光绪年间，杜家早已败落，竹斐园又几经易主，最后被一家在陈州开茶庄的徽商买去。徽商姓张，叫张开诚。张家世代做茶叶生意，茶庄遍及中原。据说张开诚当初买下这竹斐园，全是为着他的小女儿。张开诚的小女儿叫张静怡，能诗会画，可惜从小残疾，双腿瘫痪，处处要以轿椅代步。所谓轿椅，是一顶用藤椅特制的小轿，由四个丫环抬着。再后来，张开诚托人从巴黎捎回一辆轮椅，张小姐就成了陈州坐轮椅的第一人。

因为残疾，张静怡极少抛头露面。她的活动范围是竹斐园。由于这个缘故，自从张小姐住进竹斐园后，竹斐园就一直处于关闭状态，外人很少进入了。随着年龄的增长，张静怡性格越来越古怪，几乎达到了变态的程度。来竹斐园的丫环，经常被她赶出门，有时候连亲人也不愿接见。很快竹斐园就因她而蒙上了一层神秘的色彩。

城中有好事的人就向从竹斐园被赶出来的丫环们打听有关张小姐的事情，可惜，那些丫环皆摇头闭嘴一言不发。这更增加了几分神秘，好事者便开始猜测各种可能，然后将这各种可能传出去。一时间，闹得满城风雨。有人说，张静怡一直盼望父亲给她雇用男侍，可张开诚担心给女儿雇男侍会惹闲言，所以压根儿也没这种想法。而张静怡有心思又不便说，只好用辞退丫环来提醒父亲。所以父女俩就在无言中开始了车轮战，你雇来我就退，你退了我再雇，如此这般，使得张小姐脾气也就越来越坏。还有人说，张小姐辞丫环决不是为什么男童男侍，她是希望父亲赶快给她寻婆家。张开诚为陈州名人，给女儿寻婆家必要求门户相对。尽管女儿是个残疾人，也必得寻下一位门户相对的残疾少爷。可这种亲戚不好瞅，因为大户人家的残疾少爷也定要找不残疾的漂亮姑娘。张家再有钱，人家也不会登门求亲。而张静怡呢，也一心想找一身体健全的帅小伙，穷富不论，只求他能真心喜欢自己。这当然也是父女俩心照不宣的对抗，如今相持不下，张小姐眼见就要急疯了，而张开诚仍在执迷不悟，所以张小姐就用辞退一个又一个丫环提醒父亲。还有人说，张静怡决不是为什么寻找男侍或帅小伙给父亲怄气。事实上张开诚倒愿意为女儿寻下一个穷文人，并向那穷文人许下了一座宅院，可张静怡不答应。她说她压根不喜欢那种穷酸文人，她喜欢洋派的年轻人，尤其是那种不带辫子留着"缨子头"的留洋生，才是她心中的偶像。原因是她本人信基督教，去梵蒂冈大教堂朝拜是她一生最大的愿望。如果带一个头戴瓜帽，身穿长衫，脑后拖着一根大辫子的丈夫去罗马帝国，那还不让洋人笑掉大牙？对张小姐的这种要求虽然张开诚勉强同意，可这种洋派小生确实难寻。别说陈州城，就连汴京城也难得寻到几位，更何况自己女儿本身的条件之差呢？这就需要时间，而时间无情，因为张小姐的岁数也在悄然增加。于是这就变成了"恶性循环"，越是寻不到，张小姐的脾气就越怪，现在几乎已到了变态的程度……

当然，这些是外界人士的猜测，也传不到张开诚和张静怡的耳朵里去。张静怡还是该怎么辞丫环就怎么辞丫环，而她父亲很顺从女儿，不顺心就辞吧，辞了咱再雇，反正穷人多，愿来张府当丫环的人成群结队，就不信你没中意的。

果然，张静怡这回没辞。

按说，张静怡这回没辞就应该平静下来，可令人想不到的是，这回的舆论更糟，说是张开诚这回是从界首给女儿买来的丫环，叫翠萍。你猜张小姐这回为嘛不辞退，因为这翠萍是个男子扮女装的货色，就像当年的嫪毐士，名为宦官，却能使秦始皇的母亲怀孕。这谣言就显出了恶毒和存心不良，就有人出来为张小姐抱不平了。

为张小姐抱不平的也是个姑娘，叫王娘。王娘也是个双腿残疾的女孩儿。可能是出于同病相怜，她觉得有些人用这种下流肮脏的谣言来编派一个残疾女孩儿太不公平，所以她决定要去竹斐园探个明白，看看那个名叫翠萍的丫环到底是男是女，好还张静怡一个清白。

王家家在南街住，父亲是个卖豆腐的。她虽然双腿残疾，但也能帮父亲坐摊儿卖豆腐，而且切豆腐的水平很高，说一斤就可以切一斤，一两不多，一两不少。只是王娘家穷，比不得张静怡，一没轿椅二没轮椅三没丫环侍候，平常行走全靠两根拐杖。那一天，王娘拄着双拐很艰难地走到竹斐园，可守门人不让她进。王娘很聪明，对守门的老汉说自己是张小姐前世的亲姐妹，二十年前八月十六日夜子时一同投胎陈州张、王两家，但互不相识。是昨夜我做了一个梦，梦中有一个仙姑模样的人对我说的。至于前世我和张小姐干什么，为什么一同投胎陈州，我要亲自告知她。那守门老汉半信半疑，但还是进去通报了张静怡。张静怡一听来人也是个双腿残疾的姑娘，对自己的生日和出生时辰都如此清楚，很是奇怪，便破例接见了王娘。

张静怡一见王娘，急急地问："快告诉我，前世我们干什么，为什么一同转世陈州城，而且都是双腿残疾？"

王娘笑道："我那是为能见到你编的瞎话，请你不要生我的气！"

张静怡见王娘实在，又见她拄双拐如此艰难地来见自己，便没责怪王娘，只是问道："你为什么要见我？"

王娘望了望张静怡，接着就将外面的谣言向她诉说了一遍。张静怡听后怒火万丈，对王娘说："他们知道我为何辞退那些丫环吗？她们都是健全人，从她们的眼神中我看出了她们对我的歧视和怜悯，我受不了她们的歧视和怜悯，所以才辞退她们！你想知道我为什么不辞退这个翠萍吗？因为她也是个残疾人。她是个非常聪明的哑巴，而且耳朵不聋。这种耳朵不聋的哑姑娘太难寻到了！我们相互尊重，心心相印，我为什么要辞掉她？"

王娘劝张静怡说："如是你想灭掉谣言，就该勇敢地带翠萍走出去！像我一样，整天坐在大街上，就不会有人造谣中伤！"

张静怡听王娘如此说，惊讶地瞪大了眼睛。她向来以残疾为丑，压根儿没想过走出竹斐园。她迟疑地望着王娘，许久没说话。

王娘看张静怡犹豫不决，又鼓励道："不怕，只要走出第一步，你就不会再回头！"

张静怡慢慢鼓足一口气，双手开始转轮椅。

王娘急忙向哑女翠萍使眼神。

聪明的翠萍会意地一笑，上前就推动轮椅朝大门外走去……

张府贵小姐张静怡走出竹斐园的消息很快传遍陈州城，不少人围着她和哑女翠萍看热闹。

当然，各种谣言不攻自破。

可令王娘和张静怡料想不到的是，新的谣言又四起：说是张府小姐走出竹斐园是为寻找心上人。她的心上人是一个年轻的飞贼。这飞贼一直将竹斐园当窝儿，每晚盗得东西必在园内休息。张小姐住进竹斐园后，二人一见钟情。可惜，那飞贼不知什么原因，已有一年不来竹斐园了。张小姐为寻到心上人，以辞退丫环为名，给她们银钱，让她们帮她寻找。可惜半年过去了，杳无音信。万般无奈，她只好自己出来亲自找了……

王娘听后极是悲哀，因为她再不知如何帮助张小姐了。

侠 女

破败的院落原来很可能是百花争艳香客云集的地方，现在却杂草丛生荒凉可怖，虽是万物滋长的季节，却依旧显出荒芜和零乱。残庙高高的内墙布满了苔藓和碱痕，苍青色中透着惨白。日久年深，院内的大殿和二殿已经衰朽了，身经风霜雨雪烈日严寒，墙砖表皮开始剥落，露出粗糙的砖芯。所有门窗朱红色的漆皮纷纷褪色发白剥落殆尽，木质也变成了灰黑色。后院阴森冷凄，无数株古老的苍柏遮天蔽日，透出阴冷潮湿的气息。那时候陈州侠女就觉得自己像是误入了一座古墓，四周散发着腐朽的气味，她禁不住打了个冷战。她迈进残缺的二道山门，脚下响起了一阵衰草枯叶的断裂声，像是无奈的呻吟和哀叹。

大概就在这时候，陈州刺客走了出来。陈州刺客走出来的时候太阳已经隐落，西天边际的霞光透过树冠撒在那片草地上，产生出无数个依稀可辨的亮圆。刺客被亮圆笼罩，他的脸上闪着斑驳的光。陈州侠女看到陈州刺客仍然是一身夜行者的打扮——黑衣黑裤黑靴子，头勒黑色英雄巾，一把黑鞘宝剑斜挂腰间，远看像一个黑色的幽灵。陈州刺客是从一棵高大的苍松后直闪出来的。他眯着眼睛先望了一眼西天的红霞，然后就盯住了陈州侠女。他看到陈州侠女也是一身玄黑，黑扎巾黑绣衣，黑色的绸裤打了束腿，更显得亭亭玉立。很强的风从山门里蹿进来，吹拂起陈州侠女黑色的披风，远瞧很像面黑色的战旗。

陈州侠女望着陈州刺客，平静地问："听说你又杀了人？"

"是的！"刺客点点头回答。

"为什么？"侠女不解地问。

"为了钱！"刺客直言不讳。

侠女蹙了一下眉头，目光里聚着怨恨，然后就把怨恨的目光挪向远处。远处有一只野狗正在警惕地望着他们。

侠女叹了一口气，收回目光，小声问："不分好坏人吗？"

"是的！"刺客用牙齿下意识地咬了一下嘴唇儿。从那洁白的牙齿上猜测，刺客还年轻。英俊的脸上被杀气笼罩，发着绿光。刺客用冷峻的双目望了望远处的那条狗。那条狗像是惧怕刺客，掉头跑了。

侠女垂下眼睑，双目游离地望着脚下的枯草烂叶。好一时，突然抬起头，淡然地说："也有人出了大钱，要我取你的人头！"

"多少？"刺客的眼睛亮了一下。

"五千两！"侠女回答。

"能让我临死前看看银子吗？"

"可以。"侠女说着解开包袱，打开了，一片灿烂。侠女说："这是两千五百两，定钱。等取下你的人头，再全部付清！"

"值得！"刺客朝前几步，闭上了眼睛，站在了侠女面前。

"师兄，你为什么不反抗？"侠女好奇地问。

刺客眼里流出了泪水，许久才说："师妹，你不知，我当刺客挣钱全为的是你呀！"

侠女一怔，很吃惊地软了手中之剑，喃喃地说："实言讲，我并不想杀你，只盼你从此金盆洗手，退出江湖，带我去一个美好的地方！"

"我也这么想！"刺客神情释然，双目憧憬着未来，动情地说："十多年来，师傅一心想促成你我的终身大事，可没钱寸步难行啊！离开钱哪会有幸福可言？我杀人挣钱，就是为了娶你，带你到一个美好的地方，男耕女织，永享天伦之乐……"

"俺也是！"侠女俏丽的脸上泛起红晕，收了剑，很羞涩地说："俺终于盼到了这一天！"

刺客趁侠女不备，一剑刺向侠女。很红的血从利剑上浸出来，然后像线一样朝下垂滴。侠女怅然地望着刺客，问："也有人出了大价钱吗？"

刺客点点头，很小心地抽出血剑——侠女倒了下去。

刺客望了一眼倒地的侠女，跪下去，说："有人出一万两要我取你的人头，其中也有他们雇你杀我的五千两！”

"他们为什么要这样干？"侠女睁着痛苦的眼睛，不解地问。

刺客摇摇头说："不知道！"说完，收拾起地上的银两。刺客刚一转身，一把利剑飞进了他的后心。

刺客艰难地扭过头，望着侠女，苦楚地笑笑，然后艰难地走过去，对侠女说："还你的剑。"

侠女抓住剑柄，极其小心地将剑拔出，不解地问："你既然如此爱我，为什么还要害我？"

刺客下意识地用牙咬了一下嘴唇儿，说："多年来，你是我挣钱的目的。可不知为什么，当我要挣钱的时候，一切都是为着你，而一旦见到钱了，就忘掉了一切，其中也包括你！"

"这大概是因为手段和目的距离太大，使你产生一种遥远的梦想！你终于醒来了！"侠女苦笑着说，"这大概就是你我所向往的美丽之地了！"

刺客爬到侠女跟前，努力和侠女躺在一起。他们互相看一眼，然后仰望苍天。夜影四袭，树冠开始模糊。有飞鸟在叫，发出归巢的信息。两个人的血开始交融，染红了一片草地。

刺客说："不这样，像是我们永远也走不到一起了！"

"是的！"侠女说，"我们终于等到了这一天！"

刺客苦笑了一下，就用眼睛余光去瞅那钱。雪白的银子已浸泡在血水之中，红色的血开始朝银锭上浸蚀，银白的光泽终于被红色笼罩，一片阴森。

刺客伸出血手，开始抚摸侠女美丽的面庞。侠女脸上的红晕开始隐退，逐渐苍白起来。她艰难地伸出血手，努力朝刺客的脸上摸索……

二人忍着剧痛，拥在一起。

夜幕四合。

那条野狗不知何时踅了回来，开始很香甜地品尝着从他们伤口处涌出的鲜血……

富　孀

　　陈州富孀林张氏，命毒，过门不久就送走了婆母，接着又克死了年纪轻轻的丈夫。丈夫林同上无兄下无妹，年过八旬的公爹又腿脚不好，一大片家业全都由她掌管。林张氏为守贞节，辞去所有的年轻男仆和丫环，只留下一个六十多岁的老账房和两个十四五岁的男女仆童听使唤。

　　林家为陈州富户，家产很厚。林同有一堂兄，叫林果。林果好逸恶劳，早已把自己的家业荡干，见堂弟林同早逝，伯父年迈，便对林家财产垂涎欲滴。林张氏看到了这一步，很是担忧。为保家业，她决定再为公爹续一房妻室。只是公爹年迈，续来女人，会不会有后很令她担心。为此，她便派仆童请来了陈州神医欧阳绞。

　　欧阳绞年过半百，又精又瘦。据说他十一岁就开始行医，爱看野史杂书，收集民间验方，见多识广，素有神医之称。他听得林张氏说完了心思，略捻胡须，笑道："这不难！你让仆人在尿罐里装半罐草木灰，按实，放进林老爷卧房。如若你公公尿尿时能在实灰上冲出尿窑窑儿，就说明老先生还能行房，能行房就会有后！"

　　欧阳神医走后，林张氏急忙派仆童按先生说的办了，然后把尿罐儿放入了公爹的卧房。第二天一看，那草木灰果真被尿水冲出一个窝窝儿！林张氏大喜，火速派老账房去周口为公爹买回了一个年轻女子。

　　买来的女子姓田，叫田香。田香原来是农家女，后被人卖入青楼，可她认死不愿接客，就被林张氏用高价为其赎了身。田香年轻漂亮，听说要为一个八旬老头儿从良，极不乐意。林老爷听说儿媳为自己纳了个小妾，也觉不妥。林张氏先对田香说："论高贵我是大家小姐，论长相年龄我并不比你差！可你比我强，虽然公爹岁数大，但你总算是有夫之妇，我呢？

你若不顺心，就权当和我一样在守寡！眼下这世道，有男人无男人只要有钱就是人上人——最起码这要比你在青楼里强万倍！好赖你是我的婆母，上上下下都喊你奶奶哩！"然后她又跪在公爹面前，陈述纳妾的重要性，说明除非林家有了后代才能彻底保住这片家业。老夫少妻终于被林张氏的精神所感动，拜堂成了亲。

一年后，田香果然喜得一子。林张氏给小弟弟起名叫林一。两个女人对林一视为掌上明珠。只可惜，林一还未满周岁，林老爷就撒下娇妻幼子和大儿媳妇步入了黄泉路。

林老爷一死，其侄林果就认为时机成熟，便开始争夺家产。他先买通官府，然后说伯父年过八旬，绝不会有后，田香所生之子肯定不是林家后代。接着递上状纸，状告林张氏和田香串通一气，招奸夫借种生子，妄图暗度陈仓，巧夺林家家业。陈州知县得了钱财，便传来林张氏和田香，要她们招出奸夫姓名。田香一口咬定林一是林家后代，知县哪里肯信，说："你言讲小孩儿是林家后代，如何证明？"田香当然不知道如何证明，顿时哑然，不知所措。林张氏却泰然处之，问知县说："大老爷，田香是不是我家婆母？"知县说明媒正娶，自然无假。林张氏又问："我是不是林家儿媳？"知县说你结婚时连我都喝了喜酒，哪个敢说不是？林张氏笑了笑说："既然田香是我的婆母，就证明我们都是林家人。也就是说，财产本是我们的，何有巧夺之说？实言相告，这婆母是我为公爹找下的，如若要想招奸夫传宗接代，难道我自己不是女人，何必再害田香守寡？"知县说："你虽是女人，但你夫君不在人世，招了奸夫生下孩子也不名正言顺，所以这事儿只有田香来承担！所以我要问：你们说林一是林家后代，何以证明呢？"林张氏反唇相讥："老爷说林一不是林家后代，又何以证明呢？"知县哑然，然后恼羞成怒，一拍惊堂木说："大胆刁妇，是本县审你，还是你审本县？"林张氏见知县发了火，急忙变了笑脸说："大老爷息怒，民妇这里谢罪了！"林张氏磕了一个头，又说："当初为公爹招亲，我特意请教了神医欧阳绞先生，是他让仆童试过公爹的尿力之后才断定公爹有后的！现在你我都不能证明小孩儿是不是林家后代，那就不如请神医欧阳绞来一趟，让他想想办法！"知县正不好下台，只得借梯下楼，派人请来了欧阳绞。

　　欧阳绞来到大堂，谁也不看，先给县太爷施礼，然后问道："大老爷传小民来大堂不知有何贵干？"知县给他说了情由，问他是否有办法验正林一的血脉？欧阳绞说："小民有办法试出真假，只是需要一口锅，一盒笼和一个炉子。"知县闻之大喜，急忙命人弄来所需，放在了大堂上。欧阳绞支好炉子放好锅，然后走到田香跟前，从田香怀里接过小孩儿，又走到知县面前，请知县铰下林一头上一缕儿发来。知县不知神医要干什么，一一照办。欧阳绞把林一发丝放入笼内，然后盖了，对知县说："人过花甲得子，婴儿的头发上笼一蒸便呈白色！"

　　那时候笼已上大气，众人屏了呼吸，直直等了一个时辰，欧阳绞才掀开笼屉，取出发丝。众人一看，那黑色婴发果真变成了白色。

　　众目睽睽之下，知县只得宣判林果败诉。

　　林张氏和田香免遭一灾，很是感激欧阳绞。为表心意，林张氏备了厚礼，让田香和仆童前往太和堂去瞧看欧阳先生。欧阳神医很客气地接待了田香，最后，神医从袖筒内捏出一缕儿黑发，对田香说："这才是你们家小少爷的头发！"

　　田香惊诧如痴，如梦幻般地"啊"了一声，疑惑地问："大堂上那白发……"

　　欧阳绞笑了笑，说："那林果不行正道，买通官府，令人可恶！衙役来喊我上堂时，已向我说了实情。为申张正义，我剪下家父一缕白发，在上笼时来了个偷梁换柱，治住了那林果和贪官！"

　　田香一听，禁不住双膝一软，口喊恩人，跪在欧阳绞面前。欧阳绞惊慌失措，急忙扶起田香说："千万不要谢我，这一切都是你家少夫人提前安排好了的！"

水 妓

陈州城西的柳湖中，有一座风光绮丽的园林，号称望雨台。这是一片水上建筑，正值湖的中心。湖很大，长满了芦苇和蒲草。夏末秋初之际，天绿地绿，站在台上望不到湖水。通往岸边去的只有几条水路，且曲里拐弯，如同几条扭动的水蛇。游客若去台上观光，必得乘船。芦苇蒲草盖湖季节，此地称为花季。几条水道上，游船花枝招展，摇桨的亦多是漂亮的女人。这种船长而窄，中间搭有木楼子，楼子里有垫板有铺被，而且只拉一位男客。人称此种船为"花船"。嫖客们先敲定价钱，然后上船，船行半路便拐弯，驰进了芦苇深处，一男一女也便被一片绿色吞没……

望雨台北，是苏子由的读书亭。亭也在水中，与高台隔水相望。当年苏子由去亭上读书，是否乘花船，已无从考究。站在台上向西遥望，是柳湖长堤，景色十分优美。芦苇收割完毕的季节，湖内琼瑶碎开，波光粼粼，鸥鹭上下，锦鳞戏水；长堤上杨柳依依，婀娜多姿，晴如碧烟隐现，雨似绿雾迷离。宋时陈州知府张咏有诗曰："昨日凭高向西望，满川烟树雨。"所以，此台又称"望湖烟雨"，为陈州八景之一。每到"望湖烟雨"的时节，湖内芦蒲不是没出便是已经衰败，不然就露不出湖水来。那阵子，"花船"也便消失了。

张咏通诗文，博才学，七年间，花四年工夫修建了这座颇为宏丽的望雨亭。张咏大概做梦也未曾想到，这里会出现花船。当然，陈州人更以花船为耻，连县志上都不提及。

但陈州毕竟有过花船。

话说清末年间，城北关住着一户人家，姓展。丈夫早亡，只撇下母女二人。女儿叫小娟，长相如葱，聪明伶俐。由于家贫，只有以水上卖身为生。

由于水妓不少，前往游览望雨台的人有数，水妓们便自觉排队。这一天，好不容易挨到小娟，突听大街上一阵喧闹，喊声火枪声如浪似潮。就在这时候，只见一位身穿长衫的青年气喘吁吁跑到湖边，四下张望，见无路可逃，便急急跳上了小娟的花船，说："快开船！"

小娟下意识地朝后一望，只见大路上一队清兵追过来，子弹呼啸着打进水里，吓得水妓们一片惊叫。小娟望了望那青年惨白的脸，心中已明白清兵在追他。不知为什么，那时候她就想救他，猛然一摇桨，小船便消失在了芦苇深处。

小娟累了一身大汗，终于把船划到了望雨台背后的一片浓芦中。远处的喊声仍在持续，但终归脱离了险境。小娟止了摇桨，对那青年说："你走吧！从这里下水，待天黑再出芦湖！"

那青年望了望小娟，感激地说："谢谢大姐救了我！"说着，掏出一把银钱，放在船舱里。

"风尘女子，不值得牵挂！"小娟拿起那把银钱，递给那青年说："钱你拿上，留着路上用！"

那青年双目里涌出泪花儿，动情地说："我被清兵追赶，不是犯人就是革命党，您冒死相救，我郭望日后必报！"说完，深情地望了小娟一眼，才恋恋不舍地向芦苇深处趟去……

小娟送走郭望，又悄悄把船划到望雨台前的水道上，不想船刚拢岸，清兵们就把她抓进了大牢。

在狱中，小娟受尽了酷刑，但始终未吐露有关郭望的半个字。

抓住小娟的时候，官兵头目料郭望还未逃出城湖，便派大兵团团包围了西城湖。三天过后，便开始箍头发似的朝里缩小包围圈，终于在一片浓芦苇丛中抓到了筋疲力尽的郭望。严刑拷打郭望之后，决定把他和小娟一同处斩。

刑场上，小娟和郭望见了面。小娟惊讶地望着郭望："你怎么……"

郭望看了看遍体鳞伤的救命恩人，颓丧地流出了泪水。

小娟挣脱刽子手走过去，用面颊为郭望蹭着泪水，悄声问："你真是革命党?"

郭望点了点头。

小娟一见郭望默认，突然仰天大笑，说："早知道我应该把你供出来!"

郭望惊诧地看着小娟，不解地问："什么意思?"

小娟止了笑声，认真地说："我是一个妓女，虽然以生命为代价救了你，可等你革命成功后，决不会收留我! 这样多好，你眼下革命还未成功，也决不会嫌弃我! 能和你死在一起然后结成鬼夫妻，真真是我的造化!"

郭望无奈地长叹一声，目光异样地望着沉浸在幸福之中的小娟，再也没说什么。接着，两个人被砍下了头颅。官兵们把两人草草地埋在了一起。

国民革命胜利后，陈州县政府派人把郭望的尸骨扒出来，迁到了一片松柏丛中，然后又竖起了一块高大的石碑。

小娟的坟无形中变成了孤坟。小娟的母亲死后，再也没人给小娟添坟上纸钱。慢慢地，那坟便被踏平了。

琴 音

顺颍河往东，出寨门一箭之地，有一古老的残庙。庙内敬的是何路神仙，已不可考究。最先时候，这里烟火鼎盛，善男信女络绎不绝。庙内和尚数人，整日钟鸣磬响，倒也热闹一时。后来不知何故，日渐败落了。僧人们各攀高门，只撇下一老一少两个和尚，凭靠庙后的二亩薄地度时光。时局一乱，老和尚圆寂，小和尚更无心做佛事。天长日久，山门倒塌，院墙被近处人家明扒暗抽，少了大半。原来被善男信女踏得光光的场地上，野草丛生。仅剩下的几间厢房和大殿，少砖缺瓦，四大天王和大殿内的那尊主神以及手持钢杵的韦陀像，也早已缺胳膊少腿，颜色褪尽，变成了几尊泥坨坨。小和尚无事可做，就整天面对着残墙断壁拉胡琴。

小和尚的胡琴拉得很凄凉。

抗战初期，国军的一个团在此驻防，不知团长出于何种心理，竟把团部安在了这座破庙里。团长姓石，人高马大，满嘴山西口音。他先进庙视察一番，派乡党们出款修缮了院墙和房屋后，便和随军太太住进了东厢房。

眨眼间，古庙里就热闹了起来。

小和尚却不把这些当回事，每天照样拉胡琴。

每当小和尚的胡琴一响，石太太就走过去，搬出竹椅坐在一旁，静静地听。石太太年轻漂亮，穿着艳丽的旗袍，坐在那里就像盛开了一朵迷人的花儿。可小和尚从不看石太太，只是神情专注地拉胡琴。小和尚的琴音如泣如诉，石太太听着听着，就禁不住流出了泪水。

小和尚不拉了，石太太就泪水涟涟地上了床。石团长忙碌一天，到床上就想放松放松。可他每次寻太太作乐，太太总是木着脸，眉宇间潜藏苦楚，颇使团长扫兴。团长想了想，就想到了弥漫在庙院里的胡琴声。团长的太太原是汴京城的歌女，从小跟着双目失明的父亲卖唱，是小和尚的琴声勾起太太心酸的身世。团长找到了原因，就派人砸了小和尚的胡琴。

小和尚看着被砸碎的胡琴，没说什么。

第二天，破庙里就很静。没有了胡琴声，石太太又恢复了正常，每到晚间，东厢房里便传出欢乐的笑声。石团长很高兴。

没有了胡琴，小和尚就无事可做。他整天躲在自己屋里，有时候连饭也不吃。马上就要打仗，石团长白天很忙。没有人陪乐，石太太就感到寂寞。她想起了小和尚，便悄悄走近了小和尚的寝室。当她悄悄掀开小和尚的窗帘时，惊诧得一下张大了嘴巴。

她看到小和尚仍在"拉"胡琴。小和尚的一招一式都能唤起她心中的琴音，看着看着，石太太的泪水又流了出来。

一到夜晚，石团长又开始扫兴。

"没有了琴音，你为何还这副模样？"石团长不解地问。

石太太怕丈夫加害小和尚，没回答。

石团长很奇怪，便派人偷偷跟踪石太太。那无声的琴音像磁铁般吸引着石太太，唤醒着她的童年回忆。那虽然是一个遥远而又痛苦的梦幻，但她总想重温那逝去的年华。

跟踪的人发现了小和尚的秘密，报告了石团长。石团长不信，匆匆走进小和尚的寝房，果见小和尚正在"拉"空琴。小和尚怀中抱月般坐着，神志专注充满激情，拉得很投入。

石团长很气愤，"忽"的拔出了手枪。

石太太大惊失色，上前护住了小和尚。

"他在这里装神弄鬼，你流什么泪？"石团长望了太太一眼，疑惑地问。

"你永远不会明白的！"石太太凄然地说，"这不怪他，你放他走吧！"

石团长也觉理屈，松了口气说："好吧，看在我太太的面子上，你赶快离开这里，部队不撤防不准回来！"

小和尚站起来，感激地望了石太太一眼，走了。

不久，开战。

由于国军援军不济，仗打得很苦。石团长的部队与日军苦战五天五夜，终是寡不敌众，几乎全军覆没。

日本人很快包围了那座古庙，但里外搜索，未见石团长的家眷，庙里只有一个小和尚……

石团长虽然打了败仗，但精神可嘉，回到军部，受到嘉奖，荣升为师长。庆功会上，突有人来报："古庙里那位小和尚送太太回来了!"

石师长惊喜万分，急忙出迎，等他看到头勒大围巾的太太，很是怅然。

小和尚望了师长一眼，说："日本人全镇搜索，没办法，只得让太太割爱了!"说完，从怀中掏出一团秀发，交给石师长，然后扭脸离去……

神　裱

陈州城除去"龙氏装裱坊"享有盛名外，还有一个不起眼的裱画铺，人称"神裱店。"

既称"神裱"，必然有别人不及的高招。

相传民国初年，项城袁家的一位少爷，从水寨镇乘坐轿车亲自送来一幅米芾写的中堂，由于保管不善，长期受潮受压，黏结在一起，活脱一个杂面饼子，曾经找了很多裱画师傅，皆未有人敢接此活儿。经人推荐，便找到了"神裱店"。袁家少爷对店主任振乾说，只要能揭裱好，愿付工钱三百大洋。任振乾看了看那块纸坨坨，表示尽力而为。袁家少爷深怕任振乾在揭裱过程中作弊弄手脚，专派一个师爷坐镇监视。任振乾通过细心加工把那块纸坨坨揭成大小不等的碎片七百多块，然后把这些大如手掌、小如指甲盖儿的碎片儿裱得天衣无缝。袁家少爷十分满意，不但如数付了工钱，还加赏银洋三十块。从此，"神裱店"更是名声大扬。

孙殿英在河北遵化马兰峪扒开慈禧和乾隆陵墓是在 1928 年的 6 月间。那一年任师傅已年近八旬，身板硬朗，神清气爽。他闻听孙殿英盗了东陵，很是气愤。又听说孙殿英打开两座墓陵之后，专拣金银财宝，不要名人字画，更恨孙殿英无知。他知道，一旦藏于墓穴中的古人字画重见天日，如果不抓紧时间做特殊处理很快就会损坏的。为救国宝，他毅然关了店门，带领子孙北上去了燕赵之地。

由于孙殿英是个粗人，不懂字画的金贵，使得乾隆和慈禧墓内的名人墨宝遗失殆尽。那时候南京政府为掩人耳目，追查国宝的风声令人打战。而得到字画的人多属行家里手或有钱人家，早已收藏于密室不肯出手。所以，任振乾此次北上等于白跑一趟。他带领儿孙们在遵化、承德等地转了几个月，毫无收获。任振乾气馁至极，正准备打道回府，不想节外生枝。

燕山一带有个大土匪，名字很怪，叫鸵鸟。这位名叫鸵鸟的匪盗双腿长得出奇，走路极快，上山下山能超出常人两倍有余。为此，京东一带的富豪皆怕他。他听说从河南陈州地来了一个奇怪的裱糊匠，带领儿孙一大帮，还口口声声要用祖传绝招儿抢救国宝，很是好奇，便派人把任振乾一家请上了山。

鸵鸟一见任老汉年近八旬，银须抖抖，竟为抢救国宝不辞劳苦，千里迢迢来到燕北，颇有些敬佩之意，便问任老汉说："你为何称神裱？"

任振乾笑道："神裱之称乃是别人的高抬，大王不可信它！"言毕，便讲了为袁家少爷裱米芾墨宝一事。

鸵鸟略识文墨，让人取出宣纸，挥笔写了几个歪字，等墨干之后，一把撕了个稀巴烂，撂给任振乾说："耳听是虚，眼见为实，把它裱个完整的让我瞧瞧！"

任振乾望了望那团碎纸，说："如若裱好，你能否答应我一个要求？"

"什么要求？"

"请你帮我寻找乾隆和慈禧墓中出土的那批字画！"

"你要那些破字何用？"

"大王误会了，我千里迢迢来到贵地，并不是想得到什么！我只求为收藏者重裱一回，然后物归原主！"

"你是不是吃饱了撑的？"

"说起来怕大王不懂，凡出土的字画，如果不清除内含的腐气重新装裱，那字画就会像死人的尸体一样慢慢被腐蚀成粉末儿！"

"你怎么知道？"

"实不相瞒，我家祖上就是一个盗墓贼。他曾从墓中盗出过不少名人字画，皆因不会保管而被腐蚀。后来，他让我爷爷学装裱，但重新裱糊之后仍然腐粉，这就是没有清除纸内腐气所致！"

"你用什么办法除去腐气？"

"大王，这是我家研究了多年的祖传秘方，恕不能相告！"

"那好吧！"鸵鸟变了脸色说，"你不说我不强求，但我也不帮你的忙!"

任振乾一听,急忙施礼说:"大王不必生气,为了抢救国宝,老夫只有破坏祖规了!办法很简单,就是把出土的字画揭下来,放在活人身上,要贴身带上一个月,方能用活人的生命之气除去纸内潜藏的死亡气息!"

鸵鸟越听越神,当场答应了任振乾的要求,说是一定要鼎力相助,抢救一回国宝,在自己的匪史上留下光辉的一笔。任振乾见鸵鸟答应了,很是高兴,急忙命儿孙们在山洞里支案制浆,把鸵鸟的字裱了个天衣无缝。鸵鸟一看神裱名不虚传,大喜,当下朝遵化周围的大户人家和珠宝店贴了条子,说是限十天之内送来东陵出土的书画一幅,否则,必遭大祸。条子上最后注明,为救国宝,诸位要有钱出钱,有力出力,寻找出土书画,裱好之后,定物还原主。

果真灵验,没过十天,东陵出土的那批字画基本上都集中在了鸵鸟的山寨中。

任振乾鉴赏过无赝品之后,大喜过望,带领儿孙向鸵鸟拜了三拜。为让任家父子们安心裱画,鸵鸟特地为他们腾出了一个大的山洞。任振乾带领儿孙们搬进洞里,当下就开始了工作。他们先小心地揭下字画,然后分开贴身收藏。一个月后,腐气吸尽,开始重新裱糊。就这样揭揭裱裱,一下忙了半年有余。等那批出土的字画全部抢救完之后,任振乾和他的儿孙们个个已面黄肌瘦,满脸阴气,形如饿鬼。鸵鸟大为感动,亲手扶任老先生坐在头把交椅上,命全体匪徒给其磕了三个响头。

花　船

旧社会，周口颍河里有不少花船，又称"野鸡船"，上面多是下流妓女。有的长相不济，有的人老珠黄，为生活所迫，以此糊口。前来此处的嫖客，多是乡下人或县城里的破落子弟。他们怕身上的钱财被野鸡们搜干，每去好事，便提前把多余的钱财藏在河边柳丛里，扒个坑儿，埋了，做个暗记，好事归来，再扒出。

有的人专打这种"二路货"，先躲在暗处窥视，等嫖客刚在船上稳住，便把其所藏钱财扒出来，扭脸即走。此地人称这种活路为"扒鳖蛋"。

镇上有一无赖叫尤三，就专干此种营生。

有一天，尤三刚匿林中，就见一嫖客从远处走来。那嫖客身着长衫，不像乡下人。他走走停停，有点儿迟疑。花船处灯火闪烁，淫荡的笑声不时传来。这时候他才像下定了决心，钻进林丛，扒开沙土，埋了钱财向花船走去。

尤三等了一会儿，听到花船里笑声停了，知道那人已开始好事，便寻到那人埋物的地方，扒开来一摸，是一方匣。尤三大喜，以为是宝物，急忙取出，走到暗处打开，用手一摸，只觉一阵巨痛。原来里边是一条七寸毒蛇！尤三大惊，掷了那盒，急忙掏出小刀，一咬牙，将蛇咬的那半个手指旋了下来。

尤三忍痛捡起那截儿手指，到了街上，找人要了一杯酒，把污血挤进酒里，然后端着上了花船。那嫖客正在抽烟，见突然又来了个男的，怒目道："干什么?!"尤三掏出匕首，捅着那人的前胸，端起酒杯说："喝了这酒!"

嫖客不敢不喝，喝过问道："你凭什么敬我酒?"

尤三双目似火，斥问："你凭什么害我？"

嫖客惊奇："我何时害你？"

尤三冷笑，把事情端的说一遍。嫖客恍然大悟，说道："原来是你！"说完，望了尤三一眼，又说："我几次来寻乐，丢失钱财不少，便用此计报复，没想你比我狠毒！"

尤三说："你让我赔了夫人又折兵，我岂能容你！你知道吗？她是我老婆！"

嫖客一惊，起身便走。下了船，那嫖客宽慰尤三说："你不要害怕，那蛇无毒！"

牛　黄

牛黄，中药名，黄牛或水牛的胆囊结石。性凉，味甘苦。功能清热、解毒、定惊。牛黄分多种，有葡萄黄、米糁黄、鸡心黄。最宝贵的为"人头黄"，黄大如人头，粉如花粉，摸摸过指，被染黄的手指几年都难以洗净。懂行的见到"人头黄"，从不用手直接摘取，怕染了指头泄密破财，招来盗宝之人。

一颗"人头黄"，价值昂贵。疯癫如狂的患者沏上一杯牛黄茶灌了，当即就可清醒。"人头黄"为稀世之宝，一般人极少见到。

陈州解三，就曾得到一颗"人头黄"。

解三以宰牛为生，也靠牛黄发财。平常买牛，多买瘦牛。牛胆结实，是永远吃不肥的。有一日，解三购得一头老牛，剥开一看，脏内如黄花盛开，解三惊诧如痴，失声叫道："人头黄！"

解三第一次目睹"人头黄"，简直有点儿不敢相信自己的眼睛。他轻轻用刀剥开那"黄花"，原来内里并不全是金黄色，而是如黑煤渣一般。解三是行家里手，细看了牛黄的部位，才开始小心地摘黄。

摘黄，也是一种技术。一般牛黄，多为汁液，必须轻轻摘下晾干，等汁液成了固体才能随意翻看。为不染指，解三小心地用刀尖切除肝脏，然后用一片肺叶托起"人头黄"，摘了下来。

解三藏牢了"人头黄"。

不料隔墙有耳，就在解三打开牛腔失声高叫"人头黄"的那一刻，却被邻居夏二听了进去。夏家与解家只一墙之隔，墙上爬满丝瓜秧。夏二搬梯爬墙，把脸匿在丝瓜秧里，一下子看了个清楚。

夏二是个皮货商，往常解三晾晒的牛皮牛鞭，多由他购去再到南阳倒卖。夏二自然知道"人头黄"的价值，眼馋得瞪大了眼睛，差点儿弄出了声响。

夏二回到屋里，怔怔然了许久，决定要盗得解三的人头黄。

半夜时分，夏二登梯爬上了墙头，用系牢的绳索溜到解家院里。他先静耳听了听动静，然后用刀尖拨门。不料门没闩，他深感不妙，心想可能解三有防，便急忙藏了尖刀，匆匆顺原路而回，躺在床上，心中还在"扑腾"。他很是懊悔自己见财眼开干了愚事，怕是自己的所为已被解三尽收眼底，只是碍着面子，人家不愿当面戳穿而已！夏二为此翻来覆去折腾了一夜，直到黎明前才迷糊过去，不料刚想沉睡，突然听得解三来了。解三一进大门就高喊"二哥"，一直喊到内屋。夏二很惊，急翻身起了床面带愧色地问："兄弟，什么事儿？"

解三"嘿嘿"笑着，说："昨晚我高兴，多贪了几杯，回来时家人已睡，我迷迷糊糊地上了床，连房门都忘了关，半夜一条狗钻了进去，叼走不少牛肉，牛皮也差点儿被撕！我想借你家的梯子把牛皮搭墙上晾一晾，别误你到月底去南阳！"

夏二一听借梯子，大惊失色，心想这解三大概真的看清了昨晚自己的所行，故意来试探虚实！更可悔的是昨夜只顾害怕，竟忘记把梯子从墙边挪开！为不让解三看出破绽，他急忙披衣穿鞋，想把解三稳在屋里，然后悄悄把梯子挪开，以除解三的疑心。不料他还未下床，却被解三拦住了，说："二哥你睡你睡！进门时我就看到了梯子，在墙上搭着呢！"

夏二一听此言，如傻了一般，直等解三走了，他还未醒过神来。

这一天，夏二如得了重病，心郁如铅，脑际里全是解三的影子。解三为什么进门先说自己喝醉了，是真醉还是假醉？早不来晚不来，为何天一明就来借梯子？而且还说梯子在墙上搭着呢，那墙上被绳索勒的痕迹他是否看到了……

一连几天，这等问题在夏二脑子里来回翻腾，吃不香睡不宁，双目开始痴呆，偶尔还自言自语，时间一长，夏二失去了理智，开始满街疯跑。

夏家人很着急，以为夏二患了什么邪症，又求神又烧香，均不济事，最后请来了一名老郎中。

老郎中进门并不急于给夏二看病，而是细心观察。几天过后，他才对夏家人说："你们当家的病是心疾所致，一般药物只能顾表而不能治里，眼下只能用人头黄可以根除！只是这人头黄为稀世珍物，一般药店是买不到的！"

不想在一旁自言自语的夏二一听到"人头黄"三字，突然瞪大了眼睛，下意识地接道："解三家有人头黄！解三家有人头黄……"

老郎中一听，便暗示夏二的妻子去找解三。夏二的妻子为治夫病，就以试探的心理去解家求要人头黄。谁知解三一听脸色惧白，连连地说："没有，我没有！我长这么大没见过什么是人头黄！"

夏妻失望而归，对老郎中说："解三说他没有人头黄！"

老郎中听后笑笑，扭脸对夏二说："解三不肯救你，他说他根本就没有人头黄！"

夏二一听怔然如痴，许久了，突然倒头睡去。夏二一睡三天三夜，像达到了某种心理平衡，竟奇迹般地好了。

可是，没过几日，解三竟也疯了，而且比夏二疯得还厉害，到处嚎叫："我没有人头黄，我没有人头黄……"

解家人急忙请来那老郎中给解三瞧病，老郎中望着解三，让人请来夏二，暗地安排了一番，然后让夏二对解三说："你没有人头黄！"

不料解三一听此言，更是惊恐，忽地挣脱了老郎中的手，边跑边喊："我不是不给夏二治病，我压根儿就没人头黄呀！"

老郎中望着疯跑的解三，痛苦地摇摇头，对解家人说："解师傅的病没救了，没救了！"

夏二觉得很惋惜，想想自己的所为，很是有点儿后怕！

几年以后，解三疯死野外。解三殁后，其子承父业，仍操刀杀生。解三之子不同其父，专宰肥牛，日子越见兴盛。不久，他积攒不少银钱，准备翻盖新房。扒旧屋的时候，扒出了那个人头黄，解三之子只认得一般牛黄，却不认得人头黄为何物，便求夏二指教。夏二望着那人头黄，面色冰冷，许久了才说："是一块普通的药草，你留它没用，放我这儿吧！"

解三之子把人头黄送给了夏二。

夏二把人头黄放了，每逢听说附近有人患了疯病，就用牛黄末沏成茶送给人家治病。消息传开，患疯病的人家就来夏家求"神水"。夏二分文不取，有求必应。这样过了三十余年，夏二已年近八旬。临终的时候，他唤过家人，从怀里取出那颗人头黄，安排说："这块药物，只可施舍，不可贪利！"

不料夏二殁后，其子夏仲不守诺言，偷偷拿到省城大药店把人头黄卖了，得了许多银钱。夏家从此发了大财，又建房又买地，转眼间就成了方圆几十里的富户。

夏仲有四个儿子，都因家中富有而不行正道。土改那一年，夏家被划为恶霸地主。夏仲的四个儿子被镇压了三个，剩下小儿子也被戴上了坏分子帽子。

解家后代仍是以操刀为业，新中国成立后被国家吸收为正式职工，有一个后来还当上了县食品公司的经理，那时候夏仲已年过古稀，望见解家飞黄腾达，很懊悔当初没听家父的话。有一天，他终经不住革命群众的批斗，悬梁自尽了！

伍西曼

伍西曼，周家口人，因家境贫寒，早年丧父，靠亲友资助，于1931年考入开封省立女中读书，学习成绩一直名列年级前茅，连年都是女中一等奖学金获得者。在学校进步教师的熏陶影响下，她阅读了不少革命书刊和进步文学作品。1936年伍西曼高中毕业，为了追求革命真理，她从汴京毅然赴北平，在地下党陆冬春同志的介绍下，9月间秘密参加中国共产党。当时她在北平一无职业，二无经济来源，为了开展党的工作，她考入了北平女子文理学院，并担任学校地下党的支部书记。她一边做党的工作，一边读书，生活十分艰苦，仅靠二十五元奖学金来维持生活和开展党的活动。

卢沟桥事变爆发之后，党派她到家乡做抗日救亡的宣传鼓动工作。她虽是一个女青年，却干劲十足，不辞劳累，大声疾呼国难当头，中华好儿女应该奋起抗战，抵御外侮。她还带头登台演出活报剧，在《放下你的鞭子》中扮演青工"大老李"，演得还十分逼真。她个子高，头发理得短，戴上军帽极像个男同志，所以不少人都亲切地喊她"大李哥"。

1938年，陈州建立抗日民主政权，伍西曼担任县妇救会主任。当时妇救会的工作主要是发动广大妇女积极参加抗日救亡活动，一开始，多在县城搞发动搞宣传，陈州沦陷后，便转入了农村。

当时的陈州抗日根据地建在城北白楼城西齐老家一带。白楼距城很近，与县城只一湖之隔。陈州城湖很大，从白楼进城只一条路，路两旁全是湖水，夏天雨大，道路淹没，一切全靠渔船。湖内长满芦苇和蒲草，很便于打游击。夏秋两季，陈州共产党县委和抗日支队多住在芦苇荡内躲避敌人的扫荡。城湖茫茫苍苍，蓝的天，绿的苇，一望无垠。湖水深处，有不少无名小岛，抗日支队就在小岛上用芦苇搭棚，遮阳避雨。那时候，伍西曼白天到乡间发动妇女为抗日战士做军鞋，晚上就回来住在湖内小岛上的窝棚里。

来回都要以船代步。

只可惜，伍西曼不会划船，每日同她一同出湖进湖的是个渔家姑娘，叫环环。环环是城北孟楼人，世代渔民，自幼就随着父亲下湖打鱼，对湖内的水道很熟。无论白天或黑夜，她皆能准确地把伍西曼送到指定地点。一开始，伍西曼深怕因自己不会划船误了工作，就主动向环环学习划船技术。怎奈她个子高，渔船橹小，很不协调，再加上她对湖里错综复杂的水道不熟，又是高度近视，三拐两磨就满目芦苇和水世界，分不清东南西北了。由于这多种原因，伍西曼一直不能单独行动。伍西曼不能一个人划船出湖进湖，就只好让环环送来送去。环环只是个革命群众，并没有参加抗日支队，她每天按时把伍西曼接出湖，然后打鱼，到晚上再到约定地点把伍西曼送进湖内。伍西曼也曾几次动员环环参加革命，随她做妇女工作，而每次环环只是笑笑，也不说参加也不说不参加。伍西曼急了，央求她明确表个态，并说虽然革命靠自觉，但必要时促一下还是应该的，问得急了，环环才红着脸说她马上就要出嫁了，参加不参加革命已不是她自己能做主的了，要征求一下未来丈夫公公婆婆的意见才能决定。伍西曼一听笑了，说我是妇救会主任，就是做解放妇女工作的，赶巧每天和我在一起的划船姑娘就是一位解放对象，她小小年纪，却满脑子夫权思想，自己不当自己的家，还未过门就把自己的命运交给了别人……接着，伍西曼就给环环讲了许多妇女解放的大道理，听得环环大眼睛一闪一闪的，但一让她明确表态，却又开始犹豫不决。

随着环环婚期的到来，伍西曼渐渐失去了耐心，便向组织汇报了环环的情况。组织上考虑到伍西曼是个女同志，每晚都是天黑以后才进湖，最好还是找个渔家女接送方为合适。可派人找了几天，总是找不到合适人选。万般无奈，只好改变初衷，最后决定让一个老渔民接替环环的工作。

环环明天就要出嫁了。

环环说，她要最后再接送一回伍大姐。伍西曼坚决不同意，说是你明天就要当新娘子，许多事情都要准备，怎能为我而误了终身大事？环环说穷人家的闺女出嫁没什么准备，洗洗脸，小包袱一打就走了。伍西曼见环环一片真诚，只好答应了她。

可令人意想不到的是，当天夜里，日本鬼子提前了"五一"大扫荡。

那天晚上，伍西曼为组织妇救会赶制了一批军鞋，回湖边晚了一些。她走到约定地点，吹了一声口哨，环环就从芦苇荡中把小舟驶了出来。伍西曼一看环环把船驶了出来，顿生疑窦。因为她和环环早有约定，每吹三声口哨后环环才能把船驶出来。而且为防万一，她们每天晚上的接头地点多是随时更换的。是不是发生了什么意外？伍西曼心头骤起疑团，接着就看划船的环环。由于天色已黑，看不清楚，只看到一个轮廓。但伍西曼已感觉到船上环环有异样，为证实真伪，伍西曼说："环环等急了吧？"船上的环环只"嗯"了一声，却一直不说话。伍西曼一看事情有诈，急忙掏出八撸子，指向船上的"环环"说："你是谁？你把环环弄哪儿去了？"这时候，突听一片笑声响起，四面火把点燃，火光之中，伍西曼看到从芦苇荡中又划出一条船来，几个日本兵和皇协军架着被绑的环环，掏出了她口中的毛巾。环环悲痛地喊道："伍大姐……"

敌人从四面包围过来。

伍西曼举起八撸子对准自己的太阳穴，对船上的敌人头目说："你们不是抓我吗？若不快把环环放了，我这就自杀！"

敌人虽然害怕伍西曼自杀，但更害怕伍西曼打枪。因为这次扫荡是他们蓄谋已久的，再不像过去那般大扫大掳，而是通过底线，悄悄地抓住伍西曼，然后把陈州抗日力量一网打尽……为稳住伍西曼，敌人只得先放了环环。伍西曼怕敌人有变，仍用枪顶着自己的太阳穴，要环环赶快划船离开这里。环环哭着对伍西曼说："伍大姐，这可不是我告的密呀！"

伍西曼做梦未想到在这种时候环环竟说出这等话！那时候她已悟出了敌人的阴谋，决定等环环离开之后她就朝天开枪，让抗日支队知道敌人的扫荡已经提前开始了。可是，怕事的环环却还一直在"洗"她的身子，她仿佛把声誉看得比生命都重要，极其认真地对伍西曼说："伍大姐，真的，今儿个在这里接头我可谁也没告诉！请你相信我！"

伍西曼简直有点哭笑不得了，对环环说："我相信你，赶快走吧！"环环哭着说："这地方就咱两个知道，我怕是跳到黄河也洗不清了！天地良心，我可真是谁也没说！"伍西曼万没想到在这生死关头环环却为这个问题纠缠不清！她说不清是人到事处迷，还是环环吓出了毛病！为争取时间，伍西曼故装生气地说："环环你若不走，我可是真怪你了！"环环一听这话，瞪大了眼睛说："伍大姐，你若真的不相信我，那就你走我留在这儿！"伍西曼见环环如此固执，真不知道如何办好了。敌人当然不会让她们如此磨蹭，大声呵斥环环道："你若不走，怕是一个也走不脱了！"

环环这才哭着走了。

敌人首领见环环走了，对伍西曼说："只要你领我们找到抗日支队，保你永享荣华富贵！"

伍西曼笑笑，朝敌人开了火。

环环回家后，连吓带忧郁，不久便也离开了人世。到底是谁出卖了伍西曼，至今仍是一个难解之谜！

狐皮袍

曲仲景，字陶然，陈州人，兄弟二人，居二。由于书法写得好，被人尊称为曲老陶。

曲老陶自幼喜爱书法，立志自学苦练。由于家境不济，购不起笔墨纸张，便用麻刷蘸黄胶泥水在石碑上练习写字。严寒酷暑，从不间断。经过多年苦练，其所书颜体别具一格，颇负盛名。

由于曲仲景书法有了名声，军界政界纷纷邀其出山。从 1917 年到 1922 年，他先后在开封任过省警察厅第三科科长、山东曹县代理县长，后来还到河南第八行政区署察专员公署当过什么主任。1922 年，河南督军冯玉祥，曾邀其在开封相国寺门楣上题字。他登架写就"天下为公"四个大字，颇招冯玉祥赞赏，遂赠其 500 块银元以及两件狐子皮袍，而陶然先生拒金不纳，只收两件皮袄，说是要送母亲表孝心。

那时候，曲仲景的老母亲已年过古稀。寡妇熬儿，终于有了出头之日，被人尊称为老太太。儿子送回两件狐子皮袍，在陈州小城已属罕物。老太太舍不得一人独占，决定送人一件。这送的人，也必得是儿子有身份的老太太。纵观陈州城内，有身份的当属三家。一家姓白，儿子是京官，只可惜家中只剩老爹而无了老娘，自然送不得。一家姓赵，儿子现在军队里当团长。一家姓吴，儿子是商务会会长，属陈州首富。赵、吴两家的母亲也健在，于是就让曲老太太作了难。若送赵家，吴家属地方豪绅，得罪不起；若送吴家，赵家少爷年纪轻轻就混到团长，前途无量，日后若再腾达，怕是巴结都来不及。思来想去，最后决定连自己那一件也不穿了，干脆赵、吴两家母亲一人一件，不偏不倚，一样看待，要踩路就踩个光明正大，省得落下隐患。

于是，曲老太太就派人把两件狐子皮袍分别送给了赵老太太和吴老太太。

不久，曲仲景回陈州省亲。那时候已临近春节，他见母亲没穿狐子皮袍，很是奇怪，便问："娘，天这么冷，孩儿让人捎回的皮袍您老咋不穿？"曲老太太笑了笑说："我舍不得！"曲仲景说："那不是两件吗？穿一件放一件，敢不更好？"最后问得急了，母亲才向儿子道了实情。曲仲景一听母亲把皮袍送了人，半天没言语，更没抱怨，只说送过了就算了！我明白娘的好心，是想为孩儿踩路哩！但话说回来，自己的路还主要靠自己！

不久，曲仲景荣升为河南省第九行政区督察专员公署专员。因为当时的第九行署在潢川，距陈州只有二百里，消息很快反馈过来，陈州城有名人物全去曲家道喜祝贺。曲老太太坐在客厅里，红光满面，从早应酬到黑，只是出乎她意料的是赵家和吴家却一直未前来道喜。其实，道不道喜曲老太太倒不在乎，只是令她气愤的是，儿子升迁不到三天，从赵府里就传出谣言，说是曲家儿子升了专员，算是陈州大户了！两年前，曲家老太太还拿着狐皮袍子来俺们府上巴结俺家老太太哩！曲老太太很生气，正要去赵府与赵老太太论理，赶巧曲仲景派人来接母亲到潢川住几日，曲老太太便坐车去了潢川。

到了潢川，老太太仍气不休，便向儿子诉说了一遍。曲仲景听后笑笑，好一时才问："那吴家怎么说？"曲老太太说："吴家没去道喜，但也没胡说！唯有那老赵婆子不是个东西！"曲仲景劝娘说："赵家诋毁我们，是嫉妒。如果他儿子升为军长，就不会有此种心态！吴家老太太若当初接了你的袍子又返回同等的礼品，他们一定去道喜。那时候他们只收礼不还礼，是小瞧了我们，所以现在他们很害怕。你老不要为此气伤了身子，等过几天你回陈州，一切由我安排！"

几天以后，曲老太太从潢川回到陈州，她遵照儿子的嘱咐，把从潢川拿回的特产一分两份儿，一份儿送给赵家，一份儿送给了吴家。果然不出儿子所料，吴家人感激涕零，第二天就由吴老板亲自到曲府慰问，带去很厚的礼品，其中最珍贵的是一件貂皮袭衣，据说价值要高于当初曲老太送给吴老太太的那件狐皮袍子的几倍！但吴老板很情愿，对曲老太太说："你老当初就不小瞧吴府，已使我吴某感激不尽！您老要比那赵老太太强万倍！你别看她儿子才当了个团长，她自己像是早当上了军长的娘！"

曲老太太笑笑，说："当初送皮袍，你们赵、吴两家老太太一人一件。这回我从潢川带了些稀罕物，仍是一家一份儿！"

吴老板一听，更感曲老太太胸怀宽阔。

不久，陈州城里到处是贬低赵老太太褒扬曲老太太的声音。

再后来，赵老太太的儿子升为军长，而曲仲景因得罪了刘峙而被贬官为民。但曲老太太的口碑却也没因儿子的升降受到影响。

再后来，赵老太太和曲老太太先后离开了人世。那时候，虽然赵老太太的儿子官居要位，但丧事上前去吊孝的人远远赶不上曲老太太。

有一天，曲仲景做了一个梦，梦里他见到了母亲。母亲对他说："儿啊，以德服人得人心，这话一点儿不假。你为娘算是尽了最大的孝心了！"

曲仲景醒来之后，很是高兴，挥笔写了一副对联：清河世泽，严野家声。

上些年纪的陈州人大多都记得这副对联。

贾知县

贾知县是山东菏泽人，字文勋，名鲁。山东菏泽古称曹州府，盛产牡丹。贾鲁生于牡丹之乡，很有牡丹之秉性。咸丰三年，他来陈州任知县，发现白楼有一姓于的流氓恶霸，依仗其兄是府台，横行乡里，为夺新郎初夜权，手上犯下几条命案，民愤极大。贾知县接到诉状之后，愤怒至极，决心除霸，当下带人到白楼将于某抓获，投进了南监，然后整理卷宗，报刑部批斩。不料批文还未报出，上面却下达了他的免职令。

贾知县怒火一腔，但又无可奈何。陈州百姓多年才遇上这么一个清官，却又是如此下场，皆感朝廷不公。等贾鲁离任时，百姓都到县衙门前送别。贾鲁极受感动，对众人说："我贾某虽然无能，但今生今世一定要帮陈州百姓除掉这个恶霸！"言毕，与陈州百姓挥泪而别。

他回到曹州后，面壁思索多日，最后决定将家中田地房产一下卖光，准备进京跑官。贾鲁兄弟二人，弟弟尚未成婚，听说兄长要将田地房产一下卖光，弟弟自然想不通，当下提出分家。贾家本来财产就不是太多，如果一分，跑官的经费就会损失一半。为拢住弟弟，他劝弟弟说："三年七品官，十万雪花银。到时一定加倍还你。"弟弟觉得空口无凭，对哥哥说："这样吧，田产卖完之后，你给我打张欠条就得。等你当了官，先将我的还下，咱们分开另住。你挣钱再多我不眼红！"万般无奈，贾鲁只好照办。贾家房产共卖三万两白银，贾鲁就给弟弟打了个三万两的欠条，然后就携银进京，送给一个贝勒王爷，投其门下，当了门生。两年后，那王爷为其翻案，官复原职。他提出还去陈州任知县，赶巧陈州知县告老，他获得赴任。

贾鲁吸取上次教训，秘密进城，到了县衙脸都顾不得洗，当下就带人去了白楼。那于恶霸此时正在家中与人打牌，见到贾鲁，大吃一惊。贾鲁冷笑一声，让人将其拿下，对于某说："这回我看你那兄长如何救你！"言毕，命令左右将其就地斩首，然后贴出告示，将于某首级挂在城门示众三日。陈州人一见恶霸终于被除，敲锣打鼓，成群结队去县衙送万民伞。百姓们扬眉吐气，整整放了一天鞭炮。

于某的哥哥闻听其弟被斩，怒火万丈，派人暗查，准备重重报复贾鲁，岂料贾知县此时早已写下了辞官报告，回菏泽去了。

于某的哥哥叫于臣，此时已升为河南臬台。胞弟被杀，他觉得很丢面子，觉得不杀贾鲁，很难解心头之恨。他先派人去曹州追杀贾鲁，然后又买通道台，为贾鲁捏造罪名，定了一个谋反罪，四处张贴通缉告示，捉拿贾鲁。

再说贾鲁回到菏泽后，自知凶多吉少，便将家人安置在乡下朋友处，自己一个人四处躲藏。最后觉得最危险的地方最安全，便化装来到陈州，以乞讨为生。

于臣一直捉不到贾鲁，心中的怒火越积越旺，便传下命令，供出贾鲁者，可得赏钱万两。两个月过后，仍不见贾鲁的影子，于臣又将赏银涨到两万两。心想，重赏之下，必有勇夫。只要捉到贾鲁，他一定要将其在陈州斩首，也要将其首级悬挂城头，暴尸三日。

于臣每天都恨得咬牙切齿。

而贾鲁呢，由于化了装，又由于是在陈州城内，没有人会想到他在这里乞讨，所以就安然无恙。不想这一天，他正在街上乞讨，突见一队人马飞驰而过，街人无不惊慌，躲藏不及者多被马队撞倒，反倒挨鞭子。贾鲁不知道这是何人敢在光天化日之下横行霸道，便问一小贩儿这是什么人。那小贩儿悄声告诉他说："唉呀，你还不知道？这是于臣于臬台的小弟弟！自从他二哥被贾知县杀死之后，这家伙比他二哥还坏，手中又有几条命案了！"贾鲁一听此言，惊诧如痴，禁不住仰天长叹道："既知如此，何必当初！"第二天，他就回了菏泽，对其家人说："我为了替民除害，卖光了家产，让你们也随着我受尽了苦难。现在于臣的小弟弟又在陈州无恶不做，

71

横行乡里，比他二哥还坏上三分！可惜我已无能为力，又欠下弟弟三万两白银，现在只有用我之命来偿还这个债务了！"说完，就让其弟弟去于臣处将其供出。开初，其弟还有些不好意思，贾鲁开导他说："你若不去，我被他们抓去了你可什么也得不到！"他弟弟一听这话，去了，得白银两万两。为此，其弟弟还颇有意见，说他的兄长太傻帽儿，原以为他跑官为发财，不料却干这种傻事！世上的赃官和仗势欺人的恶棍那么多，他一个人怎能除得净！这可好，一家人陪着他担惊受怕不说，到头来还让我白白赔了一万两白银！

于臣抓到贾鲁，高兴万分，当下就将贾鲁押解到陈州，先让其坐囚车游四门，然后亲自监斩，将贾鲁押赴了刑场。

陈州人闻听贾知县被于臣抓获并要斩首，都来刑场为贾鲁送行。贾鲁不卑不亢，视死如归，频频向陈州百姓含笑示意。百姓们无不垂泪。三声炮响过后，刀斧手执起了鬼头刀。大概就在此时，忽听有人高喊一声："慢动手！"随着喊声，只见成千上万的人不约而同地都从衣内取出自备的孝布，然后一齐戴在了头上，并齐声哭喊道："贾大人，您走好哇——！"

刑场上顿时如同下了一场酷雪，白得令人心寒……

——那时候，贾鲁的人头已落地，两行泪水夺眶而出……

官　抬

古时候，轿子一般分两种，一种称民轿，一种称官轿。官轿的轿夫自称"官抬"。本来是抬官的，为何称官抬？不可考究。反正如此一颠倒，就显得高贵起来了。

轿子最早叫"肩舆"——翻译成白话就是一种"肩行之车"。官轿是皇家、官员的主要交通工具。由于坐轿者身份不同，所乘的轿子也不同。皇帝乘坐的轿子种类更多：如礼舆，是供皇帝朝会时乘坐；步舆，是供皇帝在城外巡狩、巡视时乘坐……平常时候，若皇帝佬儿只在宫内出出进进，一般都是乘便舆——冬天坐暖舆，夏天坐凉舆。

除皇家的轿子外，不同品级的官员则坐不同的轿子。官职越高，抬轿的人越多。一般州官以上的官员多坐八抬，而七品知县多为四抬。但无论八抬或四抬，轿头儿总要走到前面。目的是好听当官的使唤。轿头儿喝"起轿"，那轿便悠然如飘；轿头儿喝"停轿"，轿夫们便大步变小。吃"官抬"饭的人规矩挺多，尤其轿头儿，更非一般人能当得了的。轿夫只要一入轿班，就要恪守几不准：不准吃生葱生蒜，不准左顾右盼，更不准放响屁……有屁把不住要放，就高喝一声号子，把屁音淹没进去。轿子着地，要前低后高，让当官的出轿如闲庭信步，威严有加。

一般新官上任，首先要了解当地风俗民情和历史掌故。了解这些无外乎两个渠道：一是翻阅县志，二是下乡察看。下乡察看的路上，当官的只与轿头儿搭言。所以轿头儿不但要身强力壮有力气，而且还要有些学问，最起码能做到有问必答。回答问题时要掌握分寸：说得过少，当官的不明白；说得过多，当官的不悦——因而，这轿头儿不好当！

一般轿头儿不是选的，多是世家。

陈州南关的夏大，就是人老几辈干此种营生。夏轿头兄弟四人都吃"官抬"饭。新官上任，总要先拜轿头儿和班头儿。轿子是当官的腿，离了腿是寸步难行的。尤其逢年过节，拜谒比自己品高的上司，更离不开轿夫。好轿夫的标准应该是腿勤嘴严，无论当官的给上司送何种礼品，一律不准走风。所以，会当官的官都很看重轿夫。

这一年，陈州新上任一位名唤姜文略的知县，是皖北界首人，年轻且文武双全。据传，这姜知县金榜题名时名位很靠前，按常规，理应放个州官，只可惜朝中无人，只落了个七品。不知是心情不快还是不懂为官之道，上任已三天，他一不拜名门大户，二不拜顶头上司，轿头儿更不在话下。轿头儿夏大很生气，只是为着一家老小，忍了。新官上任不用轿，颇让人疑惑。是不是另请了高明，要摔夏家兄弟们的饭碗？想想就有些怕，耐不住，夏大就去了衙门。

一听说轿头儿求见，姜知县很热情，让人打坐沏茶，然后抱歉地说："夏轿头，本县上任三天只顾穷忙，未去登门拜访，望海涵！"

夏大听得大老爷如此一说，气消一半，恭敬地施礼道："老爷，小的虽说不才，但对本地风俗民情也略知一二！如若大人要下乡察看，我等弟兄招之即来！"

年轻的知县面呈窘色，好一时才说："实不相瞒，我已两次下乡了！"

夏大一听，怔然如痴，许久才问道："敢问大人下乡察看是乘的哪家轿子？"

知县笑道："师傅多心了！本县下乡察看，是以马代步！"

夏轿头睁大了不解的眼睛，直言相告说："大人，历任官员下乡察看，明为体察民情，实则是夸官耀威！大人上任初始，却舍轿而骑马，着实令小的不解！"

姜知县这才为难地叹了一口气，说："夏轿头的心情我领了，只是我……我晕轿！"

这一下，夏大如炸雷击顶，心想完了，碰上这位晕轿的县官算是倒了血霉！这一回，不但自己没饭吃，连弟兄们也都失了业！

姜知县像是看出了夏大的心事，笑了笑，说："夏轿头，你甭担心，轿我还是要坐的，只是坐得少一些而已！再说，就是不坐轿子，月饷还是照发不误的！"

夏大半信半疑地走了。

不想到了月底，知县果真派人送来了月饷。

姜知县虽不坐轿子，但为官清正，不畏权势，颇受陈州人爱戴。夏家人不动轿就能领到月饷，也由满腹牢骚变为感恩不尽。为感激姜知县，他们就整天盼望大老爷能早日坐他们一回轿。

这一天，姜知县突然微服来到了夏家。夏家弟兄四人受宠若惊，忙命全家人跪拜迎接。姜知县急忙搀起夏大，动情地说："夏轿头，你这是何必呢？"

夏大站起身施礼，道："大人如此恩典，让我等始料不及，真盼大人能早日坐坐我们专为你制作的新轿子！"

姜知县不解地问："为何专为我制作新轿？"

夏大直言不讳地说："那顶老轿抬过不少赃官，连轿子都污浊了！大人是清官，轿也要干净的！"

"言重了！"姜知县叹气道，"清官难当哟！"知县说着迟疑片刻，又笑了笑说："不谈这些了！我今日来是想麻烦诸位去接我家老爷子的！"

夏家弟兄欢喜若狂，急忙抬出早已备好的轿子，请知县上轿。知县望着崭新的轿子，面呈苦色地说："我晕轿，能不坐就不坐的！"说完，让人牵来坐骑，随轿出发了。

姜老太爷是坐船而来，颍河距陈州四十华里，中午时分便到了。知县从船内搀出老太爷。老太爷年近古稀，腰弯如弓。夏大一看老太爷迈动的脚步，顿时明白了知县不坐轿子的原因，急忙跪地，抱拳施礼，对老太爷说："感谢姜老太爷养育出了一个好儿子！"

姜老太爷听得此言，禁不住老泪纵横，叹气道："当年，我的祖上在亳州当轿头。有一天，知府问他：'姜轿头，你们为何自称官抬？'我的祖上性硬，直言说：'我们辈辈抬官，也想让当官的抬俺一回！'知府大笑道：'若想梦幻成真，除非你们姜家出官人！'祖上便把此话记在心中，辈辈相传。为达目的，我们姜家经过几代人的努力啊！"说完，他回首对儿子说："如今你当了官，老父别无他求，只求你能实现你的诺言！"

姜知县深情地望了望父亲，没说什么，走过去，接过夏大的抬棍，庄重地放在肩头，等父亲上了轿，高喝道："起轿了！"

那声音既洪亮又沉闷，穿过码头，顺着河风在很远很远的地方回荡……

从此，陈州地便留下了一个童话。

夏家弟兄到家之后四处宣扬姜知县的孝道之时，没一个相信是真的。

后来，姜知县慢慢熟谙了升迁之道，不久便升任知府。等到姜文略升迁道台那一天，夏家弟兄突然在一天深夜失踪了……

那时候，姜文略早已坐上了八抬亮轿！

老 冯

老冯是山西人。

旧社会，镇上山西人不少，而且多是有钱人。他们在镇上开酒馆，赚了银子，还在镇西街建了一座山峡会馆。镇上人皆称山西人为山西佬。山西佬是敛财的典范、置业的能手。有很长一个时期，山西人既是镇人排外的主要对象又是他们暗自学习的楷模，连山西话都成了当地的"洋泾滨"。所以，当老冯操着山西口音来到镇子时，众人非但没感到别扭，反而却感到十分亲切。因为那时候，大多的山西后裔早已回了原籍或被统化，正宗的山西人已寥寥无几了。

老冯是当兵转业分来的，在西街粮库工作。因为有颍河，镇上的粮食仓库为中转仓库，很大，光筒子仓就有十几座，并在颍河里建有专用码头。从这里下船，运至上游漯河装火车。那时候，粮食为统购统销，属国家管理物质。所以，在粮库工作的人就显得很重要。

我和老冯的儿子是同学。老冯的儿子叫铁锤，大名就地垒，就叫冯铁锤。粮库离山峡会馆很近，只一墙之隔。但由于两个院子都很大，围墙高，大门又不是一个方向，所以要转很长一段路。当时的镇小学就建在山峡会馆内，十二个班级，为完小。记得小时候，我曾去过冯铁锤家几次。粮库只有一个小家属院，在粮库一角，有三四户外地人住在里边。记得老冯家是两个正室加一个灶房。冯铁锤当时已兄妹三人，住房自然不宽裕。老冯的主要工作是在粮管所给一些吃商品粮的人称油称面。他常年戴着袖头，浑身上下全是面。太忙的时候，连眉毛和胡须上都沾有面屑儿。我们去他家，他只是友好地朝我们笑一笑，并不与我们说什么话。因为他对镇里人已经很熟，去了新同学他只是问问是谁家的孩子就算是对号入座，然后就剩下笑一笑了。

那时候供应商品粮全凭粮本，用粮票到粮管所买面是买不到的，只能到饭店里买饭吃。当然，粮票也是极难弄到的。当时拥有粮票的人多是工人家属。这些工人家属从丈夫那里弄回粮票后，就想托老冯买面粉。老冯呢，与镇上拥有粮本的人很熟，有些人家节约下面粉，就想托老冯换成粮票保存或换成别的什么东西。这样，老冯无形中就成了中间人。能为别人办事就能落下好人缘，所以老冯的人缘就极好。

每每用粮票换成面粉后，老冯业是趁天黑给工人家属们送去，而且是很神秘的样子。神秘的原因有多种，最主要的是两条：一是证明粮票换面粉的难度太大，开后门必须在黑暗中进行。二是亲自送货上门能表示一种关怀和亲切，让你感激之余再感动。果然，如此送来送去，就有不少女家属感动万分。为了报答老冯，也因丈夫不在家的寂寞，最后就在老冯怀中"感激涕零"了。当然，那些女人被老冯"浮虏"后，转脸就又俘虏了老冯，托老冯买面就变成了命令老冯。老冯呢，也甘心情愿地为她们服务，整天像头小毛驴儿，驮着面粉，今天去这家，明天去那家，很是辛苦。

与老冯众多相好的女人当中，有一个叫柳叶的少妇，很漂亮，也最遭老冯喜爱。柳叶家住在镇北街口处，当时她年不过三十，丈夫在宁夏石嘴山煤矿当工人。由于宁夏太远，一年里还不回来一趟。柳叶漂亮，又有些水性扬花，所以相好的也就不止是老冯一个。据传这柳叶靠色情不但俘虏了老冯，也俘虏了食品公司卖肉的老赵，卫生院里的名医生老吕，公社武装部里的部长老胡……反正凡是用得着的，几乎全让她给"俘虏"了。所以，这柳叶就很有面子，坐在家中不动，就有人送米送面送猪肉送钞票，连看病吃药都不需花钱。为不让这些相好的走碰了头，时间全由她一人安排。只是其他人全都听话，唯独那个姓胡的武装部长很霸道，说来就来。这胡部长是行武出身，找相好的也是军人作风。据说他调来不到半个月，就看上了柳叶，当即命令通讯员将柳叶叫来，说是让她参加基干民兵训练。那时候柳叶刚结婚，还算女青年，又加上能参加公社组织的民兵训练是别人求之不得的事情，于是就很爽快地答应了。训练当中，胡部长每天晚上都找柳叶谈心，帮她纠正姿势，让她吃小灶，然后就命令柳叶上床练习仰卧……

训练结束，老胡就成了柳叶家的常客。

由于老胡的霸道，老冯就曾吃过几回闭门羹。黑灯瞎火地扛一袋面去了，却叫不开门，只好呼呼哧哧地扛回来。第二天一见柳叶，方知老胡在，不便开门。为此，老冯就仇恨上了老胡，心想你他妈是军人出身哪个没扛过七斤半？谁怕谁?! 有这种心理作怪，老冯就想在柳叶家会一会老胡，打一打他的嚣张气焰！

这一天，他计算着老胡又去柳叶家了，便扛起一袋面闯了进去。那时候老胡刚要好事，突见粮管所的老冯闯了进来，十分气恼，愤怒之余，顺手就掏出手枪朝老冯打来。老冯在部队里当过侦察员，自然眼明手快，将肩上的面袋一横挡住了射来的子弹，然后趁老胡惊诧之机，一家伙踢飞了他手中的"五四"手枪，并顺势将面布袋恶狠狠地砸在了老胡头上。令老冯想不到的是，由于用力过猛，面袋又是只老面袋，一下炸开，将老胡的头套在了面袋里。老胡的鼻子眼和嘴一下被面粉包围，一呼吸，干面被吸进了呼吸道。面见唾沫变黏，堵了肺管，不一会儿，就伸腿儿抓胸，一命呜呼了。

此时的柳叶早已吓傻了，现在又见出了人命，更是害怕。老冯开初以为是老胡故意装孬孙，没当回事儿，后来一见老胡真的伸了腿，也吓白了脸。但他毕竟是男人，定下神后，安排柳叶说："你不要怕，就说他闯入民宅要强奸你，被我发现。他开枪射击，我反抗，才闹出了人命！"说完，就径直到公社自首了。

武装部长死于非命，这当然是重大案件。县公安局、县武装部都来了人，先调查柳叶，柳叶就按老冯说的说了。后审老冯，老冯与柳叶说的一个样。公安局验过面袋上的弹洞，找出了里面的子弹头儿，皆证明胡部长真的开了枪。又加上胡部长死在了人家家中，首先就输了一半理。最后经法院审理，老冯为自卫杀人，判刑 15 年。押送到很远的一个地方去了。

老冯被判刑不久，他的家人就回了山西老家。这事儿已过去多年，不知老冯现在还有没有。若活着，大概也年过古稀了。柳叶还健在，只是早已去了宁夏，听说孙子都七八岁了。

罗　锅

　　罗锅茶馆里的生意一直很红火，原因是周围几家机关都喝他的茶。那时候小镇人家多烧柴火，更没有暖瓶，所以大多是到茶馆里买茶。茶馆里烧煤，通火，实际上是一道火沟，为老虎灶，火沟上面一溜放十几把大茶壶。逢年过节，买茶要排队。茶壶茶罐儿放在地上排队，茶牌放在台阶上挂号。罗锅用手指弹弹茶壶，就知道哪把茶壶该沸了，取一块抹布，以做准备。稍顷，那把壶果真把壶盖顶了起来。罗锅很麻利地用抹布垫着壶把儿，先把大茶壶掂到一旁，等落了滚儿，再挨个儿倒水。这地方称打茶为倒茶，大概就是从这儿来的。罗锅倒一壶收一个茶牌，一大壶能打发好几家，手中也就收了好几个茶牌。等壶灌了水，放在火上，这才把茶牌放在一个瓦罐儿里。当然，也有现钱，见了现钱就放在一个竹筒里。竹筒很长，有娃娃那般高，是大毛竹制成的，中间竹节打通，把钱往里一放，任你手臂再长也甭想捞到底儿。罗锅茶馆所以有名，除去河水发甜外，主要是茶叶好。茶叶为棍儿茶。再在这种茶已很少见了，解渴又涮油，过节吃肉吃饺子，喝棍儿茶最解渴。这是镇上人公认的。机关人三天两头吃肉，所以更离不开罗锅的棍儿茶。

　　倒茶一排队，就有人编溜子：

> 想喝罗锅的茶，
> 等到屁股麻。
> 板凳儿三条腿儿，
> 坐上直栽嘴儿！

"栽嘴儿"为陈州土话，就是"打盹"的意思。坐在三条腿儿板凳上等茶喝的多是老茶客，南方叫功夫茶，这里叫泡茶馆。这些茶客多是上了年纪的老人，一大早就坐在茶馆里喝一壶又一壶，有天没地的闲扯空儿。我爷爷当年就是这种人物，小时候我曾随他坐过两回，记得一个早起他自己就能饮好几壶。当然，茶壶不大，枣红色的宜兴壶，又拙又笨，上面有"可以清心"几个字，拴壶盖儿的绳子黑乎乎的。由于是大肚儿茶壶，远看很像一个胖女人指手叉腰骂大街。一壶喝完了，用手拿茶壶盖合几下，罗锅听到响声，就拎着茶壶来续茶。

　　那时候罗锅已年近半百，个子比煤火台高不多，拎茶壶时要踮着脚朝上举一下才能把茶壶拎下来。茶壶很大，铁的，装满水足有几十斤。罗锅有许多烧茶经验，除去用手指弹茶壶猜测水的温度外，还不怕烫，尤其热壶续水时，刚倒完沸水的大茶壶内蓄藏着许多热气，一打开壶盖那热气就会倾巢而出，弄不好就能把手"嘘"成泡。但罗锅不怕。罗锅虽然不怕火烫水热，但他怕老婆。罗锅的老婆很漂亮，给罗锅生了儿子和女儿，很功臣的样子。罗锅婆娘一天只来三次茶馆，全是来吃饭。他们做饭就在茶馆里，全由罗锅操持。罗锅会炒菜会蒸馍，那个漂亮的女人什么也不干，就站那里看着罗锅背口"锅"很艰难地忙上忙下。若这个时候有人来打茶，她就喊：有人倒茶了！罗锅听到喊声就放下手中的活计给人倒茶。打茶的人打趣地问罗锅女人：你咋不做饭？女人说：我不会！打茶的人就笑，问：女人不会做饭咋整？女人毫不在乎，侃侃地答：我会给他生孩子！

　　听爷爷说，罗锅女人原是国军一个团长的三姨太。打水老马就是那团长手下的兵。部队在颍河镇被人打垮之后，一老地主把团长的三姨太买了下来。老地主和她不到一年，就一命归天。因为她长得漂亮，一土匪头子又把她占为己有。不想一年不到，那土匪也突然被人打死了。有人便认为这女人是灾星，接着又传出女人为"白虎星"，比潘金莲还"虎"得厉害，为"白虎跳三涧"——说穿了，就是那地方儿一片白板，只对角儿长了三根白毛羽。妨官妨福又妨命，给谁谁就不敢要了。罗锅不怕，说是你们不要我要，只盼女人能答应。那女人说，既然是潘金莲命，那就找个"武大郎"吧！于是，就随罗锅回了茶馆。

罗锅女人一生为罗锅生了两男两女。男的又高又大，女的个个仿娘，如天仙般。罗锅女人不是俗人，在家专教育孩子，所以两个儿子读书很用功，后来当兵提了干。两个女儿长得好，早早就被官的儿子们挑了去，都嫁到了县城里。大女儿的丈夫因老爹有权现在也成了有权的干部。儿女们一有本事，罗锅女人就再也耐不住寂寞，从这个城市到那个城市，让儿女们轮流养活。

后来，罗锅就死了。

埋葬罗锅的时候，罗锅女人和儿女们都回来了。那时候，罗锅的两个儿子都已混到了团级干部，加上女婿们的威力，地方上当然也极给面子，小车一辆又一辆，使葬礼办得很隆重。罗锅女人虽然在小镇里"窝"了二十多年，但一旦复出，无论气质和穿着，仍显出不俗和高贵。为着当初罗锅收留了自己，她坚持随儿女们一起把丈夫送到坟茔。人们很惊讶这些变成城里人的乡下人，"啧啧"之声不绝于耳，指着罗锅的家人给不知道的人介绍、讲解：看，那个又白又好看的老太婆就是罗锅的女人！那两魁魁梧梧的就是罗锅的大儿子和二儿子！那个穿着洋气的女人是罗锅的大儿媳妇，听说也是个不小的官儿……

有人问：罗锅的孙子孙女咋没回？

有人答：回了，那不是！那个瘦高个儿是罗锅的大孙子！那个漂亮妞儿是罗锅的大孙女！罗锅的二孙子和小孙女没回，听说都在外国留学……

罗锅，就成了这个家族永远也卸不掉的"黑锅"！

从此，这个家庭的人再也没回过颍河镇。

是不是为躲避那口"黑锅"？没人说得清！

殷老二和他的女人

镇里就一家姓殷的，在北街住，主人叫殷全富，人称殷老二，靠打锅盔过日子。锅盔是豫东馍类之冠，有锅盖那般大，寸厚，有用发面制成，也有硬面制成。味儿道有甜有咸。甜锅盔并不是放糖，只是不用盐，淡的。锅盔是温火炕成的，一面暄白，一面焦黄，其味焦香。尤其是硬面锅盔，久存而不变质，堪称豫东一绝，殷家锅盔也是两种，有咸的有甜的。炕锅盔用的是平底锅，下面是温火，火面很大，几乎铺满锅底。我从小爱看殷老二做锅盔，见他先将发面揉成长条，然后像蛇一样盘成一个圆，并在中间撒上碎盐和佐料，多是大茴、葱花什么的，盘成后，用双手托进平底锅内，上面又撒一层芝麻。等一切齐备，才开始盖上一个锅盖，慢慢炕。我不知道甜锅盔的制法，因为殷老二制甜锅盔多在家中制，第二天拿出来卖。听内行人说，甜锅盔的做法比较复杂，先用开水烫面提酵，不用碘不用碱，接面二三次，上杠了压软，再用手反复揉搓，达到光滑油亮，色如雪团，方入锅炕贴，烤得一面暄白，一面焦黄方算成功。甜锅盔要比咸锅盔薄一些，上面有非常整齐的线条，将锅盔划成麻将牌大小的小块块儿，不但好看，又便于分开。由于制做麻烦，价格也要比咸锅盔贵一些。

我上小学的时候，殷老二已五十多岁，他个子不足五尺，街人都喊他武大郎。说来也巧，殷老二的妻子也非常漂亮。殷老二的妻子叫海花，据说解放前是大土匪陈三刀包的"二奶"，陈三刀被张占魁杀死在商丘后，此女子便嫁给了殷老二。如此一朵鲜花能下嫁给殷老二，传说自然很多。有人说海花曾有不少浮财，为怕贫农团搜走，多交给了殷老二保管。海花怕殷老二将浮财供出，就干脆嫁给了他。还有人说，这殷老二曾经救过海花一命，海花为感恩才屈尊成了他的妻子。至于殷老二何时何地救过海花，至今没人能说得清。

殷老二在镇里卖锅盔的地点在十字街北口，与马家胡辣汤锅挨着。有人喝胡辣汤，多要买一块殷家锅盔。锅盔大，切锅盔的刀也是特制的，要比普通刀大两号，又宽又长，很夸张。殷老二个子小，却卖大馍拿大刀，给人的样子就非常滑稽。而且他的嗓门儿奇大，一声"来呀，焦锅盔——"能听半条街。在50年代初的那些日子里，殷老二的叫卖声曾是小镇上一道亮丽的风景。海花有时也来街上。海花来街上的时间多是早上。因为她不但长相好，也会打扮，每次上街几乎全是为了展示自己。海花一上街，就会吸引许多目光，不但男人爱看，女人也爱看。可以说，殷老二卖锅盔挣下的钱，几乎有一半用在了打扮海花上。殷老二说，把自己老婆打扮漂亮是为了让别人眼气嫉妒，一个男人活在世上若没有几样让别人眼气和妒忌的东西，那算是白活了。

海花来到市面上，除去展示自己外，还爱喝马家的胡辣汤。马家胡辣汤的主人叫马春，是个回民，头戴穆斯林小白帽，围着白围裙，很干净，连盛汤的紫铜锅都擦得铮亮。马春三十几岁，鼻梁高，眼睛大，长得很帅气。海花不但喜欢马家胡辣汤，也喜欢马春。马春与海花有染在镇上生意人中是公开的秘密，唯有瞒住了殷老二。他们三人的关系很像西门庆、武大郎和潘金莲的关系，好在没有郓哥捣破，日子就过得非常平稳。

殷老二卖锅盔，不但在镇上卖，还常赶会。那年月会多，什么二月二龙会、小满会、中秋会……几乎月月有会。每处起会，多要请大戏。这殷老二是个戏迷，爱听梆子戏和越调，所以就挑着担子到处赶会。因为会上有夜戏，殷老二常常要来个"连灯拐"，每次回到家时，多是大半夜时分。这种时候，也是马春与海花的约会时分。等殷老二到家，马春早已走了。这海花有一条很守原则，就是红杏出墙但不嫌弃殷老二，对老二照顾得很贴心，这也是殷老二不起疑心的重要依据。

这一年冬天，离镇子十几里外的满集起了大会，殷老二中午早早地就走了，不想晚上突然下了大雪，雪下得很大，转眼间就落了半尺厚，世界一片白茫茫，殷老二也一直未回。第二天，海花带人去寻找，却发现殷老二已经冻死在了一口井内，十个指甲全抠掉完了，上面的血也结了红冰。

可以看出，殷老二是在大雪中迷了路，掉了进去，为挣扎出来，顽强地朝上攀登，只可惜，井壁太滑，井水太凉，终于失败，丢了性命。

海花哭得死去活来，最后厚葬了丈夫，并为殷老二立了一块碑。殷老二死后，众人以为海花要嫁，殷家锅盔也从此消失。不想几天以后，海花亲自上街开锅营业，挂牌仍是殷家锅盔。几年后，海花仍未嫁，并要了个私生子，说是要让他继承殷家手艺。

海花与马春照旧约会，只是比平时更大胆了些。

他们的日子一直过得很平和。

几十年后改革开放，镇上供销社的门面房拍卖，马春和海花各买了一片，都盖上了三层小楼。日子过得很小康，镇上上了年纪的人此时才想起海花手中肯定有不少钱，只是殷老二没福气享受，好了马春。

众人都说马春和海花是这个小镇里最聪明的相好者。

当然，也有人怀疑过殷老二的死，是不是有人故意将他领到井边，把他推了进去？

那一天马春去了哪里？海花在什么地方？因为是大雪天，众人各在各家，大雪弥漫，又没留什么痕迹，所以好事者只是猜测，没人能说得清。

刘家果铺

刘家果铺在西街，掌柜的叫刘连财，一只眼睛，与他有成见的人喊他刘瞎子，与他有仇气的人喊他独眼龙，众多的人还是喊他刘连财。

占卜先生说，刘连财命运不好，解放前，他先在汪家果铺当相公，通过学艺，掌握了做果子的技术，尤其善做月饼。后来自家另立门户，常受汪家果铺的排挤。刘连财忍辱负重，狠抓质量，终于在名份和信誉上超过了汪家。生意好了，就求发展，盖了门面房，置了几十亩地，还买下了一家破落户的宅院落，眼见就要成为暴发户，不想解放了，土地被没收，还划了个"小地出租"。

刘家果铺是以月饼为主产品的，面精料细，里面的核桃仁、青红丝、桂花油，冰糖全是从周口进料。制月饼的地方是筒子房，中间是一排大面案。月饼模子是梨木的，上面刻着"刘记月饼"字样。每到中秋节前一个月，几十个模子磕月饼的声响能传老远。烤炉在一间大敞棚里，下面是碳火。烤锅很大，平底。上面的铁锅盖用铁链子吊着，有人喊上炉，吊盖挪开，相公们用木盒子从作坊中端出月饼，放进烤锅，一锅能出几十斤。烤出的甜香在西街上空飘荡，令人唾涎欲滴。

平常时候，刘家果铺还做点心糕果。做好的点心用黄色木匣子装盛，里边铺垫着纸。能装两层高级茶点。如芙蓉糕、蜜梅豆角和带馅的鸡蛋糕、外形像酥饼可上边有裂缝的梅花瓣子、包着上等枣泥的酥糕。刘家果铺的果匣子是顶斤的，上面是特制的写有店号的红、绿腊光纸。果匣有一尺长，四五寸厚，长方体，可以内放两层点心，上边有个可以抽开合严的盖子。盖果匣的腊光纸上除去有本店字号外，还要贴上一张"名贵菜食"

之类的标签将匣子封着，以防假冒。

工商业改造那一年，刘连财四十几岁，因为土改时没收了他家的土地，作坊并没没收。现在工商业改造，就是动员他与别人联合。因为颍河镇制果品的除去他与汪家是大户外，其余的都是小手工作坊，而且多干季节活，大多是中秋节前开炉制阵子月饼，春节前后做一些糖果，都未成规模。这就是说，刘连财要想与人联合经营，除去汪家就别无选择。

刘连财坚决不干。

刘连财不干的原因有多种，但最重要的一条是以他为主还是以汪家为主。因为汪家是老字号，刘家为暴发户，以汪家为主的倾向性像是很强烈。刘连财奋斗半生才争得个与汪家平起平坐，现在陡然间又归属人家了，心里很不平衡，所以他态度极其消极，牢骚满腹，而汪家掌柜就比较精明，他看出联营的趋势是不可扭转的，便处处积极，表现得很听共产党的话似的，这就愈加讨得上级的喜欢，大会小会都表扬汪家掌柜，非常含蓄地批评刘连财。而刘连财呢，就越发地不服气。人不服气总会有表现的，开会不积极，让发言时不发言，会上不说，背后乱讲。这些话最终又传到领导耳朵里，刘连财的形象在上级眼中越来越灰暗了。上级看刘连财顽固不化，便开始动员他的儿子、老婆和女儿，让他们帮助刘连财转变。除此之外，又加紧了其它方面的联合，雷家药铺和曾家药铺，王家饭馆和刘家饭馆，很快就形成了四面楚歌之势。最后唯剩下刘连财一人"挡码头"了。刘连财看大势所趋，只好认输，答应与汪家联合，只是要求联合后他以刘家月饼为主，汪家以糕果为主，月饼挂刘家牌号，糕果挂汪家牌号。上头的目的就是各发挥特长，自然答应，但联合部的主任要由汪家掌柜担任。刘连财由于表现不好，勉强挂了个副主任。

刘连财很没精神，一下从雄心勃勃转为灰心丧气，没了竞争心，后来干脆很少去果铺，一切都交给了儿子。

联营没几年，突然就来了大跃进。果铺一下归了公，全入了镇供销社，刘记月饼也更名为"颍河供销食品厂"。刘连财就觉得"兴家如针挑土，败家似大浪淘沙"，眼看着自己苦心挣来的家业一下完了，精神彻底垮了。他每天用刘记月饼模子在院里做泥月饼，神经了一般。

再后来，刘连财就离开了人世，埋葬他的时候，根据他的遗嘱，将上百个刘记月饼模子全都用驴皮胶粘在了他的棺材周围，成为小镇一大奇观。

红 女

　　红女真名叫什么，没人知道。听上辈人说，她年轻时是周口万贯街妓院里的窑姐儿。1948 年，周口解放，上级疏散妓女，先在一起训练，强迫她们劳动，戒掉烟瘾，然后让她们从良。当时，红女的丈夫雷中雨正在周口镇铺当学徒，在其师傅的帮助下，报名领回了一个，她就是红女。

　　我上小学的时候，红女虽已年近三十，但眉眼间仍闪动着一种妩媚。可能是出身比较卑贱，她很少抬头看人，更少在大庭广众之下露面。偶尔碰上，目光总是躲躲闪闪。现在想来，可能是因为她的青楼生涯使她觉得很压抑。尽管如此，仍是盖不住她的美丽。她个头儿比一般女性高一些，头盘得也极规正。她是标准的鸭蛋脸型，杏眼，柳眉，蜂腰肥臀，不胖不瘦，浑身都透着一种说不尽的耐瞧。据说当年红女曾在万贯楼挂过两年头牌。她八岁那年被卖进妓院，在老鸨的指导下，不但会弹一手好琴，还会唱一口好梆子戏。尤其《白蛇传》中"断桥"一拆，很是令人倾倒。十六岁那年，万贯楼主为其举行开苞仪式，满街披红挂彩，很是轰动。为她开苞的是一位政府大员。那大员从南京来视察沙河防御，当地政府就将红女当了进见礼。那大员见过红女后，大为震惊，说是若到南京城，能技压秦淮河两岸。因为苏杭女子偏瘦，燕赵女子偏肥，而这女子，恰在其中。为此，那大官还作了一首歪诗，曾在周口官场中流传一时。

　　如此美女，能屈尊下嫁一位学徒，原因有二：一是新社会取消了妓院，二是雷中雨长相不俗，赢得了红女之心。更重要的是，红女自认在周口"臭名昭著"，想远离那个丧心之地，所以，就随雷中雨回到了颍河镇。

　　开初，雷中雨实行的是"金屋藏娇"，悄悄将红女带回家中，一点儿也不敢张扬。但此地距周口只有几十里路，纸中包不住火，红女之身份慢慢也就成了公开的秘密。雷中雨像是也不怕这些，他是个善良人，可怜红女的出身。更令人不解的是，他竟还为红女当年红遍周口城而骄傲。连国民党大员看中的女人如今到了他手中，反倒成了他内心深处的某种慰藉。雷中雨家中极穷，弟兄几个都是光棍儿，唯有他婆到了女人，所以他对红女格外呵护。只可惜红女已丧失了生育能力，不能为雷家传宗接代了。为此，红女就觉得欠了丈夫什么。雷中雨倒开通，反劝红女说："像我这种家庭，人老几辈都是穷光蛋，不传也好。"平常时候，雷中雨在饭店给人当杂工，活面拉煤，挣了钱，第一件事总是先给妻子撕一件衣料，买一些化妆品。他觉得，把妻子打扮漂亮是他人生中最幸福的事儿。

　　大概是 1954 年，镇上的脚行班改成了搬运队。当时颍河通航，生意红火，搬运队实行了工资制，剩下的钱没处花，就成立了一个业余剧团。有人知道红女的底细，就向剧团推荐红女。开初，红女不同意。那时候雷中雨正想进搬运队当装卸工，看是个机会，就努力劝说妻子。红女看丈夫不在乎，方答应试一试。那时候红女还年轻，由于不生育，身段仍如未出阁的大姑娘，到团里一试弦，技压群芳。搬运队的头头儿如获至宝，当下拍板将其夫妻二人招下。头场戏《白蛇传》，红女饰演白淑贞，一炮走红，轰动了颍河两岸。人生就是这么回事儿，只要有一俊便可遮百丑。由于红女戏好人漂亮，能给人带来说不出口的精神享受，人们就再不讲她的身世。她自己一走进社会，心中的阴影也慢慢消失，很快就成了小镇名流。

　　由于妻子原为风尘女子，长相出众，现在又当了演员，演艺界历来传闻较多，雷中雨开始对妻子不放心了。每天无论干活多累，他总要陪妻子演出结束后一同回家。红女自然懂得丈夫的心，在剧团里，她很少与人戏言，将自己封闭起来，几乎不与男人来往。男人也知雷中雨护得紧，怕引起误会，也极少有人打红女的主意。

　　不想这一年，从部队转业到镇上一位男演员，叫周季云，年不过三十，长得很帅。小伙子在部队文工团呆过，复员回来后被安排在搬运队。由于登台演出过，被居团留下了。周季云虽没演过大戏，但心灵，腔口也好，不久就成了剧团的台柱子。他多与红女配戏，《白蛇传》里饰许仙，《刘海砍樵》里演刘海。一来二去，二人就产生了感情。红女虽出身青楼，但一直未有爱过。跟随雷中雨从良，里边感恩的成份很大，也就是说，她的爱一直还未释放过。她看到周季云对自己不是演戏中的那种爱，心里开初很害怕。周季云在外面混过世界，爱得很大胆。虽然他比红女小两岁，但他却把她当妹妹看待。红女明白他的心事，曾经躲过他一时。不想这周季云的进攻性很强，很快就攻破了红女的防线。二人开始爱得死去活来。

这一切当然逃不脱雷中雨的眼睛，回到家中，他开始审问红女，红女不说，他就动武。红女受了苦，第二天就找周季云诉说。周季云说事情到了这一步，那就给他离婚。一说离婚，红女有些不忍心，说是自己原为青楼女，毕竟是雷中雨将自己从了良，而且他又是那样地爱护自己，也从不嫌弃她的出身。周季云说你的翻身决不能算在他雷中雨身上，若不是共产党革命成功，他怎么有能力让你从良？现在他把你看成了他的私有财产，当个物件先将你藏起来，后来又利用你进了搬运队，现在他虽然让你唱戏，可每天却像看押犯人一样看着你！你知道吗？这是对你的污辱！你完全有理由反抗，更有权力争取自由。红女毕竟是爱周季云，比较来比较去，最后终于下定了决心，回到家中就向丈夫提出了离婚。一听说红女要离婚，雷中雨简直不相信自己的耳朵。他惊诧万分地又问了妻子一遍儿，一下就傻了。他呆呆地望着红女，再没说一句话。

可令人想不到的是，当天夜里，雷中雨竟将红女杀死了。更令人不解的是，雷中雨杀死红女之后，竟不跑不躲，单等公安局来抓他。杀人自然是死罪，不久雷中雨就被执行枪决。临行前，问他还有什么交待，他很得意地说："我死后只求与红女埋在一起。这一回，看哪个还能夺得走她！"

遗憾的是，镇上人全骂红女不是东西，因她卑贱的出身，雷家家族都不同意让她进老坟地，更不答应雷中雨与她合葬。

江小雪

江小雪是个知青，毕业于郑州铁五中。她的父亲和母亲都是省京剧团的演员，为梨园世家，所以公社里一成立毛泽东思想宣传队，就把她抽到了宣传队里。

江小雪很漂亮，眼睛很美，皮肤很白，头发很黑，穿着很时髦，是那种一眼就能被发现的靓丽。她下放的地方叫刘楼，离镇子八里路。老 K 也是刘楼知青。据说老 K 一直"粘"在剧团里不走全是为小雪。其实小雪并不喜欢他，小雪喜欢的是一个名叫龚亮的知青。龚亮有时也来宣传队里找小雪。龚亮长得很帅，一米七八的个头，留着"飞机式"的发型，方脸直鼻，既有男子汉的气魄又显得很"知识"。龚亮戴眼镜，爱戴宽边儿的玳瑁镜，又给他增添了不少神秘性，是招女孩子喜欢的那种，又帅又秀气，几乎是十全十美了。只是他家庭出身不是太好，听说是资本家，郑州德化街有幢商业楼就是他们家的。据说龚亮的父亲是个京剧票友，与江小雪的父亲都很熟。有这种关系，本身已先占了优势，再加上他的长相出群，江小雪肯定让他当第一人选。

可惜的是，江小雪虽然进了宣传队，但不会唱豫剧。她满口京腔，唱二黄是童子功，上小学时，就曾给省委领导唱过《苏三起解》。更让人不解的是，来到宣传队让她学唱梆子戏她又不肯。理由是豫剧太费嗓子，要求音域太宽，如果改学豫剧，将来京剧团内招时自己就唱不成京剧了。可她长相太好看，上妆"盘"儿更靓，演李铁梅简直就像刘长瑜的妹妹。剧团头头舍不了，公社的领导也舍不了。为能让她上台，公社里一位副书记竟想出了京、豫同演的奇招——就是让别的演员如李玉和、李奶奶都唱豫剧，轮到江小雪唱李铁妹，改用京剧。赶巧有一个姓汪的知青会拉京胡，也把他招到团里，配上小上海的小提琴，先试演了一场，不想竟弄成了。后来到县里汇演，还得了个大奖，领回了很大一面锦旗。

老K来到剧团里，目的虽然是追小雪，但小雪却不把他放在眼里。可老K却不死心，追得很张扬，常拿出自己写的日记让众人看。我见过他写的日记，字体虽很难看，但内容全是发自肺俯的真诚。他写道："我是在大队里组织修筑护河堤的工地上第一次见到她的。当时彩旗飘扬，锣鼓喧天，几个大队的人都集中到了河岸上。我在人群里发现了她，知道她就是大名鼎鼎的知青美女江小雪。我一下就被镇毙了！我见过不少美丽女孩儿，却从没见过这么美丽的女孩儿！我一连看了她几百眼，一中午就像掉了魂儿！"

另有一篇写道："我下放的村子和小雪是一个大队，她和一个名叫龚亮的在夏营，我在刘楼。有一天，大队部成立青年突击队，以知青为主，没想小雪被分到了我们这一组，我特别特别高兴！修河堤是个重活，抬大筐推土车，我怕累着她，就主动与她一辆车，只让她扶车，我掏牛力。修堤半个月，我们熟悉了，只要有她在，我干活就不知啥叫累。可是，大概就在这时候，公社里成立宣传队把她抽走了。这一下，像抽走了我的魂儿！不行！我一定要去参加宣传队……"

老K不会唱不会拉，宣传队自然不会收留他。可老K有办法，说剧团里不能全是演员，也得有掏苦力的，就把我当个苦力用吧！就这样软缠硬磨，老K终于成了团里的编外人员。他很勤快，烧汽灯扛道具，下乡拉车搭台卸戏箱，他成了主要人物。有时演出时场子乱了，他就手持一根长竹竿下到人海里维持秩序，累得满头大汗，嗓音沙哑，很让人感动。

平常时候，老K爱唱一首名叫《美丽的姑娘》的歌，也是沙嗓子，像现在的藏天朔。我们都说他的嗓子像破竹竿敲击破尿罐，但细听了，却含一种悲凉和凄伤：

美丽的姑娘见过万万千，

独有你最可爱。

你像冲出朝霞的太阳，

无比新鲜。

姑娘呀，

把你的容颜比作鲜花，

你比鲜花还艳，

世上多少人呀向你，

望得脖子酸……

据说这是一首在知青中流行很广的歌，在当时是不准唱这种爱情歌曲的。但老 K 不怕，只管唱。我们都知道他是为小雪而唱，所以也就心照不宣，只是每当他唱的时候，我们就偷偷窥视小雪的表情。而江小雪却像没事儿一样，有时还纠正老 K 说："不是世上多少呀向你，是望你!"

当时我们都觉得城里人很奇怪，比如这江小雪，明知老 K 在追她，她也不在乎，该咋还咋，化妆时，让老 K 帮她打水洗脸拿肥皂，下乡演出时让老 K 帮她扛箱子装行礼；有时候龚亮来了，也同老 K 很亲似的。老 K 呢，也像是不吃醋江小雪与龚亮亲昵，只说龚亮有福气，自己没有。他还对我们说江小雪可以不爱他，但他要爱江小雪，这就叫爱的权力。江小雪也是个聪明人，她说女孩家有几个男孩追是应该感到自豪的，也可能是为了这个原因，她时不时也给老 K 一点"温暖"。比如上街买零食时，她总是要给老 K 一份儿；有时命令老 K 干什么，只用眼神——那眼神里所含的东西，足能让老 K 激动得浑身发抖! 有时他想借机前进一步，不料瞬间工夫，江小雪已冷了脸子，让其望而却步。

论说，就这样下去也无可厚非，老 K、龚亮、小雪各爱各的，互不干涉，各有各的自由权力，想来也不会发生什么事情。不料小上海因为一条呢裤出事之后，公社领导对演员开始了审查，尤其是对知青们，更为严格。江小雪是主要演员，又是梨园世子，其父母正在省城里演着样板戏，很快过了关。可怜老 K，本来就不是按组织手续抽调的，去刘楼一调查，事情更糟，原来这老 K 的父亲是个搬运工，自认招工上大学无望，有着破罐子破摔之嫌，在村里偷鸡摸狗，成了公害，公社里的人调查时，几乎没人说他的好话。如此一来，剧团领导只好劝其回乡劳动。江小雪认为如此对老 K 的打击太大，就向领导为老 K 说好话。怎奈是有关政治的事，领导很"原则"，不答应。江小雪为能留住老 K，也是为自己挽回面子，就说如果让老 K 走，她也走。这当然有点要挟的意思。这一要挟，她在领导心目中的好印象一下降了格儿。剧团领导向公社领导一汇报，公社领导当即表态：为了革命队伍的纯洁，决不能向这种要挟投降，当下就将老 K 和江小雪一同赶走了。

为此，老 K 感激涕零，他哭着对小雪说："今生今世，我将如牛如马般报答您！"江小雪笑笑，说："你就把我当妹妹吧！"

老 K 一听傻了，就是说，自己今生今世与江小雪只能是兄妹情而无夫妻情了！至此时他方明白，聪明的江小雪舍身护他的目的在这儿等着！他望着江小雪，望了许久，说："能让我抱一下吗？"

江小雪很大方地说："可以呀！"

老 K 抱住了江小雪，像抱住了一尊女神，紧闭双目，像洗涤自己的灵魂，终于得到重生，他轻轻松开小雪，后退三步，"扑嗵"跪地给小雪磕了一个头，说："我老 K 今生今世碰上你江小雪，足矣！"言毕，起身走了。

附记：后来老 K 回到刘楼后因报复乡亲被判刑 15 年，江小雪常以妹妹的身价去探监。据说江小雪与龚亮回城后各奔前程，分道扬镳。江小雪虽如愿进了京剧团，但终未成角。再后来的情况就鲜为人知了。

时间已过去 40 年，想来当年漂亮的她也成了老太婆了！

赵老邪

赵老邪是外号，真名叫赵文成，叫他老邪是因为他的左眼有点儿斜视，而且是朝里斜，斗鸡眼似的，给人的感觉很滑稽。很早的时候，赵老邪是个卖鸟人，先是在开封城，后来又到皖地界首，再后来还去过郑州。土改那年，城市清理户口，他才回到小镇里。

记得赵老邪在镇东北街住，离古寨墙很近，两间草房，门前是一片菜地，种的是一些常用菜。他的老伴是界首人，据说曾是一名妓女，界首解放那年让妓女从良的时候，她已人老珠黄，又不能生育，城里人都不愿要她。当时赵老邪已年近半百老光棍一条，自然不嫌弃，便把她领了回来。赵老邪的老伴儿姓吉，名字很"城市"，叫吉素素。我们都喊她素素婶儿。素素婶儿虽然人老珠黄，但从她的五官中还能隐约看出年轻时的风采，尤其是她笑的时候，洁白的牙齿一下能把满脸照亮，双目里微含一种青春时的羞涩，让她的同龄人黯然失色。

赵老邪不但会养鸟，而且很会驯鸟。他有一肚子鸟经，常给我讲旧社会的鸟市。他说鸟市多在城边处的小树林里，为的是便于将鸟笼悬在树枝上。卖鸟的人并不像其他商业小贩那样大声吆喝叫卖，而是静静地坐在一边，全靠买家自己看。是内行，往往不忙问价，而是先端祥鸟的货色，看中之后，再讨价还价。开口先问价格的大都是外行，也买不到什么好鸟，多买像娇凤、文鸟、相思鸟、竹叶青、黄莺之类。为的是好养，只要不断水，三五天还不朝食罐儿里放小米也饿不死。内行买鸟就讲究多了，他们多是先看产地，比如鹦鹉，讲究山东青岛产；画眉讲究四川产；百灵讲究张家口产。不是正宗产地者，价格要便宜。其次再看毛色、体态、长相，相对象似的，有的还要听鸣声。赵老邪说他年轻时为逮好鸟跑山东去四川，就坐在山里逮鸟，逮到后，还要驯一段时间，等驯成了，再上市。喂鸟也有讲究，鸟食多是些小米、栗子、玉米面什么的。对有听叫的鸟，除去素食外，还必须喂点活食儿，如玉米虫、小蜘蛛、蚂蚱等，这样叫起来才能膛音洪亮。鸟市不但买卖鸟，也可以换鸟，把自己多余的鸟拿出来交换自家没有的：如用对儿"芙蓉"换"珍珠"，用对儿白鹦鹉换对"虎皮鹦鹉"，各取所需。鸟市上最热闹的地方是斗鸟场。斗鸟多是让鸟比叫，几只鸟笼朝树上一挂，把笼布一揭，让鸟儿开口比试，最后，总是一只以自己洪亮的嗓门儿、优美多变的声音取胜，其余的渐渐败下阵来，耷拉着翅膀，逐渐哑了口。这时，观鸟者便同时喝彩，得胜的鸟家满面放光，鸟价也骤然上升。

赵老邪说他最喜欢听鸟叫，所以他就常去张家口贩百灵。他说百灵鸟是一种好胜心极强的鸟，每驯成一只，到鸟市与人斗鸟，往往胜利，卖个不菲的价格。

从外地回来，赵老邪仍不忘养鸟。只是乡下人养鸟的人很少，就是有也不会掏钱买，所以赵老邪此时养鸟已全属爱好。他家的小院里长有几棵柳树，树枝上挂着十几个鸟笼，有百灵也有画眉，每天早晨叫声一片，悦耳动听，让人心静。吉素素也喜欢鸟，她说自己没孩子，鸟儿就是自己的孩子，所以她对鸟疼爱有加。鸟笼挂在当院儿里，危险除去猫外，还要防鹰。鹰很狡猾，常常会从高空俯冲下来，直袭笼中鸟。如果鸟不动，呆在笼子中间，稳稳地栖在横杠中间，外面的鸟嘴巴再长也奈何它不得。但问题是往往这种时候笼中鸟会惊慌失措，乱扑腾，便给外敌提供了可乘之机，一不小心，就会被老鹰猛啄一口，命丧九泉，最后成为外鸟的美食。素素婶儿为防老鹰，还在院里扎了一个稻草人，戴着草帽，斜插一杆木枪。每听到叫声有异，她会急促地从屋内跑出，边跑边呼喊，惊叫声能听几节院。

素素婶儿不但嗓门儿亮，还会弹琵琶。据说她是从小就被卖进青楼的，老板娘为让她成为摇钱树，专请师傅教给她技艺，能弹能唱，还略识文墨。现在上了岁数，嗓音能喊不能唱了，但琵琶还能弹上几曲。每到傍晚时分，百鸟归巢后她就开始弹几曲，尤其是古曲《春江花月夜》，弹得如歌如诉，能引去许多人去静听。

吉素素随丈夫回来的第二年冬天，镇上也开始了土改运动，从县里来的工作队里有一个姓廖的，是县中学的音乐教师，听说吉素素弹得一手好琵琶，就想劝她参加土改工作宣传队。当时是个文工团，演出的多是文明戏，什么歌剧《白毛女》、话剧《斗争陈老十》，目的是掀起群众对地主阶级的仇恨，配合土改运动。

这本来是个好事情，当时古素素才四十几岁，又有些文化，如果能参加文工团，日后还能奔个前程。可令人不解的是，赵老邪不同意，他说工作队让吉素素上台弹琵琶，那不是在揭她的丑吗？她一没上过学，二不是大户小姐，在哪儿学弹的琵琶？不用问，一定是个青楼女！这不是让她丢丑是干什么？工作队的老廖去做他的工作，说文工团又不是光在这一带演出，去到外地，怎会认得她？再说，只要她一参加，马上就要换服装，和我们一样样，又有谁会去探讨她的身世？论说，话说到这一步，赵老邪也应该同意了，可他却说，别人喜欢你们这个土改运动，我不喜欢！若不是这个鸟运动，我现在还在城里养鸟卖鸟，好歹也是个城里人；现在可好，城里的工作队把我们撵了回来，我挣扎半生想脱离这片黄土地，好不容易才混进城里，却又被你们给赶了回来！你说说，我咋还有心让我老婆去帮你们歌颂土改！

老廖一听赵老邪如此反动，再不作他的工作，回到队里一汇报，工作队队长正想抓个典型，就派民兵把赵老邪抓了起来。

队长问赵老邪说："听说你反对土改运动？"赵老邪毕竟见过世面，当年卖鸟时练就了一副好嘴巴，一听这话，就知道是自己给廖发牢骚发出了问题，忙辩解道："我赵某人几代都是穷人，咋能会反对共产党斗地主分田地哩！那样我不是傻鸟一个吗？"队长望了他一眼，又问："那你为什么不让吉素素参加文工团？"赵老邪说："队长，我这不是为你们好吗？你想，就她那身价，若进了文工团，不是影响不好吗？人家肯定会说，共产党的文工团收了个妓女，那不成慰安团啦……"队长越听他说得越不照路，急忙拦住说："别说了，别说了！什么话一从你们这些鸟贩子嘴里吐出来就变了味儿！"赵老邪急忙自我作贱道："是是是，口脏，不是什么好鸟!"

对这种执迷不悟的老百姓，队长也没什么好办法。前天就抓过一个反对中州票的人，一问，竟是几代小生意人，最后只好放了。对于赵老邪也一样，教育了一番，"熬"了他大半天，也放了。

赵老邪被放出来后，却憋了一肚子气，就因自己发了几句牢骚就被抓了，丢人！他气呼呼地回到家中，张口就给吉素素约法三章：一不准再弹琵琶，二不准接触土改工作队，三不准外出看文工团演出。给老婆定了规矩，仍觉得不解气，一肚子无名火无处发泄，就在院子里来来回回地"走柳儿"骂空："我日他娘！我日他娘！""骂空"是我们那一带男人常见的发泄手段，也不指骂哪个，只是泛泛地骂一通，泄了心中的无名火就完。那一天赵老邪可能火气太大，直直走了几十遭儿才停下来。不想他刚停息，忽听树上挂的几只八哥同时喊道："我日他娘！我日他娘！"

这一下，赵老邪傻了。因为他平时深怕鸟学脏了口，从不敢在鸟前说脏话。不想这一下，几只驯成的八哥全脏了口，他心疼得差点儿哭出来。赶巧这会儿老廖又来了，一进院听到的全是骂声，而且全是仿赵老邪的腔调儿，很是气愤，急忙回到工作队驻地报告，说这赵老邪非但没改正错误，竟还变本加厉地教鸟儿骂人！对这种人，再也不要手软了，还要抓！队长听了沉默一时，说："那只脏鸟又没指名道姓骂你，你何必拿屎盆子朝自己头上扣呢？"老廖冷静下来一想也是，笑道："是呀，有拾钱拾银子的，哪有拾骂的呢？"

赵老邪因鸟惹祸，很是害怕，深怕民兵来抓，老廖刚走他就逃了出去。

让人万万想不到的是，赵老邪竟从此杳无音信。

吉素素一直等着赵老邪，每天傍晚时分，她就坐在小院里抱着琵琶弹曲子，如泣如诉地一直弹到夜深人静……

冷面杀手

99

杨春暖

　　杨春暖是南街人，解放前当过保长，解放后就被划上了坏分子。

　　听上辈人说，这个杨老头还杀过人。大概是 1944 年冬，杨春暖在陈州与一伙人合股贩盐被一个伪警察抓住。因为盐历来都是国家垄断物质，属专卖商品，抗日战争时期更不例外。日本鬼子为了侵华需要，将盐铁视为军用物资，特设立了专司盐务特殊机构和盐务警察。抓住杨春暖等人的就是一个伪盐务警察。那警察抓住他们后，并没有急于送到局子里，而是想与盐贩子"私了"。杨春暖和他的同伙也觉得私了最好。不想那警察却狮子大开口，非要二千块大洋不可。当时一车盐也挣不了二千块大洋，杨春暖他们当然不同意，就与那盐警讨价还价。可那盐警说这个价格不单是指这一回，谁知你们赚了多少了，二千块大洋已经够便宜的了。说完，那盐警又威胁他们说："如果不拿二千块，我就告你们私通八路军！"这罪名在当时可是要掉脑袋的！那个盐警说这话的意思是要挟盐贩子，不想要挟过了头。杨春暖的那伙人中就有人提出一个大胆的建议——杀人灭口。众人你看我我看你没人反对，最后就将那盐警做了。许多年后杨春暖说那次杀人他是望风的。论说，在抗日战争时期杀一个伪警察就是亲自下手也不为过，若不是杨春暖后来当了伪保长，怕是应该成为抗日英雄的。

　　据说杨春暖当保长是用钱买来的。杨家在镇里是小门小户，常受大户人家的欺负，用豫东一带的话说是有点儿"鳖"。也可能是杨春暖贩盐赚了些钱，不想"鳖"了，就贿赂镇公所的镇长当了保长，而且当的还是伪保长。虽然只干了几个月，可他上台之后就想先把跑官花的钱捞回来。当时的小镇分东保和西保，他任的是东保保长。东街人大多是农户，他一上任就向每户人家要征兵费以及粮草什么的，有人抗交，他还威胁打骂，这就积下了民愤，说他是小人得志。为此，土改那年枪毙镇长景振启时，特意让他陪罪：把他同景振启一同拉上批斗台，宣判其"死刑"，然后同死刑犯一样五花大绑，背上插上亡命牌押赴刑场。到了刑场，民兵也用枪对着他的后脑勺。他的面前是一个挖得很浅的土坑，一声令下，枪声响，另几个死囚全扎在了面前的坑里。负责枪毙他的民兵也同样扣动了板机，然后一脚将他踢了个狗啃泥。他还以为是真死了，一天一夜才过来。

杨春暖经过一次死亡游戏之后，像是改变了对人生的态度，从此对什么事儿都不在乎，破罐子破摔，形成了今日有酒今日醉甭管明日喝凉水的生活方式。土改后不久，他就去了周家口。那时候对他这种人管制还不是太严，杨春暖到城里的目的是想过城里人的生活。因为他以前在城里混过，觉得任何时候城里人都要比乡里人过得好。更重要的是，通过这次土改运动，他又悟出"人缘"这东西在乡里很重要，而在城里就无所谓。因为城里流动性大，人际关系淡，大多是各扫门前雪。而在乡间就不行，你一个人干点儿什么坏事，能让乡人记人老几代。所以，他被假枪毙之后，就一心想离开故土，离开那个伤心之地说不定还能寻到新的转机。

论说，他在周家口的工作很不光彩，是在大粪场里给人卖大粪。但为了跳龙门，他不得不卧薪尝胆。上世纪五十年代，小城里还没有下水道、化粪池之类的设施，厕所是旱厕，粪便管理全由大粪场负责。每天有环卫工人四处掏粪收粪，送到大粪场，掺土晒成大粪饼，卖给四乡的农民。那时候还没化肥，农家上地全靠农家肥。城里人生活好，屙出的粪便也壮。杨春暖虽然干的是臭活，吃的却是白馍馍，而且每天还能有四两小酒喝。大粪场里确实臭，真可谓臭气熏天。杨春暖开始也受不住，后来就熏习惯了，用他自己的话说是鼻子熏"瞎"了，对"臭"有了感情。就是正赶吃饭时有人来买粪饼，他也可以边吃边领人去看货，常常是将馍馍朝腋下一挟，双手掰开一块粪饼，送到人家鼻子底下说："你闻闻，臭不臭？你闻闻，臭不臭？"等人家说臭了，他才放下粪饼，双手一抹拉，又拿馍朝嘴里填。那时候汽车少，运输多以水运为主，颍河里每天都有大粪船。因为船运便宜，又装得多，所以颍河两岸有条件的村子大多都有粪船。杨春暖虽说不想回家，他的家人有时就趁黄菜园的粪船来看他。家人都顶不住粪场的臭气，杨春暖只好领他们到街里饭馆吃饭。杨春暖对家人说，他正努力攒钱在城里买房，有朝一日，他会把全家都搬到城里来住，彻底告别那个可恶的小镇。

但作为一个卖大粪饼的人，要想攒钱在城里置房谈何容易！杨春暖自然也明白这一点。为能忙实现自己的梦想，杨春暖的人生观又不知不觉变了过去，他又开始动脑筋如何挣钱发财了。思来想去，他便开始打大粪船的主意。1956 年国家实行了粮油统购统销政策，许多粮贩子都因此而改了行。杨春暖旧社会贩过盐，于是，便开始贩卖粮油。他与一个大粪船的老板勾结，悄悄用粪船从乡下往城里运粮和油，然后倒卖给地下粮行，从中获利颇丰。他们一连干了几趟，由于用大粪做掩护，一切都很顺利。就决定大干一票，把上几次赚到手的钱全部购成粮和油，正准备大赚一把，不想"大跃进"来了。"大跃进"一夜间就来了，一切全变了样。因为要过共产主义，人像做梦一样被赶进了集体农庄，吃上了大食堂。没人卖粮了，也没人买粮了。地下粮行神秘消失，杨春暖和那个大粪船老板一下傻了眼。粪船上的万斤粮食和芝麻油要不是，不要也不是。二人商量了半宿，决定守在船上，等一等，看看形势再说。于是二人将船撑到一个背河湾处，就在船上吃住。为防下雨，他们还买了雨布。这在上世纪的 1958 年简直就是个奇迹。人们只顾"大跃进"，都忽略了颍河里的这只大粪船，生生让他们躲过了一劫。

到处是饥荒，讨饭的人成群结队。杨春暖和那个船老板高兴万分，苦守一年，终于盼来了发财的好时机。二人开始悄悄将粮食一点儿一点儿运到岸上。他们原准备进城卖黑市，不想秘密被一个邻近河岸的村民发现，并向村人透了这秘密。饥饿的村民如获至宝，当即就下河抢粮。杨春暖和那个船老板哪里肯依，掂起船篙要与人拼命。村民们人多势众，个个又饥饿难忍，便跃到船上与他们打斗。杨春暖和那船老板哪会是他们的对手，不一会就被人打倒捆绑了起来。接下来，一船粮油瞬间被抢得精光。人们都怕船主人和杨春暖去告发，最后便将船沉了。

杨春暖和那船老板都五花大绑着，也随船沉了下去。

这个结果是他做梦也未曾想得到的。

冷面杀手

旧世道，咸盐为国家统一管理物质，不得私运，而且官税极重。凡交通要道都设有关卡，颍河也不例外。

颍河很长，上通京广要道，下达淮河入黄浦江。从漯河、周口往下游去的船只如梭，从六安、蚌埠往上游去的船只更是川流不息。颍河镇的哨卡设在颍河北岸，岗楼为红石垒砌，又高又大，而且凸出河岸数米远。站在岗楼里，十里河道尽收眼底。无论白天黑夜，从这里经过的商船都要接受检查。如果不听旗语，哨卡里的神枪手就一枪打断帆绳，让你乖乖就范。

为逃官税多赚钱，盐商们就请来了冷面杀手。

冷面杀手姓胡，叫胡果，住在颍河镇下游的一个小村里。胡果从小失去爹娘，生活无着，只得靠弹弓打鸟维持生命。大了，跟人去湖北打雁，练了一手好枪法。一来二去，跟枪结下不解之缘，视枪如命。打雁赚了钱，他就到处托人购买各种各样的枪支，整天装装卸卸，研究练习，抬手打飞禽，说打头部子弹定能穿脑而过。枪法达到出神入化的地步之后，便开始给人当杀手。

胡果当杀手不要命，只取人部位，两人有仇，其中一人说取他一只耳朵，胡果就取人一只耳朵。被害人没了耳朵，也请胡果，说要对方一只眼睛，第二天，那人准成独眼龙。

盐商们请来胡果，要他对付哨卡里飞来的子弹。

冷面杀手想了想，说要等三天以后。三天过后，冷面杀手就手提快枪上了船。

颍河镇河段笔直狭窄，水流汹涌，最宜设哨卡。一般运盐多是从下游往上游，行走缓慢，极难逃脱。盐商们为赚大钱，船行到距颍河哨卡十多里的地方，就抛锚停船，派人请来胡果。等到东风起，扬起风帆，飞速前进，到了哨卡处，毫不理会哨卡旗语，开始闯卡。冷面杀手仰卧船头，手执快枪，只要听到哨卡里的枪声一响，他就对着帆绳处连放三枪，击中飞来的子弹，保证盐船顺利通过。

这当然需要精确的计算，从哨卡到河心有一定距离，声音传到冷面杀手的耳朵里，子弹已飞出数米。冷面杀手的三枪是从帆绳处朝外排射，一溜三颗，其中一颗必须截击住飞来的子弹，若击不中，帆绳就会被击断。帆绳一断，风帆降落，重船逆水，寸步难行，只有束手就擒。由于不听旗语，连打带罚，一船盐就会所剩无几。

冷面杀手用的是绝招儿。绝招儿不但要神奇的枪法，也需要好家伙儿。胡果用的是一把德国造连子枪。那时候这种枪极稀少，为买这把枪，胡果花了两千块大洋。

当然，胡果的要价也高。过一趟哨卡，立马要数现洋二百块。

当然，二百块大洋比起"猛于虎"似的官税来，是微不足道的，所以盐商们也不吝惜，只要一过哨卡，见后面无追船，当下就托出钢洋，交给胡果。胡果也不客气，从中抽出几块，吹吹，听听，见无假货，便说声"得罪"，双手一拱，接过托盘，倒进一个布兜儿里，提起来就走。

如果风顺船多，胡果一天就可以挣几千块大洋。

到了晚上，胡果把大洋一分两开，备上酒菜，单等哨卡上的神枪手来取。

原来冷面杀手早已与哨卡上的神枪手串通一气。神枪手故意不打准，所以冷面杀手也万无一失。

冷面杀手的名气越来越大。

事情一直发展，守卡的长官很是恼怒。守卡长官姓白，叫白利。这一日，白利亲临哨卡，对神枪手说："再有盐船闯卡，你不必射帆绳，就射那个冷面杀手！"

神枪手怕事情败露，决定要杀死胡果灭口。等闯卡的盐船一到，神枪手对准胡果的脑袋放了一枪。不想胡果早已从耳音里听出了异样，抬手还了三枪，那飞来的子弹被击落在船舷处。

胡果愤怒之极，大骂神枪手钱赚足了，忘恩负义，骂着就从身旁端起备下的长枪，对着哨卡枪眼儿，连放了三枪。神枪手就倒在了血泊里。

过了哨卡，胡果仍然余怒未消，见老板托来大洋，再也不吹，一股脑儿倒进布兜儿里，提起来就跳上了岸。

冷面杀手顺河坡没走多远，突听一声枪响，就一头栽在了沙滩上。

许久了，白利才从柳丛中走了出来。他踢了踢胡果，见胡果已死透，松了一口气，弯腰拾起钱袋，直奔胡果家而去。

不久，那白利辞职还乡，光银钱就装了十多箱。

有人算了算，那钱恰是冷面杀手和神枪手分赃的总和。

陈州茶园

茶园，在陈州统称"清唱茶园"，就是可以一边饮茶一边听曲的那种。陈州茶园最早出现在晚清，具体时间无人考证。茶园也有档次之分，高档的园内建有小舞台，能彩唱，也可开大戏。低档的只能清唱，像唱玩会，有鼓有锣有胡琴，三五人一伙，一个人顶多种角色，敲打起来，也算一台戏。

在清末民初年间，陈州最有名的茶园是"雅园"。据《陈州县志》载，雅园大约建于民国五年，地址很好，前临陈州大酒店，后临祥云公路，老板姓李，名少卿。园内既是茶棚也是戏院，建有舞台。演出当中，送茶的相公来回穿梭，也有卖瓜子的，撂手巾把儿的，卖"大炮台"机制香烟的。陈州一带剧种多，不但有梆子戏，还有曲剧、越调、道情、二夹弦、四平调，除去这些，还不时有曲艺大腕来演出。豫北的坠子皇后乔清芬就常来演出《五蝶大红袍》《金镯玉环记》什么的，一人一台戏，很是叫座。据传到了民国二十几年，这里还放过电影。什么《火星人》《大香槟》《难兄难弟》《破镜重圆》等影片，多是在此放映的。

李少卿是陈州北白楼人，父亲是个大财主，李少卿从小喜欢听戏，因白楼离城不远，他常常随伙计们进城看大戏。尤其是每年二月二太昊陵庙会期间，他几乎就住在了庙会上。因为每逢庙会，来的戏班子就多，往往是几个戏班子对台唱。当时最有名的戏班子有大赵家、二赵家、周口"一把鞭"、太康道情班、项城越调班，听得多了，他慢慢也开始学唱，与名伶交朋友。有一年他去汴京，见城里有茶园子，内里可以唱戏接戏班儿，不禁心动，回来劝说父亲，卖了十几亩好地，便盖了这个"雅园"。

由于"雅园"档次高，接戏班儿多接名班，慢慢就成了某种象征。来这里听戏喝茶的顾客也多是有身份的人，党政要员、商家大贾，请客谈生意，"雅园"是最好的去处。名伶们自然也愿意朝这里来，票房好，捧场的多，那是一种享受。新角儿更想朝这里来，因为一进来就长了身份，不红也可以被捧红。用现在的话说，这叫"一炒天下知"。

李少卿是懂行的人，一旦发现好苗子，他就极力将其捧红。被捧红的角儿，三年内要向他交"炒银"若干。这叫"暗钱"，又是两厢情愿。当然，也有忘恩负义的小人，被捧红了，却忘了"雅园"的功劳，不但不交"炒银"，有时还拿大。对这种人，李少卿也有招儿治他们。有一年，一个名叫"草兰香"的女艺人被"雅园"捧红后，三年不进陈州城，更不向李老板交"炒银"，还私下说自己唱红是自然条件好，就是"雅园"不炒不捧也照样能走红。李少卿听说后笑笑，第二年就物色到一个比"草兰香"更好的苗子，取艺名叫"香草兰"，专演"草兰香"演的戏，后由李老板出资，为她所在的班子添置全新行头，并包班三个月，专与"草兰香"的班儿对棚，一直将"草兰香"顶"臭"为止，害得那"草兰香"与班主一同备厚礼来向李少卿赔情，并付了所欠的"炒银"，此事才算了结。

慢慢地，李少卿就成了陈州一带不登台的"戏霸"。自然，随着李少卿的名声越来越大，陈州茶园也越来越红火。为扩大经营，李少卿在周口、项城都开了分园。

陈州沦陷的那一年，李少卿已年过半百。由于战争，戏班子大多散伙，没散的也跑进了国统区。论说，李少卿在国统区也有分园，可以避难一时，怎奈当时其母病重，李少卿是个孝子，只让家人去了项城，剩他一人留在家中侍候老娘。日本人侵占陈州之后，要搞什么皇道乐土，听说李少卿的茶园办得好，就派人将他叫到了日军指挥部。

日军驻陈州的指挥官叫川端一郎，喜音乐。不知什么原因，他对河南梆子戏也情有独钟。日军占领陈州之后，他就打听到李少卿这个人，今日唤他来，主要是想通过他将这一带的豫剧名伶召到陈州来，唱上几台大戏，以显示出"皇道乐土"的神威。李少卿一听这话，比较犯难地说："太君，若在过去，这种事儿并不难。可现在战乱，戏班子有的散了，有的在国统区，不好办！更何况有不少伶人因为你们的入侵，都剃了光头留了胡须，发誓抗战不胜利决不演戏，更给这事增加了难度，你让我怎么办？"川端一郎是个明白人，他知道李少卿说的都是实情。可自己能将不容易办成的事办成了，那才叫真正的胜利。于是，他冷下脸来对李少卿说："皇军来了，你们有不少艺人不但不欢迎，而且还煽动民众反抗！这是大日本帝国所不能容的！让你来，就是让你引线，由我们来征服他们！"李少卿双手一摊说："眼下连人都找不到，你们征服谁？"川端一郎冷笑一声说："我们唤你来就是让你去找人！"李少卿为难地说："我毫无他们的信息，你让我去哪儿找？"川端一郎说："这个我的自有办法，只要你帮我们找到他们的家人就可以了！"李少卿一听这话，知道这是日本人想先将艺人们的家人抓来，然后逼他们回来。这个日本鬼子外表文静，心可狠毒着哩，他觉得这是大节问题，决不能配合他们，便冷了脸问："我要是不配合呢？"川端一郎望了他一眼，手一摆，只见两个日本鬼子将他的老娘架了出来。李少卿一看日本人抓了他的老娘，万分吃惊，怒斥川端一郎说："我母亲重病在身，你们为什么如此对待她？"川端一郎笑了笑说："你是孝子，我的知道！只要你帮我们，我可以让我们最好的医生给你母亲看病，不可以吗？"李少卿说："你们真是欺人太甚！"川端一郎说："我劝你还是老老实实地跟我们配合！"李少卿望了望川端一郎，问："我要是不配合呢？"川端一郎一听铁了脸子，又一挥手，只见两个日本人牵来了两条狼狗。两条日本狼狗张牙舞爪，气势汹汹地对着李少卿扑来扑去。川端一郎双目紧盯着李少卿说："你如果不配合，我就让狼狗当着你的面将你的母亲撕吃了！"李少卿一听这话，大惊失色，急忙说："太君，万万使不得！我说就是了！"李少卿万般无奈，正欲说什么，只见他母亲突然挣扎而起，叫道："儿呀，你万不能说，说了就成了千古罪人了！你万万不可为娘而失大节呀！"说完，老太太就要去死，可怎能动得了！李少卿望着倔犟的母亲，禁不住热血沸腾，他心中十分清楚如果顺了日本人，那才是最大的不孝。想到此，便大喝一声，喊道："娘呀，自古忠孝不可两全，儿子先您老人家去了！"言毕，上前就死死抱住了川端一郎，一口咬住了川端一郎的鼻子……枪声响，李少卿倒在了血泊里……

　　抗战胜利后，陈州人自动捐款为李少卿母子立了一块"母子碑"，并特意放在太昊陵东厢房的"岳飞观"里，至今还在。

文 庙

在陈州城北大街路西，曾有过一座文庙。一般文庙俗称黉学或孔庙，事实上也就是录用文童在此熟读《四书》《五经》，演习世俗礼教的场所。

据《陈州府志》载，陈州文庙始建于宋朝徽宗年间，明崇祯十五年焚毁于兵燹。文庙建筑结构严谨，布局紧凑。整个建筑依中轴线为对称布局，有泮池、棂星门、戟门、拜殿、大成殿、崇圣祠等从南至北依次排列，棂星门内有崇德、育才牌坊两座，全是青石雕刻，翔龙彩凤，巍巍壮观。大成殿是文庙的主殿，建筑在三尺高的台基之上，殿前建有宽敞的月台，大成殿高三丈有余，正脊上饰有飞禽走兽，栩栩如生。大殿前屋坡为两断式——既可加深建筑之深度，扩大空间，又可产生一种雄伟而多变的视觉效果——如此好的建筑毁于战火，可惜了！

守看文庙的，是一个不识字的哑巴。他十二岁时进文庙当看管，一生岁月全消耗在文庙内。早晨起来，他要从后院扫到前院，然后打扫厕所，清理香灰。香灰是做变蛋的好料，哑巴就把香灰积攒起来，然后卖给小贩儿，挣点零钱添衣服。哑巴不识字，却很爱孔庙，因为孔庙是他的家。对前来求学的文童，他非常疼爱，每日用树枝树叶什么的，烧一锅开水，供孩子们喝。到崇祯十五年文庙被毁的时候，哑巴已年过花甲，两眼昏花，拎不动扫帚，就用小笤帚扫大院，从早扫到晚，两天才能把一个古老的大院扫干净。

《陈州府志》上说的文庙毁于兵乱，实际上是毁于闯王李自成之手。崇祯十三年，李自成被明军围困于巴西鱼腹山中，为冲出包围圈，他率轻骑，入河南，提出了"均田免粮"的口号，深为人民群众所拥护，队伍迅速扩大。大概就在这时候，李自成攻占陈州，放火烧了文庙。当然，李自成烧文庙并不是无原因的。因为陈州官兵负隅顽抗，最后躲进了文庙，拒不投降，李自成一怒，就命人放了一把火。

那时候，哑巴也在文庙内。躲在庙内顽抗的官兵头目是一名副将，叫周岩。哑巴见外面不断有人用云梯攻庙，血光闪闪，就担心李自成久攻不下，一定会使用火攻。他觉得自己有义务保护文庙，就向周岩比画，意思是说敌强我弱，不如投降，因为他知道李自成只是路过陈州，并不长久，只等援兵来到，立功请赏。最后战斗越来越残酷，不但庙内士兵伤亡惨重，李自成也付出了不小代价。周岩知道现在投降只有死路一条，便叫过哑巴，问有没有逃跑的办法，并说你若想保护文庙，除非帮我们逃走。哑巴明白了周岩的手势，指了指周围的高墙摇了摇头，意思是四面楚歌，从墙壁上是逃不脱的，说着又指了指地下，然后就领着周岩一帮残兵败将到了大成殿里。哑巴推开孔子神像，露出一个深洞。哑巴指了指深洞，又朝外指了指，意思是说这个洞能通向城外的城湖里。周岩等人逃命心切，一个个跳了下去，等殿里没人了，哑巴笑了笑，推过孔子神像封了洞口。

哑巴知道，那是一个秘密地下室，周岩他们是逃不脱的。他只是为了保护文庙，耍了一个计谋。哑巴认为只要院里没人抵抗，这场战斗就可以结束。等到平静下来，他可以再放出周岩他们。哑巴正欲向庙外的起义军报告，不想东北角已冒起了滚滚狼烟。哑巴很是着急，慌忙打开文庙大门，"哇哇"着要找当官的。起义军见文庙大门突然打开，从里面跳出了个白发老头，上前捉了。起义军有刚入伍的本地人，认得哑巴，没有杀他。哑巴头上冒着汗水，与起义军比画，意思是内里已没有官兵，赶快救火。但那时候已晚了，大火迅速地蔓延开来，不一会儿，便一片火海。

哑巴望着熊熊大火，禁不住双膝跪地，痛哭不已。

哑巴无家可归了！

是夜，哑巴"哇哇"着闯进李自成大帐，要与李自成诉苦，不料没过二道岗，就被岗哨推了出去。那时候李自成还未休息，听到大帐外有一个哑巴乱"哇哇"，很是好奇，便命人把哑巴带进了大帐内。李自成望了望面前的老哑巴，和气地问："你找我有事吗？"哑巴满面怒气，比画着：我费尽了心机才稳住官兵，你为什么还烧文庙？你可知道，文庙是我的家呀！我现在无家可归呀！李自成费了好大劲儿也弄不懂哑巴的意思，后来还是牛金星悟了出来，笑着对闯王说："大王，这老者是看守文庙的哑巴，他问你为什么放火烧文庙？那里面敬的可是孔圣人呀！"

李自成听完牛金星的解释，哈哈大笑，笑够了方说："历朝历代都尊孔，可我李自成不信那一套！不毁旧的，怎建新朝？战争就是毁灭！若我李自成躲在文庙里，官兵就不烧庙吗？"

尽管牛金星费尽了心机，可哑巴仍是弄不懂李闯王的意思。他"哇哇"地叫着，双目凶凶地盯着李自成，像一个疯狂的狮子。李自成自然不和一个老哑巴一般见识，为说明自己烧文庙是迫于无奈，让人带着哑巴到了文庙。那时候东方已经发亮，但孔圣人的神像仍然屹立在高台上。圣人被烧得体无完肤，形如黑炭。李自成拍了拍哑巴的肩头，走过去，一脚踢倒了神像——就在李闯王为表示轻蔑孔老二，准备再踏上一只脚的时候，突然看见一个黑洞洞的洞口。

哑巴惊得目瞪口呆！

就在那一刻，哑巴切切企盼着能从那洞口里突然伸出一把刀，杀死李自成，用以惩罚他烧毁文庙的罪行！可是，洞里静悄悄的，没出现刀，也没出现枪，里面的官兵像全死光了一般。李自成望了望洞口，又望了望哑巴，眼睛亮了几亮，对牛金星说："你误解了这哑巴老人的意思，他的真正目的是向我们报告这洞里藏有官兵！"说完，李自成派人朝洞里喊话，果然，藏在洞里的官兵怕被烟熏死，一个一个走了出来。周岩走出来的时候，看到目瞪口呆的哑巴，恶狠狠地瞪了哑巴一眼，又朝地上唾了一口唾沫，用脚踩了踩。哑巴面色顿时发白，空空地张了几回嘴，什么也没说出来……许久，哑巴突然跑上去，拦住了周岩，很认真地指了指李自成，指指已变成了废墟的文庙，又拍了拍胸口，然后就一头撞在了石柱上……

黑　店

陈州城西关有一家姓任的，人老几辈开黑店，直到任孩儿这一代，才被一个外地后生查出线索。

任家开黑店，多是谋害有钱的外地客商。黑店不黑，外装饰比一般明店还阔绰大方，服务态度也好，这就使人容易上当。黑店有规矩：兔子不吃窝边草。这并不是仁义，而是怕露馅。平常，他们的人缘也极好，见人三分笑，不断用小恩小惠笼络四邻。四邻就认为这家人乐善好施，是菩萨心肠。怀有菩萨心肠的人怎么会去害人呢？街人们从不往坏里想。

外地生人，来了走了，一般不引人注意。来了，住下。店主甜言蜜语一番，施点小酒小菜什么的，温暖得让人失去戒心。等到后半夜，客人人困马乏，店家就下手。任家杀人从不用刀，多用绳子勒，人死不见血腥，悄无声息地便把活做了。然后让人化装成那死者的模样，仿着那人的口音，高一声低一声呼唤店家开门登程。店家也佯装送客，大声问："客官，这么早就走呀？"

"客官"很烦的样子，嚷："快开门吧！"

店主人和气地说："别丢了东西呀！"接着开门，在"走好走好"的送客声中，沉重的脚步声远遁……其他客人于蒙眬中皆以为那"客人"起早走了。虽素不相识，但昨晚住在小店里几个人心中还是有点儿记忆。现在人走了，记忆里也便画了个"句号"。殊不知，那真正的客人已永远留在了店里。店主人匿其尸首，抢其钱财，神不知鬼不觉，阴间就多了一个屈死的幽魂。

民国初年的一个秋天，来了一个外地后生。一个十七八岁的小伙子，一表人才，而且很富有。他来陈州，一住数日，几乎住遍了陈州的大小客店，直到最后几天，才轮到任家客栈里。

那天晚上月明风静，小伙子刚到任家客店门口，就被任孩儿婆娘迎了进去。任孩儿婆娘年不过三十，长得娇艳不俗，给客人沏茶又打座，问候一番，便领那后生进了客房。客房为单间，在角处。室内摆设令人炫目，新床单新被褥，全是苏杭绸缎。四墙如雪，幽香四袭，很是讨人朦胧。那后生望了一眼任孩儿婆娘说："今日太乏，我想早睡，只求店家打点酒水来便可！"说着，放了大包小包，沉甸甸的银钱撞地声使任孩儿婆娘双目发绿。

任孩儿婆娘报给任孩儿之后，便满面春风地给那后生又送热水又送酒菜。事毕，递了个媚眼问："要我作陪吗？"

那后生摇摇头，说："我困得很，睡了之后别让人打扰就是了！"

半夜时分，任孩儿和婆娘开始下手。他们用刀子轻轻拨房门——房门未上，想来年轻后生太大意。接着，他们闪进屋里，又急忙转身关了门。他们都戴着面罩，摸到床边，认准了后生睡的方向，任孩儿就用绳子猛套其脖颈，舍命地勒。那女人也扑在客人身上，死死压住。勒了一会儿，只听"噗"的一声，那头竟落了地，血也喷了出来。任孩儿顿觉不妙，急忙点灯一瞧，禁不住大吃一惊！原来被窝里不是人，那头也不是人头，而是一个装鲜血的猪尿泡！

任孩儿夫妇见事情败露，惊慌失措，急忙拿出刀子，四下搜捕那后生，决心要杀人灭口。可找遍了店里店外的角角落落，就是不见那后生的影子。

任孩儿夫妇做梦也未想到，那后生早已在昨晚化装溜出了任家客栈。这时候，他正在另一家客店里大睡，夜里发生的一切他全然不知。因为是试探，而且探了数日均以失败而告终，所以这一次也没格外费心思。

他是专程寻找杀父凶手的。

十年前，他的父亲来陈州收黄花菜，一去不返，他母亲就推测是让人给杀害了。他长大之后，决心为父报仇，便带钱来到陈州，打听了许久，才从一个菜贩子口中打听到一点信息，断定父亲死于黑店，便开始破案。可陈州之大，客店无数，怎能辨出黑白？后生思考良久，终于心生妙计。

他一夜住双店，一天试一个，总归能找到。

这就找到了！

找到黑店的时候那后生还不知道。天明，为不让新店家看出破绽，便急忙赶到店里看结果，若无什么事，他急忙收起把戏以免惹人笑谈。后生走进任家客店的时候天已大明，任家店的店门也早已大开。他佯装着早起外出散步的样子回到卧房，一开门，惊诧如痴，任孩儿婆娘正手持钢刀对着他。他刚想调头逃脱，不料任孩儿从门后突然蹿出，一把把他拽进室内，旋即用脚踢上了房门。

后生面对两个恶魔，竟少了惧怕，问："十年前，你们害过一个三十多岁的寿州人吗？"

任孩儿想了想，回答："是的！一个来陈州收黄花菜的寿州佬！你怎么知道？"

"他是我的父亲！"

"那就见你爹去吧！"

话落音，刀子已穿进后生的胸膛，那后生望着杀父仇人，双目间闪着胜利之光，说："娘，孩儿总算为爹报仇了！"

那后生躺在了血泊里……

任孩儿夫妇杀了人，急忙锁了房门，单等天黑以后再匿尸打扫房间。不料早饭刚过，就来两个人嚷嚷着要住这单间。任孩儿夫妇好劝歹说不济事，两个人撞开房门，一看内里惨状，扭脸揪住了任孩儿和他的婆娘！

原来，那后生在县政府里花了不少银钱，每天晚上报店名报房号，天明由县政府派当差化装前去见他一面……

只可惜，两个当差来晚了一步！

消息传出，陈州人个个如呆了一般，很少有人相信这一切是真的！但事实俱在，又不得不信！尤其是任家四邻，一想起任孩儿夫妇平常对他们的好处，无论如何也没有恨起来！

这大概也与任家黑店杀的多是外地人有关！

贪　兽

陈州太昊陵的石雕中有一幅这样的画，所画之物，非狮非虎，非猫非犬，而是一只头上有角、身上有鳞、四肢短粗、掌爪各异、脸同狮虎、尾似蒲扇、回头望日、血口獠牙的怪物。相传，此画出自文征明之手。明弘治年间，姑苏城内发生了一次严重的鼠灾，历史上称作"百万老鼠闹东吴"。这次鼠灾把粮食、衣物、箱柜、装饰，能吃的吃掉，能咬的咬烂，就连长洲县公堂里挂的"明镜高悬"、"日出东海"字画，也被撕嚼得一塌糊涂。鼠灾过后，长洲知县深怕老鼠再次杀回，便请文征明画了这幅画。画上的怪物体态臃肿，绿毛蓬蓬，四肢短粗，掌爪奇异，下颌方阔，头顶椭圆，眼似铜铃，獠牙伸舌，一掌握着玉如意，一爪托着金元宝，一蹄蹬动摇钱树，一脚踩着灵芝草。画好后，知县先说"妙哉"，然后问道："文公，此物何名？"文征明一笑，比比画画地说："想吞天地日月，欲括万贯金银。狮虎望尘莫及，县公自悟芳名！"

知县很大度，笑笑回答："文公所作是一幅讽刺画，暗喻我们这些榨取民脂民膏的官老爷们像这只野兽一样，什么都想吃，什么都想要，贪婪无厌，甚至连天上的太阳也想一口吞下！我想，它应该叫'贪'！"

碰上如此"明白"的贪官，连文征明也幽默不起来了。后来这幅画不知怎么就挂到了陈州，而且刻到了石头上，成了很有名的石雕艺术品。

如果光是一幅艺术画，绝不会有如此多的人知道它，在陈州，"贪"画可谓家喻户晓，主要原因是掺入了很浓的政治成分。每逢陈州出了贪官，"贪"画前就会有人偷偷在旁边贴那贪官的名字，烧香的百姓心中念念叨叨，用香火戳那"贪"的眼睛，以解心头之恨。

这一年秋，一监察御史来陈州视察。监察御史为微服暗访，没惊动当地官员。那一天，适逢八月十五，中秋佳节，方圆百姓都来太昊陵给人祖上香火。监察御史走进太昊陵，先给人祖烧了几炉香，接着绕太昊陵游了一圈，最后来到了那幅"贪"画前，见许多人口中念念叨叨，用香火直戳那"贪"的双目，很是好奇，便悄声向旁边一位老汉打探。那老汉望了他一眼，问："客官不是此地人吧？"监察御史急忙点头称是，并谎说自己是湖北枣阳人，来陈州做一笔生意，老汉这才说道："这幅画叫贪，又称四不像，实则是讽喻贪官的。老百姓恨贪官又没办法，只好拿它出气！不信你看，那旁边还贴有名字哩！"监察御史一看，那画的旁边果真有一纸条，上用小楷写了两个字，细看，正是在任陈州知府的大名。

监察御史很是气愤，当下换了官服，乘上亮轿，一路喧嚷进了陈州府衙。当时的陈州知府姓石，叫石海。石海不但与来访的监察御史是同乡，而且是同窗好友。石海把老同窗迎接到暖阁，让人沏了香茶，笑道："学兄驾到，为何不提前打个招呼？"监察御史冷着脸说："若不微服私访，怎能查勘仁兄的丰功伟绩？"石海一听话不对劲，变了脸色，惶惶地问道："快请学兄指点一二？"监察御史用力看了石海一眼，然后一口气把在太昊陵遇到的一切说了个明白，说完了又问："我真不明白尊兄的双目怎么那么顶戳！"

石海一听是香客用香火戳"贪"双目的事，大笑不止，笑够了才说："原来学兄是为此而生气，大可不必！这个陈州，除去当年包公在世怒铡四国舅落个清官美名之外，大多执政官员都要落骂名的！为啥？这地方儿太穷。穷人眼大，看得清又小气！也就是说，在富饶之地贪银三万两没人看在眼里，而在这老灾区贪银三百两就会落下贪官罪名！实言相告，小弟在此任职，已经小心再小心，并未有多少出格之处。不信，仁兄可以细查。"

监察御史望了一眼石海说："民心是秤，那么多人用香火戳你的双目，可见民愤之大，还用查吗？"

石海笑道："我却不信我会受到那么多人的指责。"

"耳听是虚，眼见是实，不信我可以让你去开开眼界。"监察御史言毕，当下命人抬出亮轿，和石海一同去了太昊陵。

两位大人下了轿子，直奔那幅"贪"画面前，不想那里早已冷冷清清。画旁不但没有了那张写有"石海"字样的纸条，连烧香的香客也走了个精光。望着空空的场地，监察御史深感莫名其妙，许久了才慨叹道："真乃刁民也！"

石海面色坦然，笑道："此地虽穷，但民风古朴，何刁之有？"

监察御史说："刚才我是微服私访，没人知道我的身份，这回我特意拉你前来让人控诉，却无人敢站出来伸张正义了，真真让人不解！"

石海冷笑一声，说："大概是因为学兄你毕竟不是包青天吧！"

监察御史顿时面红耳赤，许久了才说："弟虽不才，还算没混到让百姓戳双目的地步！"

石海不介意，笑道："有'贪'可戳，气才不会化为仇，无仇可聚，民才不会谋反，仁兄难道还不懂此理吗？"

监察御史顿悟，笑道："如此说来，此'贪'改'泄'为最妙，'泄'则通，通则顺，天下如何不太平！真是佩服当初那位把'贪'画置放此处的官员！"

二人大笑。

猫　王

　　陈州这地方儿鳖邪，家家不爱养猫。原因有二：一是怕猫脏，在屋里又屙又尿，吃了老鼠，三下五除二抿几下胡须，便钻人的被窝儿，无论大姑娘小媳妇，概钻勿论；二是怕猫叫春，发情期来了，叫声如恶鬼，耽误自家人睡觉不说，还影响了别人。后来又听说猫能传染狂犬病，更使陈州人不敢恭维。当然，这是后话。清末，古陈州人大概是不懂得这些的。

　　不养猫并不等于不用猫。耗子横行起来，就去租猫。租上一天两天，等消灭了耗子，又物归原主。有人租猫，就有人专养猫。城东关的贺老七，就专干这种营生。

　　贺老七年近七旬，身板还算说得过去。年轻时候，他在县衙里当狱卒，专看死囚。由于活恶，竟没有娶下妻室。上了年纪，县衙里把他撵了出来。为糊口计，他就当上了猫王。

　　贺老七养猫很多，加起来有一百多只。而且他多养山猫，说是山猫个儿大，出口凶狠，杀伤力强，一百多只山猫分开装在几个猫笼里，白天不让它们出来。有人租，需要提前打招呼，一天不喂，等猫们饿得齐哭乱叫了，便叫人把猫笼抬回家，放了十多只猫一起上阵，如饿虎出山，以迅雷不及掩耳之势，能把耗子们杀得落花流水。猫吃饱了，就把掐死的老鼠叼出来，放在一堆。天明贺老七来索猫领赁钱，连死鼠一同拿走。回到家，把老鼠扒皮剔肉，放在一个暗房里，喂那些赁不出去的猫。

　　贺老七喂猫极为神秘，从不让人知道猫们是如何抢吃老鼠。猫吃饱了，自动走出来，伸伸腰，然后就钻进笼子里念猫经。

　　因而，一到午间和晚上，贺老七的小院里就响起一片诵经声。

　　由于贺老七的猫训练有素，战斗力强，所以前来租赁的人也多。逢着大户人家清仓，能把一百多只猫全租去。等仓门打开，猫笼也同时打开，百只猫倾巢出动，如狼嚎虎啸，如万马奔腾，其波澜壮阔之势真真令人咋舌！

生意如此之好，贺老七从不漫天要价，只求天天进几个，够吃够穿就得！所以，贺老七的人缘也特别好。

这一年，陈州遭了水灾，田野里的老鼠一下聚集到县城里成了一大灾难，连县衙里都成群结队。有的竟能爬到知县的牙床上，在灯下明目张胆地与县长大人大眼瞪小眼儿。知县大怒，第二天便命衙役去租猫。衙役和老七相熟，对老七说："老七哥，恭喜呀，连县太爷也要租赁你的猫了！"

贺老七笑笑，问："租几笼？"

来人答："全租！而且出高价！"

贺老七又笑笑，说："三天以后吧！"

那衙役走后，贺老七开始关门谢客，说是猫已被县太爷租去，等几天再来！接着，他开始给猫禁食，连禁三日，直饿得猫们在笼里乱窜乱跳，双目如灯，对着贺老七龇牙又咧嘴，直到三天的最后一个晚上，贺老七用黑布蒙严猫笼，让人抬到县衙里。

那时候县太爷正在暖阁里抽大烟，听说贺老七的猫队来了，急忙命人说："让他把猫抬到这儿来，先杀杀这院里的耗子！"

猫笼抬进了暖阁。十几笼一拉溜儿排开，很是威武。

贺老七进屋拜见了知县，说："大人，马上就要放猫出笼，人员不得乱动，以免惊动了耗子！另外，您老千万不可掌灯！"

"为啥？"知县不解地问。

贺老七说："猫为夜眼，有灯光反而减了视力，越黑越能逮耗子！"

知县赶走众人，然后吹了灯，暖阁里一片漆黑。

贺老七这才走出来，急促地打开了十多个猫笼。一百只饿猫如黑箭般蹿进暖阁，只听知县一声惨叫，接下来便是猫们的撕咬声……

贺老七笑笑，四下望一眼，倒剪手走出了县衙。第二天，暖阁里出现了一副白森森的骨架！猫们竟活活撕吃了一个"大耗子"！

消息传出，惊动朝野。古时候有五鼠闹东京的传说，而眼下竟出现了百猫吃知县的事情！朝廷急忙派人到陈州查办此案。

这钦差姓王，叫王直，官拜刑部尚书，到达陈州，就开始了审案。他命人带上贺老七，问他为何让猫吃了知县。贺老七说："我的猫只吃耗子，从不吃人！"王大人一拍惊堂木，呵斥道："事实俱在，还敢狡辩，打！"

贺老七上了年岁，又被关了几日，没打几下，就直直地咽了气。

王大人觉得极扫兴！

主犯身亡，王大人只得到贺老七的小院里走一番，为的是给皇上有个交代。小院儿不大，靠城湖。一百多只猫还在，关在笼里没人管，早已饿红了眼。见到王大人，个个眼放凶光，又嚎又叫，在笼里扑来扑去，吓得王大人瑟瑟发抖，忙命人把猫全部击毙。

残杀过后，小院里静了下来。

王大人这才走进贺老七的卧房里。卧房里很简陋，破衣破被，没什么值钱的东西。王大人失望地走出房门，突然闻到一股股死鼠的恶臭。四下寻找，最后发现那股恶臭来自靠山墙的一个暗房里，便命人打开。暗房极暗，王大人掩鼻进去好一时，才看清室内的物什。这一看不打紧，吓得王大人连连后退了几步！

室内是一尊泥塑，头戴官帽，形如真人。王大人怔了片刻，走过去掀开官服，才发现泥塑的肚子原来是空的，空空的肚腹里放着几只剥了皮的死鼠，散发出阵阵恶臭。

王大人怒发冲冠，禁不住骂了一声"刁民"！他断定这贺某杀害知县是蓄谋已久的！为阴谋得逞，他训猫变狼，而且用黑布蒙笼，让猫转向……可他为何如此残酷地进行报复？百思不得其解，王大人只得长长叹了口气。

消息不胫而走，陈州百姓奔走相告，捐款厚葬了贺老七，而且给他的猫们也钉了一百多具小棺。出殡那天，万人空巷，头前是一具大棺，随后是一百多具小棺。白色的棺木迎着阳光闪烁。远瞧似一条白色的巨龙，十分浩荡！

后来，陈州又来了一位知县。新知县上任第一天，就下令不得养猫。违者，格杀勿论。

从此，猫不见了，耗子们又横行起来！

吕家鱼行

吕家在镇东街住，世代开鱼行。所谓鱼行，就是进行鱼的交易。很简单，在街上划牢一片地，放上一盘秤，渔民打了鱼，都来这里卖。吕家人帮人交易，从中使个劳务费，一早起下来也可赚下几个钱，用以养家糊口。

在我的印象里，吕家一直很穷，春节连白馍馍也没有，只吃菜角子。合作化时期，县水产公司突然要吕家晒鱼坯。所谓鱼坯，就是鱼干儿。每天早晨收了鱼，吕家人全下手，洗鱼扯鱼开膛，然后将鱼一劈两开，撒上碎盐，在箔上晒，将水份晒出，就成了鱼干儿，然后装箱运到城里去。鱼腥，招惹蝇虫。那些日子里，吕家院里散发出的鱼腥味儿弥漫半条街。蝇虫成团，为赶蝇虫，吕家从戏班里借了一面破锣，不时地敲打，"咣咣"之声能听半里之遥。

小时候，我家常能得到吕家馈赠的鱼籽。他们收到母鱼，将腹中的鱼籽剥出，参红芋片面蒸馍吃。吃不完，就赠四邻。用鱼卵籽做的馍又腥又香，还有些淡淡的臭味儿，像吃没煮熟的小米汤，两天过去，打个嗝儿还满嘴臭鱼味儿。

吕家晒鱼坯除去给蝇虫斗争外，还要与猫较劲儿。那时候几乎家家养猫，人穷猫瘦，它们整天像人一样不见荤，自然闻不得鱼腥。每当吕家将鱼坯晒上，几乎半个镇子的猫都闻腥而到。吕家的小院内外，树上墙头上全是猫，馋嘴的叫声震耳欲聋，给人某种恐怖感。吕家人全体出动，手执木棍和竹竿，站在当院里赶猫，而猫们却显出过分的凝聚力，任吕家人高喊嚎叫，无动于衷，红红的眼睛盯着院内晒的鱼坯，馋叫不止。万般无奈，吕家人只好从别家牵来一条狼狗，先喂了那狗几块骨头，让狗护鱼，才算平安下来。

吕家主人叫吕老大，个子很高，开鱼行认死理，不坑买家也不哄卖家，一手托两家，很公平。由于这种公平，换来了信誉，打鱼人皆去他的行里卖，买鱼人多去他的行里买。县水产公司能委托他晒鱼干，很大成分就在他的信誉上。

吕老大不但开鱼行公道，也是个打鱼的好把式。他家有好几张网。鱼网分一分眼、半分眼。一分眼网眼大，专打大鱼，半分眼网眼小，专打小鱼。鱼网是用丝钱织的，每年还要用猪血洗网，一是顶沤，二是猪血腥，能引鱼。吕老大的婆娘是个织网好手。织网要先将网纲吊在树上，一圈儿一圈儿扩大，最后织成一个大圆，撒下去，能罩很大一片。每到颍河涨水季节，吕老大就身背鱼篓手提鱼网去河里打鱼。

其实，真正能逮鱼的人，并不是光靠鱼网，最主要的是夜间下钩。钩为滚钩，倒刺儿，飞快，锋利得粘手。下钩人将滚钩下到河中心，二指远一个钩，鱼儿从那里经过，就会被钩挂住，而且是越挣扎挂得越牢。滚钩有固定的木桩支撑，相隔不远插一根，上方有铃铛，鱼动铃响，下钩人就划着小舟去取鱼。每逢旺季，每天都可得几条大家伙。

只是下钩人很苦，要整夜住在河里。搭个帐篷，点上马灯，揣二两烧酒，边避风边等鱼上钩。吕老大过去也干过这一行，后来忙于晒鱼坯，再不便熬夜，便把鱼钩卖了，平常用网打鱼只当是一种乐趣。

镇上的钩鱼能手姓阎，叫阎二，与吕老大关系很密切，当初吕老大的鱼钩就是卖给了他。阎二的老婆叫袁菊，很漂亮。阎二每天下河钩鱼，对漂亮的女人很不放心，常常好在半夜而归侦察妻子是否红杏出墙。而往往这个时候，鱼上钩的频数最多，把柱子上的铃铛晃得"叮当叮当"响个不停。离阎二不远有一个姓吴的打渔人，每每遇到这种情况就知道阎二又回家"侦察"去了，便悄悄将船划过去，卸下大鱼，放进自己的鱼筐里。而这一切，阎二自然不知道。

这一天午夜时分，吕老大到河沿解手，先是听到铃响，却不见阎二从帐篷里出来取鱼，最后看到河里有条小船划了过去，很急促地取走了一条大鱼。吕老大顿时疑心，提起裤子到河边看究竟——见阎二帐篷里的灯亮着，小船锚在河边却不见了人。吕老大很是奇怪，决定等一等，看个端底。不一会儿，阎二回来了，一见吕老大，颇感惊讶，问你怎么半夜不睡？吕老大说我肚子不太好，来河边拉稀，听到铃响，却不见你取鱼，你干什么去了？阎二避而不答，只是追问："刚才铃响了？"吕老大怕因此惹出什么事端，忙说："响了一时又不响了，大概是鱼大挣脱跑了。"阎二就十分遗憾，连连地说："都怪我，都怪我！"吕老大又问阎二刚才干什么去了，是不是有了相好的，半夜去钻人家的门子去了？阎二一听吕老大误会了自己，这才实话实说。吕老大一听是阎二对自家女人不放心，很是不快，批评阎二说："你怎么能如此小量弟媳呢？如若这事儿让她知道了，她会恨你的，说不定会闹出事端来！"阎二听后，一笑了之，说："不会不会，你尽管放心好了，我干得很保密的。"

可令阎二想不到的是，他的老婆还是知道了这件事儿。那个叫菊的女人一听说自己的丈夫对自己竟搞这种事儿，果真很生气，不久便找了个相好的，对相好的说，我老老实实，那个阎二还放心不下，既然他放心不下，不相信我，不如我就与别人好一回！跟菊相好的人叫德，长得很帅气，只是成分高，三十岁还未寻下老婆。德对菊说："阎二如此，可能是太爱你了。"菊说："他是爱我吗？他是把我当成了他的东西，压根儿没把我当成人。"德又劝菊说你这样认为不对，阎二真是爱你。菊不解地问："你怎么老是向着他？"德说："爱是自私的，如果阎二找个相好的，你也不会答应的。"菊见德人好又正直，更加喜爱他，最后决心要嫁给德，不久，二人便私奔去了新疆。

这一下，阎二傻了眼，冷静下来，就怀疑是吕老大向老婆告了密，因为这事儿他只向吕老大一个人说了，根据吕老大当时的态度，跑密的可能性更大。阎二捺不住心中怒火，找到吕老大问道："你怎么能把我说的事儿告诉我老婆呢？这下可好，她跑了！"吕老大一听，也很震惊，瞪大了眼睛问："真哩？"阎二说："我哄你干个啥？你赔我老婆！"吕老大是个直性人，很认真地对阎二说："我可没有将你侦察的事儿告诉你老婆。"阎二说我只跟你一个人说了，你不说她咋会知道！吕老大想说你他娘的天天半夜回去，鱼儿就让别人给你偷摘了，以为挺保密呢！但吕老大怕事情闹大，又一次认真地对阎二说："兄弟，请你相信我，你哥我可不是那种惹是非的人。"阎二双目盯着吕老大说："让我如何相信你？"吕老大想想说："等弟媳回来你一问不就知道了！"

可是，等了一天又一天，仍不见菊回来。菊不回来，阎二就没了老婆。一个男人没老婆的日子自然不是太好过，每到夜深人静之时，阎二更是思念菊。阎二一思念菊，就恨吕老大，往往半夜起来去敲吕老大的门，斥问菊为什么还不回来。吕老大人好，就劝阎二耐心等待，一回两回如此，吕老大就觉得欠了阎二什么，最后说："这样吧，我给你拿路费，你去新疆找人吧！"阎二一听是理，就跑到派出所开了介绍信，拿着吕老大给的路费，去新疆了。

这事儿后来传了出去，知情人都说吕老大人好过了头，任阎二如此欺负和宰割！不知情的人都说吕老大肯定做了什么亏心事，要不，他怎会出路费让阎二去新疆？

这两种议论反馈到吕老大耳朵里以后，吕老大很苦地笑了笑，也不做任何解释，每天只盼着阎二将老婆找回来，恢复以前的平静生活。可是等到了一天又一天，仍不见阎二回来。好人想办好事的吕老大就将此事装进了心里，不久，竟连饭也吃不下了。几个月后，一条很壮的汉子竟慢慢垮了下去。

其实那阎二到新疆后，看到新疆大得吓人，才知在如此大的地方想找到老婆简直如大海捞针。到了伊犁后，他看到伊犁河里的鲤鱼肥得可以，便靠老乡购得一条羊皮筏子，自制了滚钩，在郊区的河边处搭了窝棚，开始了边逮鱼边寻妻的盲流生活。半年过后，他终于打听到了菊和德的住处，便前去寻找。不料那时候菊已怀孕坚决不答应跟阎二回"库里"（内地）。并对阎二说："你半夜侦察的事压根儿不是人家吕老大说的，你如此小量妻子污陷朋友你还是人嘛？"阎二看没什么希望了就急忙回内地向吕老大道歉，不料等他回到镇上的时候，吕老大已离开了人世……

脚　夫

颍河上有码头，码头有渡船。有渡船就有人过河，过河的客官中有穷有富。富人要摆阔，上下码头就离不开脚夫。

脚夫也叫挑夫。挑夫分两种，一种是装卸工，抬大筐卸煤，扛粮包下仓，算是职业性挑夫，没把力气是干不得的。另一种挑夫虽说也需要力气，但不需出大力流大汗，只是帮客人拎包提箱，上车下船，转眼工夫，钱就挣到手了。碰上手阔的，随便拉出一张，能顶头一种挑夫干两天。所以，在苦力行当中，这种挑夫统称"挣巧钱的"。既然钱挣得巧，就不是谁人都能干的了。

颍河镇东街的袁三，是下码头的脚夫。

旧社会，袁家就干这营生。过去的下码头姓黄。黄家几代富豪，城里有银庄当铺，乡间有田地房屋。据说黄家上辈是皖地寿州人。有一年寿州发大水，全家人逃到颍河镇谋生。初来乍到，举目无亲，碰上了袁家先人。袁家先人为人豪爽热情，乐于助人，见黄家一家老小可怜，就命家人腾出了两间草房让黄家一家老小住了进去。后来黄家在颍河镇上立住了脚，仍不忘当年袁家的恩德，一直给予照顾。等买了下码头之后，就让袁家在码头上当脚夫。一般脚夫，多是干一半活，就是此岸管不得彼岸。这岸来了客人，一直送到彼岸，然后渡河，再等。两岸的脚夫互不侵犯。可袁家挑夫却与众不同，因为码头姓黄，两岸的活计一下包揽，一年到头，钱是不少挣的。

解放以后，码头归了公，由河南岸北两处管辖。袁三为此一直愤愤不平，几次找人写状子，要告对岸。说是现在什么都平了反，连资本家的大楼都归了个人，为什么我的地盘不还我？由于河南岸归另一个县管辖，官司打了几次没头绪，反让袁三落了个"神经病"的外号。袁三就觉得很憋气，有事没事总要向南岸的脚夫挑衅一下，以示码头是他的地盘。

眼下外地客商多，本地生意人也多。颍河镇距周口市四十华里，镇上去周口起货的生意人成群结队。由于漯河通往阜阳的柏油路在河南岸，河南岸的活相应就多，往往一个脚夫就有应接不暇之势。虽然生意人掏钱少，怎耐多了去，三毛五毛地攒在一起，小兜儿照样鼓囊囊。相比之下，袁三就显得寒伧，因为生意人去起货时多是轻装，不需要脚夫。若专等阔气的"大款"，那是极有限的。袁三憋气，早不晚碰上一个就舍命要钱。有的大款不在乎，有的就越富心越黑，往往为一毛钱能争得脸红脖子粗。为了多挣钱，袁三就开始"强迫服务"，只要见了拎包的，不管愿意不愿意，上前就接过来，到船上就要钱，并说现在到处是强迫推销，我不强迫吃什么？客人想想也是，只好忍了下来。

对岸的村庄叫周下庄。很久很久以前，有个姓周的大地主，这两岸的码头都周家的，后来家道中落，才卖给黄家。现在在码头上当脚夫的，就是周家后代人。周家后代人叫周瓜，是个哑巴。哑巴的大哥是村党支书，弟弟残废，就让他到码头上当了脚夫。周哑巴很精明，一眼就可以看出谁需要帮忙谁不需要帮忙。需要的，他跑上去就热情地接过大包小包，一气找到船上，然后热情地伸出手，让你把钱放在手掌上。因为是个哑巴，谁也不计较，该多给就多给一毛两毛，零头儿一般不让找。哑巴心细，觉得众人对他好，他也应该有个回应。每天来上班，均要拎两瓶开水，客人渴了，他就递上一杯。有时生意好了，他也不小气，给艄公们搬个西瓜或买包香烟什么的……慢慢地，哑巴有了好名声。两岸一比较，自然也就把袁三比了下去。

袁三更憋气，有心揍哑巴一顿，知道哑巴有当村党支书的哥哥，自己的根子不粗，怕惹出了麻烦。再说哑巴身高马大，真正打起来，又怕自己不是他的对手。袁三想了许久，也没想出什么高招儿，只好得过且过寻找时机。

不料时机还没寻到，哑巴竟先下了手。哑巴有了钱，也想独占码头。他买了厚礼，让哥哥到这岸镇长家，说明了来意。镇长认为一个挑夫并不重要，重要的是两岸关系。当下答应了哑巴的兄长，然后派人通知袁三，不得去码头强迫服务。袁三一开始是认为有人告了状，后来一打听，方知是哑巴搞的鬼，禁不住七窍生烟，带领几个儿子，气汹汹奔下码头，把哑巴揍了一顿。

没想这一下，惹出了大事。因为哑巴是残疾人，早已加入了"残联"。彼岸的"县残联"通知此岸的"县残联"，两县"残联"很快来到了颍河镇。镇长书记很惊慌，当下就把打人凶手抓了起来。

三个儿子逮走了俩，袁三自认走错了棋，急忙备下礼品去彼岸瞧看哑巴。哑巴伤势并不重，只是为了打赢官司，仍在床上躺着。哑巴的哥哥接见了袁三。哑巴的哥哥看了看垂头丧气的袁三，说："论势力你没我大，论混人你还不如一个哑巴！这码头原来就是俺周家的，虽然后来卖了，但卖给了黄家，你算哪国的红旗？实言告诉你，为夺回这片码头，我们已经经过了几代人的努力！只是时代变了两岸的码头都姓了公。有朝一日，我们周家人会让你祖祖辈辈在码头上当脚夫的！"

袁三听得目瞪口呆，头上全是冷汗。

从此，袁三再也没上过码头。

不久，哑巴就承包了码头，而且把渡船改为机器船，提高了船价，雇用了艄公和脚夫。雇用脚夫的时候，哑巴的哥哥果不食言，派人来请老脚夫袁三前去帮忙。袁三望着那张聘书，如望到一个梦幻，许久许久没说出话来……

陈州影戏

影戏就是皮影戏，相传产生于东汉年间，汉武帝的妃子李夫人死后，武帝时常想念她。有个叫少翁的人，用剪纸绘画的方法，仿造了李夫人的形象，用灯光照射到布帐上，让武帝观看，武帝看到布帐上的影人，以为是李夫人死而复生，欣喜相见，顿解满腹愁云。为此，还加封了那个叫少翁的人。

皮影戏在唐以前，为宫廷戏。"安史之乱"以后，大量的宫廷艺人流落到民间，也把艺术带到市井。特别是北宋时期，空前繁荣。据宋孟元老《东京梦华录》记载：当时汴京"坊巷院落，纵横万数，莫知纪极，处处拥门，各有茶坊酒店，勾肆饮食。市井经纪之家，往往只于市店旋买饮食，不置家蔬"。又说"夜市直至三更尽，才五更又复开张。如要闹去处，通晓不绝。"——可见当时盛况。从历史上看，西安和汴京一带皮影戏班较多，可能就是这个缘故。元代时，我国皮影传到欧洲，给十九世纪末欧洲人发明电影以启迪，皮影曾被称为现代电影之祖。

汴京距陈州只有二百多里路，一条官道相通，很早就有了陈州皮影戏班。顾名思义，皮影必须有皮人，一般皮人都是用黄牛皮或驴皮制作的，工艺复杂又简单：先把皮张长时间地放在水中浸泡，再用碱水涤净，刮薄，陈州人称此为"熟皮子"。熟好后，用铁钉张在墙上晒干，熨平，进行雕刻绘制。形象刻出后，再进行染色和罩油。身上关节部位，都以琴弦串连，颈部和两手用三根细竹操纵，一担戏箱（即一台戏）皮人身子一百多件，人头三百多个，人头可以随时调换，不断变换"演员阵容"。陈州皮人一般身高一尺三寸左右，造型多具北方人的气质，线条粗犷，坚毅有力。根据人物不同身份，也有高低之分，"高生矮旦疙瘩丑"，一般旦角和丑角皮人稍矮一些。人物各部位长短符合自然人的比例关系，叫做"立七坐五盘三半"，动动静静，形象逼真。演出时，一般由七至八个人作场，素有"七忙八不忙"之说。开场后，一人操纵皮人（俗称掌签的），剧中人物生、旦、净、末、丑，各种行当；唱、做、念、打，叙述故事，皆由操纵者担任。一台戏，除一个掌签的以外，还有一个副手，称为"贴签"。任务是操纵垫场或白天请神的折子戏。其他人员为乐队伴奏。乐器以打击乐为主，大鼓、边鼓、大钹、小锣、大锣、唢呐皆有。乐队除去烘托气氛外，还要与掌签人"对白"。演出节目大都是唐宋传奇，如《杨家将》《五虎平南》《罗通扫北》，等。有时候开了连续剧，能一唱一个月或半年。

明末清初之时，陈州皮影戏更为盛行，据《陈州县志》载，最多时有八十多担（台）。当然，皮影艺人多是农民，农忙耕作，农闲演出。皮影戏的优劣，一是演出技巧，二是掌签人的唱腔，三是皮人的制作水平，四是乐队的干净利索，四者缺一不可。那时候，陈州最有名的皮影戏班是北白楼的白家班。

白家班为"小窝儿班"，"窝儿"就是"一窝儿"，说明了，就是一家人一台戏。掌签人叫白复然，乐队是由叔侄儿们组成，配合得当，尤其白复然的唱腔，一口能出多音，实为一绝。

由于白家班是名班，所以常被大户人家请去唱堂会。一般戏班称衣服为"叶子"，白复然很注重演员们穿戴的"叶子"。因为皮影戏不同于登台演大戏的戏班儿。皮影戏只让皮人穿戏服，演员在幕后，但每逢进出大户人家，穿戴不好是会掉价的。为显出某种实力，白老板给演员们制作了统一的服装，一行几人，穿戴一致，就显得整齐划一，让人悦目，首先赢了第一筹。再加上戏演得好，台上台下皆给人一种"名班"的派头。于是，白家班就慢慢成了陈州城里一种艺术时尚，谁家若让白家班进府唱一回，身价就会高出不少。

所以，前来相请白家班唱堂会的大户人家络绎不绝。

这一年，陈州知县周文曲的父亲过生日，派人请来了白家班。县官的老爹过生日，自然热闹异常，除去白家班皮影戏外，还请了周口赵家班。赵家班是唱大戏的，近百号人马，光戏箱就拉了几马车。怎奈周知县的老爹下肢瘫痪，有大戏也看不了。万般无奈，周知县就请了白家班，让白家班到老爹的卧房里唱"重戏"。所谓重戏，多是与外边的大戏相配合。外边高台上唱什么，皮影戏就在室内模仿什么。也就是说，开同样的剧目，敲同样的锣鼓。这些都是有钱人家为孝敬老人才想出的招数。人老了，下不得床或出不得门了，晚辈们为表孝心，让老人家高兴一回，与家人同乐一回，于是，就开始了唱"重戏"。这种"重戏"，也唯有皮影戏能够胜任。当然，这也是陈州人的发明，在别处极少见。

周知县的父亲下肢瘫痪已久，上床下床全由仆人侍候。年轻时候，这周老先生就是个戏迷，热戏，至今还会哼唱不少唱段。尤其耳音，很精。他对白复然说，他身残耳不残，一只耳朵听外边，一只耳朵听里面，哪一方唱不到火候都甭想拿到戏钱！接着，由他点戏。可能是长期被圈在房里心里急，老先生脾气变得蛮横刁钻，专点了一出《十二寡妇征西》。此为亮相戏，也就是显示演员阵容的剧目。对大戏来说，这并不算过分，而对皮影戏就有很大难度。首先你要有十二个穿着不同的女人，而且后来又要穿蟒穿靠背虎旗戴翎子，唱功更不能马虎，十二个女人十二种腔调。最难的是最后一场，十二寡妇要全部登台，加上士兵将领舞台上几乎都站不下。平常皮影戏班是极少开这种戏的，因为操纵皮人的只有两个人，一个是掌签的，一个是副手，两个人只有四只手，操纵的皮人极有限。现在周老太爷故意刁难，总不能临阵脱逃，让别人笑话。为此，白复然带全班开了个通宵，集思广益，改装大布帐，幕后改四人操纵，也就是说，一台戏改为两台戏合演，直到让周老太爷挑不出毛病为止。

演出果然很成功，周老太爷不但没挑出毛病，而且被白家班高超的演技陶醉了。周老太爷一陶醉不打紧，寿日过后，他竟要白家班留在府内，要白家班天天为其演出，不让走了！他说他一个人整天关在屋内，太寂寞了！这下好了，来了一大帮，有男又有女，天天唱着过，快成神仙了！

周老先生高兴，周知县却作了难。老先生要求的一切，虽不算过分，但也不算是件小事情！唱戏容易，重要的是戏钱。一天演三场，一月九十场，一年得多少钱？若是两袖清风，怕是一年的薪水也不够一月的戏钱！如若不唱，家父操劳一生，临老瘫痪，当儿子的如果连这点儿要求也不能满足，怎能对得起父亲的养育之恩？当然，最好的办法是又唱戏又不打钱方为上策，可白家班会同意吗？

不想没等周知县说出这话，白复然却主动要求送戏，白唱，不要钱，只求管饭，为的就是周老先生的抬举！啥时候周老先生说不愿听了，白家班再走出县衙。

周知县一听大喜，安排下人一定要好生招待白家班，万万不可慢待了。知县看得起，白家班演得更起劲，一天三场，看得周老先生眉开眼笑，食欲大增。周老先生精神一好，就待不住，老嫌屋里憋闷，要求到外边。可戏台挪到外边没几天，老先生又嫌一个人看戏不来劲儿，要求把戏台挪到大街上，让众人都来看热闹，并说唱戏就要热闹，越热闹越好！万般无奈，周知县只好命白家皮影戏挪到大街上唱。周老太爷被人抬到顶台，坐在高背椅上，一见熟人走过，就打招呼让人家来看戏。周老先生是县官的老爹，自然认识的富人多，叫谁谁也不走，不一会儿，台下就站了不少陈州头面人物。周老先生不发话让谁走，哪个也不敢动！周老先生还有个毛病，解手时戏必须停止，直到他问题解决了方能重新开戏。开初，众人对这些还能容忍，认为老先生上了年纪，又残疾，性格有些变态，为着知县大人的面子，也就算了。谁知老先生戏瘾太大，越听越精神，每天如此，就害得众人受不了了。尤其是陈州富人，只要被叫住，必得陪上一场戏的时间。这下就犯了众怒，陈州大户赵家牵头告状，一下禀到京城，周知县就被罢了官。

周知县带着老父亲和家眷离开陈州的时候，白复然领着戏班前来送行。周知县抱歉地说："白老板，这下我可真没能力给戏钱了！"白复然急忙施礼道："周大人，当初未及向你说明，戏不是我送的！这一切全是陈州大户赵老爷的安排！"

周知县惊诧如痴，方知自己走进了一个大阴谋！

陈州银号

很早的时候，赵祥在周口"和顺"银炉学铸银。由于他同经理王星元是亲戚，经常受托代办银炉业务。当时大量沪盐进入中原，盐业每天都有大批课银铸成元宝交送银行。赵祥在代办银炉业务中就显示出了他的手艺和才能，受到周口银庄掌柜的赏识，应邀到陈州开办银号，为银庄铸银。后来，赵祥又通过周口银庄掌柜结识了陈州金融界名人董宪兴和陈州政界一些要人，建立了"益宛"银号。

赵祥给人的印象是性格耿直，平时向不负人，兴办"益宛"，实现了他的夙愿。他首先通过提高铸银质量，建立信誉。在他亲自掌握下，"益宛"铸宝的质量是当时陈州、周口多家银炉中最好的一家，争得了大量的铸宝业务。据说，"益宛"当时在陈州开五盘银炉，每盘每日铸银三千两，总计每天铸银达一万五千两以上。除获取加工费外，还有过往银贷出的利息，获利很是可观。

不久，赵祥就成了陈州首富。

铸宝，就是将零碎银铸成元宝，八两、十六两、三十二两、四十八两不等，便于保存和流动。"过往银"是一种时间差，如你铸三千两银，本可当天取货，但不让你取，说需三天方可铸好，于是，三千两银便可放贷两天。也就是说，过往银如水般从银号里流过，总要沉淀一些东西。这"沉淀"二字，就是银号所赚了。

"益宛"银号发财快的原因除此以外，还有一条重要途径，就是干黑活。

所谓"黑活"，多是指匪或盗偷取官府的银子。一般官银，上面多打有戳记，多是赈灾或兴修水利的专用银，就是盗得也不好在市面上流通。

为把死钱变活，强盗们就寻银炉把银翻铸一回，由大变小。这种活儿很危险，抓住了要与匪同罪，一齐掉脑袋。但抓不住就可以暴富。因为这种银利大，一般都是"三七"开。当然，官府也不是吃干饭的，一旦发现银库被盗，首先要查周围的银炉，警告银匠们要严防有人来铸官银，知情不报者，斩！

但"人为财死，鸟为食亡"，尽管如此，仍有人铤而走险。

赵祥就是其中的佼佼者。

赵祥干黑活有三条规矩：一是不铸"热银"，意思就是刚盗的银子险大，价儿再高也不接活。二是不小打小闹，也就是说点点滴滴的他不干。他说铸十两是杀头，铸万两也是杀头，何必小打小闹地惹是非？这是拿性命做赌注的险活儿，决不能儿戏。三是干活认人，专挑那些有本领的江洋大盗，而且人数极有限，怕的是事情败露后受到株连。原因是人少易保密，属单线联系，加上大盗有大规矩，虽不英雄也不豪杰，但讲义气，不会轻易供出帮助过他的人。

经常让赵祥铸银的有一个姓林的大盗，叫林豹子。林豹子专偷官府，盗得官银之后并不急着出手，多是等到风头过后再让赵祥重铸。这当然不容易被发现，所以赵祥也不忌与他合作。

赵祥和林豹子一联手就是七八年。赵祥成全了林豹子，林豹子也使赵祥很快成了陈州首富。只是干这种黑活虽然捞钱快，但毕竟提心吊胆。人穷想发财时可能会不择手段，但发财之后就想当正人君子了。赵祥也不免俗，发财后一心想洗手，当个正经金融家，谋个社会地位。当然，他也十分明白，上贼船容易下贼船难，解铃还得系铃人。于是，他暗地里与林豹子约会，说了自己的想法，并许诺说如果林贤弟也肯金盆洗手，日后的生活费全由"益宛"承担。不想林豹子听后冷笑一声，说："赵兄一直在暗处，发了黑财仍然可以出头露面，出入于上流社会，而我林某从做匪那一天起就没了退路，并在官府挂号已久，就是金盆洗手了仍要东躲西藏，过不得一天安生日子。如若放下武器，等于束手就擒，还不如手中有枪有刀有矛地过个痛快！"赵祥见劝不醒林豹子，只好摊牌说："贤弟若仍想发黑财，愚兄不勉强，你只有另请高明了！"林豹子也是义气之士，听赵祥要"改邪归正"，双手一拱道："既然如此，你就走你的阳关道，我走我的独木桥！"赵祥见林豹子如此爽快，很是出乎意料，急忙施礼道："日后贤弟若有用我之处，我定会两肋插刀，在所不辞！"

就这样，二人分道扬镳了。

赵祥一洗手，心里没有了负担，顿觉处处是阳光，对前途充满了信心和力量。根据自己的实力和影响，他很快就当上了陈州商务会会长。不想正在他春风得意之时，突然发生了令他胆战心惊的事。

令赵祥胆战心惊的事情当然还是铸黑银。因为近期官府一连抓住了几个盗贼，这些盗贼并不像他想象中那样讲义气，而是刚一抓住就供出了当初为他们铸过赃银的银号老板。一时间，血染刑场，让周口、陈州、界首一带的银号老板们提心吊胆，全都变了脸色。

为此，赵祥也就极担心林豹子的安危。当然，为林豹子担心归根结底还是为自己担心。实践证明，林豹子的许诺绝对不可靠，义气这玩意儿有时候只能哄哄三岁小孩儿！因为官府肯定就是专门对付匪与盗的，林豹子不吃硬，官府肯定会用别的办法引诱他！面对金钱、美女、地位，谁敢保证他不说？

想来想去，赵祥觉得最好的办法就是杀人灭口。

怎奈林豹子是盗界明星，官府还奈何他不得，想杀他决非易事。但明杀不得，还可暗杀，只是名人要价高，赵祥找一刺客，那刺客张口就要十万两。为保平安，赵祥咬咬牙，认了。

不久，那刺客就把林豹子刺杀了。

赵祥得知林豹子已死，很是高兴，当下给了刺客十万雪花银，算是两清了。不料那刺客刚走，赵祥又疑惑起来，心想若是这刺客被抓或泄了密，别人一定会问赵祥为何花如此大价要林豹子的头，不用多猜，只一猜便可猜出个八九不离十。若这消息被仇家知道，定会告官，官府知道了，定会怀疑铸银一事……事情一败露，定会得罪林豹子的同伙。若林豹子的同伙得知是我赵祥雇人害的他们大哥，那些杀人不眨眼的魔王岂能罢休……

赵祥越想越害怕，觉得虽然林豹子死了，危险非但没解除，反而扩大了事态的发展！想来想去，觉得自己亲手把那刺客杀死方最为保险。主意一定，他就谎说再次雇用那刺客杀一个仇家，约那刺客到一个酒楼谈价钱。当天晚上，那刺客应约到了酒楼。赵祥包了一个雅间，偷偷在酒里下了毒，给那刺客斟了一满杯。刺客望了赵老板一眼，笑笑，说："赵老板，干我们这行有个规矩，就是不吃回头草，更不敢喝雇客的敬酒，因为怕有人杀人灭口！"

赵祥一听，白了脸色，正要起身溜走，不想被林豹子堵了去路。

赵祥一看林豹子没死，惊诧万分，气愤地斥问那刺客说："你为什么骗我？"

刺客说："在这个世上，钱是最靠不住的！"

林豹子笑道："愚兄太小气，只给他十万两，而我一张口就给了他十五万两！"

赵祥望着那刺客："真没见过你如此不讲职业道德的人！"言毕，端起那杯毒酒，一饮而尽。喝过之后对林豹子说："贤弟，我是自杀，那钱一定给我，千万别给这种败类，到这会儿我才明白了，若想让益宛银号红火不衰，这才是最好的上策！你如果执迷不悟，下场肯定不如我！"

赵祥七窍流血，倒了下去。

果然，赵祥的儿子继承了父业。由于赵祥生前一直注意培养儿子，益宛生意一直鼎盛如初，不到十年工夫，就成了方圆百里的著名银号。

再后来，林豹子被官府抓获，杀头之后，家中赃物全被没收。一家人被赶出宅院，沿街乞讨……

那刺客像是从中悟出了什么，安排儿子一番，然后就饮酒自杀了。

金盛祥商行

金盛祥商行的老板姓郑，叫郑三同，陕西咸阳人。少年时曾在汉口一家酱园当学徒，期满后升为最年轻的店员。郑三同升为店员后心境也随着升高，一心想开铺子，当老板。当时有一批同乡在周家口做买卖，便辞去店员到来周家口，经老乡介绍，先在沙河北的一个菜市当了一名管理帮办，说穿了就是一个跑腿的。郑三同凭着与生意人打交道的阅历，对周口市场的供求和行情做了详细的了解，特别是他认准了周口是一个水陆交通要道，东距皖地较近，西离漯河京广线只有六十公里，且又是千里大平原，南北货在此会大有市场，于是他要决心在此大干一番。在几位同乡的帮助支持下，借五百块大洋，租了沙河南裤裆街两间铺面，打出金盛祥南北货商行的招牌，自任掌柜，委派表哥在汉口坐庄采购，雇用四位同乡门生照应门市，开始经营零售批发业务。最初经营的多是些金针、木耳、玉兰片、蘑菇、花椒、八角、茴香等干菜山货、兼营红枣、核桃、柿饼、瓜子等产品。郑三同虽然年轻，但懂生意经，又会用人。俗话说："要赚钱，货得全。"根据市场行情，他先抓货源，便又增加了水产海味、炒货、蜜饯、辣味、酱菜、西湖莲子等，生意越做越大，品种越来越多。除此之外，他极重视门市服务，对顾客毕恭毕敬，拿烟倒茶，延长营业时间，适时赊销，定期收款，并与大饭店挂钩，长期供货。对有才能的同乡大胆擢用，进出定价，全权裁决，即使掌柜不在，店内业务也是有条不紊，方寸不乱。

只用十年功夫，金盛祥就成了名副其实的大商行。十年，郑掌柜也由一个小伙子变成了年至而立的"大龄青年"。

事业有成，提亲说媒的人就开始络绎不绝。

可是，媒人们所提的人选，郑三同皆不同意。原因是前来提亲的所提人选多是外地在周口做生意的后代，而郑三同却一心想找一个本地有权有势人家的小姐，可就是没人提及。媒人不提及的原因有三：一是有权有势的人家多攀高门，所谓高门自然是官宦人家。就是说县长的千金要攀专员的贵子，专员的公子还想去省城发展，自然不会下嫁一个生意人；二是郑三同是湖北人，而湖北人素有"九头鸟"之称，这个外号说褒也褒说贬也贬，在人们心目中是"滑精、难缠"的代名词，所以本地人一般不愿与他们结缘；三是郑三同虽然有钱，但形象欠佳：个子细高，像带鱼，又是个刀条脸儿，虽然刚刚而立，却给人一个未老先衰的印象。有这三条挡道，郑三同就是富甲一方也很难如愿。

其实，郑三同心中早有人选了。

郑掌柜看中的姑娘姓何，叫何叶，是周口商会会长何应康的千金。

郑三同看中何叶是一个很偶然的机会。他生意做大后，被吸收为商会会员。入商会要先拜望会长先生，那一天他去何家的时候，正赶何叶与丫环在花园的甬道上打羽毛球。何叶一身白色羽绒服，很新潮的那种，而且不是大辫子，扎的是马尾松，发根部系的是一条火红的发巾儿，朝气蓬勃，动静如画，直看得郑三同呆了一般。赶巧这时候，羽毛球正好落在他的脚下，何叶拣球时，看了他一眼，有点儿羞涩，恰这一"羞"，像雕刀般将她美丽的面容刻进了郑三同的心上，再也抹不去，忘不下。也就是从那一天起，他立志要把生意再做大，当大老板，将自己的身份提高，娶得何叶！

这当然不是一件容易的事儿。此事不容易有三：一是郑三同的经济基础与何家悬殊太大，决不是三两年内能相匹敌的；二是郑三同已是大龄青年，而何叶也到了出嫁的年龄，很有可能就在这一二年内订婚成亲，年龄太逼人；三是何叶挑对象的标准一定很高，决不是光门户相对就能成的，肯定要求男方是长相超群的帅哥。而郑三同的长相都不敢恭维，就是他发了横财，也不一定能如愿。当然，这一切郑三同自己心中也十分清楚，但他对朋友说他不在乎，并说做事在人，成事在天，一切随缘。平常，他像是从不把婚姻大事放在心上，一心扑在生意上。由于他的努力，生意发展很快，金盛祥商行像是紫气东来，越开越大，到民国初年时，几乎吞并了半条裤裆街。

就在郑三同雄心勃勃的时候，突然传来何叶要嫁到省城汴京的消息。那一刻，郑三同怅然如痴，如傻了一般，最后一下就像泄气的皮球，瘪了下去……

但郑三同毕竟是郑三同，他蒙头盖脑睡了三天之后，起来的第一件事就是到何家给何叶送贺礼。贺礼很重，重得出乎许多人的意料，使得何叶十分感动，亲自出来面谢郑三同。她真诚地对郑三同说："郑先生的所想我已听说一二，很感谢您这么看中我！"郑三同一听这话，方知自己单恋何叶早已成为公开的秘密，便也毫不隐瞒地说："小姐既然知道了，郑某就直说无妨了。我看中小姐，而且发誓要娶你，明知是癞蛤蟆想吃天鹅肉，但我不泄气，不自卑！小姐在我心中扎了根，激励着我去奋斗去拼搏，虽是单相恋，但也是爱的力量！恕我直言，金盛祥能有今日，其中也有小姐您的功劳！"何叶听郑三同如此真诚和挚爱，许久没说话，最后她深情地望了望郑三同，说："郑先生，今世无缘，等来世吧！"说完，从袖内取一把绫折扇，送给了郑三同："为谢您的一片痴情，留下念想吧！"郑三同接过折扇，泪水早已盈目……

从此以后，郑三同谢绝了一切前来说媒的人。他说人心只有一个，我心中已装了一个人，再容不下第二个了。情感的事儿不同做生意，我不能心中装了人再娶别的女人，那样会对不起人家，让人家一辈子心凉，不是我郑某干的事儿！

郑三同如此认真地对待男女之事，得到周口人的交口称赞，说湖北人虽然是"九头鸟"，但对爱情却是如此专一执著，也算男子汉哩！由于郑三同的这种"诚信"，给他竟带来不少声誉，一时间，金盛祥的生意好得空前。

由于郑三同酷爱着何叶，一直未娶，一心一意经营商行，资金也越来越雄厚。四十岁那年，他凭借自己的实力当选周口商会的副会长。

大概也就是在那一年，何叶的丈夫去世。有一天她回娘家省亲，听说郑三同竟因她一生不娶，很是感动，当下就直接找到郑三同，说如不嫌弃，俺就不走了。郑三同望着久别的心上人，许久许久才说："你害得我好苦嗷！"

二人婚后，互敬互爱，皆长寿！

王老哑

王老哑是个排船工，用现在的话说，就是个造船师傅。王老哑是他的外号，本名叫王基传。因他从小五六岁时才会说话，人们以为他是个哑巴，不想突然就开口说话了，所以他就落下了这么个外号。

说话晚的王老哑很聪明，十几岁时跟随外婆家的人在河道里排船，二十几岁时，就另立了门户，自己带一班人，开始给人造船。

造船是个技术活，也是个苦活。因为造船多在河坡里，在河坡里造船是便于下水。一般造船多从麦前开始，原因是这段时间里河水很少来洪涨水，河坡宽阔。另一个原因是这个时期天长日头毒，要顶着太阳干。听内行人说，太阳越毒船工们越喜欢。因为木船多用桐油漆，而且不是漆一遍，为赶工，太阳越毒晒得越快。为防漏水，排船时对木缝要求极严，接口处不但要刨平，而且需要有一定的斜度，就是说，两块木板的相接处不是平的，是两个斜坡对在一起的。尽管如此，还需要用黏灰抹木缝。黏灰是用桐油、洋麻絮和生石灰掺和在一起硬砸成的。砸黏灰多在一个平面很大的树墩子上，两个人用铁锤砸，一直砸得像蒸馒头的大面块，然后抹缝，一点儿一点儿地将缝填实，干后用细砂打磨，光滑无比了，才能上头遍油。

很早的时候，排船多用楸木。楸木号称铁树，几十年才能成材。这种树质地硬，如铁般，且喜水，越见水越结实，又极顶沤，确为造船的上等好料。一般大户人家造船，都是提前派人去买楸木，备好了料，才请排船工匠。工匠们接活后，要趁天还不太热时，先在河岸上搭工棚，拉大锯，将树拉成板，亮晒、烘烤，然后放线，再拉成需要的料子，等到合成时，才将工地转移到露天的河坡里。

合船之时，还需要铁匠。铁匠就在河坡里造一个小低炉，专打一种枣核钉，两头尖，也称铆钉。那时节，是最忙的时候，木工合板的"咚咚"声，铁工打铁的"叮当"声，给寂寞的河道里就带来了喧嚣。到新船下水时，更为热闹。主人家要请来唢呐班凑热闹，新船挂满红彩，贴着对联，多是吉庆之语。在音乐和鞭炮声中，开始烧香敬神，船头处用高粱杆扎成捆儿，排成一溜儿，让人用大绳拉，大师傅手拍五升斗底，喝号子喊："拉！拉！拉！"众人呵着号子将新船入水，然后就在船上设席待客，直直热闹大半天方罢休。

镇东有个靳湾村，村中有个大财主，叫靳东海，有一个大楸树园，专请了王老哑，准备让他造一艘楼子船。

所谓楼子船，就是两层或三层的楼船。这种船多不是运货物，而是用来娱乐的。过去娱乐就跟现在的娱乐城一样，是用来赌博和吃喝玩乐的，就是说，将在旱地上的娱乐搬到了水里，尤其是夜间，船上灯火辉煌，笙歌如潮，水中也同时映出一个魔幻般的仙境，别有一番情致，是极招人的。

当然，这种船造成之后，大多要在城市边缘的游乐场所游，上船的也多是有钱人。颍河镇距周口四十华里，周口洋桥下面就是一个游乐场所。那地方儿是沙河、颍河、贾鲁河的交汇处，水面宽阔，两岸灯火辉煌，映在水中，美如瑶池。靳东海虽是个土财主，但他的儿子却在周口警察局里有朋友，朋友告诉他儿子说，只要有楼子船，保你比种地发财快！所以，靳东海就决定造一艘三层高的楼子船。

王老哑告诉他说："要造三层高的楼子船，底船要用方木，这样才能保证不翻船！"靳东海说："那就用方木！"王老哑围着他的楸树园转了一圈儿说："怕是这一园子树要用光了！"靳东海说："用光就用光吧，当年种这楸树就是为了造大船的！"王老哑望了靳老爷一眼，停了一时又说："造船要用干木，而且要风干，那样出的船板才不会裂！一棵树从砍倒到风干需一年时间，再拉开板动工造成船又需一年，你要有耐心！"靳东海一听要等两年，瞪大了眼睛说："我儿子说楼子船到周家口一年能挣十万块大洋，两年就是二十万！二十万哪，能卖两条新船了！能不能快一点儿?"王老哑说:"要快只能烤干,我说过,烤干的木板容易裂缝进水,那样,船就废了!"靳东海沉吟片刻,说:"只要能撑三年不裂缝儿,我就赚了,能不能撑三年?"王老哑笑了笑说:"这个我可不能打保票!也可能十年八年不裂,也可能一年就裂!"靳东海又沉吟了一会儿,说:"那就破一回试试,若万一十年八年不裂缝,我不就发大财了?"王老哑说:"既然靳老爷愿意冒这个险,那就试一试!"靳东海又问道:"造船的时间能不能提前?"王老哑说:"能!只是三个月造成的船和一年造成的船不一样,这个我不说你也明白!"靳东海说:"既然能快,那就来个快的,工钱不会亏你的!"王老哑听完这话,长松一口气说:"靳掌柜,实在抱歉,你给的工钱再多,我王老哑也不会接这个活儿!"靳东海一听大吃一惊,瞪大了眼睛说:"嗨,你刚才不是答应了吗?为什么要反悔?"王老哑笑道:"我何时答应了?我只是问明了你要造什么样的船!多好的一园子楸树,你却要我做赶手活儿!你要用船赚钱,我也要顾我的名声!所以,请你另请高就!"言毕,王老哑双手给靳东海搭了个拱,扭头走了。

靳东海一看王老哑要走,急忙跑上去拦住道:"王师傅,休走,听老夫把话说完!实不相瞒,刚才是老夫有意试你,怕的就是碰上个见钱不顾名声的师傅将我们几代人守护的这一园子楸树给毁了!这下我放心了,算是我请对了人!这样吧,从今天起开始计工,从出树到船下水,全包给你,三年五年咱不急,只求给我造出一艘河道里最好的楼子船来!"

王老哑一听这话,怔了,双目紧盯着靳东海,好一时才说:"靳掌柜,遇到您这样的东家,也是我三生有幸呀!"

从此,王老哑带着徒子徒孙住进了靳府,用了三年功夫,造出了一艘三层高的楼子船,名震豫、皖两地。靳东海的儿子带船先在周家口,后又去安徽芜湖,三十年那船仍坚固如初,只可惜到了1938年,被日本人的飞机炸得粉碎,碎船板在长江里漂有半里长……

那时候,王老哑已不在人世了,只留下这么一个传说。

田小雅

　　春节过后不几天，田小雅正准备通知打工妹们出发去广东，不想媒人登门替人求婚。

　　求婚的人叫黄国兴，小黄庄人。对于黄国兴，田小雅久有耳闻。这黄国兴原来也在广东打工，后来攀上了一个当官的老乡，认识了不少厂长和经理，开始搞私营劳务输出，给厂家介绍一个打工者五十元手续费，另外，厂家还要从这群人挣的利润中给他提个百分之五。而对打工者呢，他又收一百元介绍费，里拐外拐，黄国兴发了几年财。当初田小雅去广东，还是由他介绍的呢。只是眼下这种"二道贩子"的生营已挣不到钱了，黄国兴也早已金盆洗手，听说在家办了个脱水厂，每年能挣十多万，进入了"富豪"行列。

　　听媒人说，黄国兴年前丧了妻，想续弦，登门说亲的成群达队，但他心里只有田小雅，所以就托她来问一句话，若田家愿意这门亲事，小雅就是第一人选。

　　小雅的父母当然都知道大名鼎鼎的黄国兴，因为从田湾去颍河镇赶集，小黄庄是必经之路。黄国兴家的小白楼就在路的左边，很抢眼。麦罢的日子里，田小雅的父亲还去黄国兴的脱水厂里干过零活，认得那个被人称为"黄经理"的人。年龄才三十几岁，长得虽不出众，但很"男子汉"，一脸刚毅，很让人生畏。田小雅的老爹虽不会看相，但也知道这种面呈刚毅的人大多是有本事的人。

　　这几年，为着女儿的婚事，田小雅的父母很犯愁。小雅是见过世面的人，眼睛越来越高，一眨眼，竟二十七八岁了。眼下养女比养儿还愁。富家子好娶亲，富家女却难嫁人。田家虽然不富，但女儿田小雅却是百里挑一的好姑娘。往往好花儿难有主，小雅的婚事竟被耽搁了。黄国兴虽是个二婚，但论人论富论能耐，也算是打着灯笼也难寻哩！

不想，田小雅却不同意。

田小雅不同意的主要原因是因为黄国兴有两个孩子，她虽然认为黄国兴是比较合适的人选，但她不愿当后娘——怕将来落下个不贤的恶名。黄国兴得知田小雅是因两个孩子不同意婚事，忙托人捎回信息说，如果田小雅嫌两个孩子累赘，他可以另盖一个院落，让田小雅一个人居住。田小雅一听，笑道："那我不成了他的小妾了？"她娘却很赞成黄国兴的这个主意，对小雅说："啥是小妾，胡说！人家又没正房，过去你就是老大。那姓黄的能如此对你，说明你在他心中的位置不一般，去哪儿再找这样的好亲戚去！"父亲也支持母亲，对女儿说："孩子呀，你岁数不小了，女孩儿家二十八岁是个坎儿，迈过这个坎儿，就成了老大姑娘，到那时候，可更让我和你娘犯难哩！"

看父母如此赞成这门亲事，简直有点要挟的味道了，田小雅算是无奈。她深怕因此惹二老生气，只得答应与黄国兴见一面再说。

田小雅自然有田小雅的主意，她与黄国兴见面的目的是想让黄国兴自己提出不同意。也就是说，只有谈崩了自己才能脱离干系。有这种心理作怪，所以见面时她有意穿得很随便，也不化妆，一副"绿色"。不想见到黄国兴之后，黄国兴却是一副大喜过望的表情，连连夸这才是他心中所想的。他说自己在广州混过好几年，早已看不惯那些打扮得洋里洋气的女孩儿，把自己的脸当实验田，抹这抹那，做出的饭都带香气。他说他最喜欢的就是田小雅这种"环保型"的绿色女孩儿。还说他万没想到田小雅在南方几年，仍能保持一尘不染，他还建议田小雅再传统些，最好把当年的大辫子也留起来，盘在头上，再穿上那种古典式的大襟上衣，那才叫真"酷"。黄国兴这一阵发自内心的吹捧，虽然有点儿肉麻，但却很出乎田小雅的意料。看看面前这位被"倾倒"的人，她真有些不知所措哭笑不得了。没办法，她只好搬出事前想好的应急措施，装着一副实话实说的样子，对黄国兴说："黄老板，首先让我谢谢你对我的诚意只是有点对不起，我已有了男朋友。我今日来不是专门与你见面的，是想借此机会请你对我的父母说声不同意这门儿亲事。只有那样，我才能得到解脱。黄老板，拜托了!"黄国兴一听这话，像是遭到了戏弄般，脸色红一阵白一阵，但黄国兴毕竟是黄国兴，不一时便镇定了自己，笑着对田小雅说："原来是这样，莫怪我自做多情。你既然已有了男朋友，我尊重你的选择。看来我是个没福气的人，只好在想象中苦度自己的后半生了!"田小雅不解地问："你这话什么意思?"黄国兴笑了一下说："既然事情到了这一步，我也索性实话实说，自从前些年见过你一面之后，我就一直忘不下。赶巧我丧了妻，又听说你还未嫁人，心想这真天意呀! 我万没想到到头来是竹篮子打水一场空! 不过，我能与你单独见一面，说出了自己心中所想，也值了!我今生今世再不会爱别的女人了! 再见!"

黄国兴很大气地走了。

田小雅呆呆地被"亮"在了那里，她望着黄国兴的背影，许久许久……她很想高声喊一声"等一等"，可她也没了勇气……

哀　歌

　　车灯很毒地照亮了篱笆上疙里疙瘩弯弯曲曲的葡萄藤、悬挂在篱笆上的枝枝蔓蔓、房顶上年久变灰的红瓦以及高大的水泥电线杆，闪过去一个老式水井，还有一个铁制耶稣蒙难的十字架。铜铸的耶稣挂在钉子上，低着头，很痛苦地大睁着一双染蓝的眼睛。

　　眼前是一片很阔的广场，强烈的光束扫过教堂的院墙和铁门，给钟楼，然后是房屋的墙壁和黄色的窗户、台阶，以及挂在台阶上方的一面湿淋淋的旗子刷了一层淡白色。

　　汽车像在水中飘浮，广场上的草坪很明显地被压迫出两道黑色的辙印。刹车轻轻响了一下，白色的宝马停了下来。灯光被黑暗吞没，饥饿的黑暗接着就扑向驾驶台，开车的汉子也消融在夜色之中。他仰脸叹了一口气，然后燃了一支烟，并不急于下车的样子，很沉重地吐着烟雾。那时候夜色已不很浓，在灰色的蒙胧中已隐约看得见篱笆和游走的狗。藏匿在黑暗中的树木也逐渐有了轮廓，给人已天将黎明的错觉。天上星星在静静地闪烁，一颗流星划破夜空，很贼地溜进了新建教堂的背面，然后就引出了一抹依稀可辩的月光。

　　他突然记起今日是旧历十七，星期五。中国的旧历十七是月亮神缠绵而又扭捏的日子。她像吹奏着一首哀歌向西方之神的蒙难日做着祈祷，极缓慢极沉得地从地狱深处走了出来。教堂里聚集着耶和华的东方教徒，灯下礼拜早已开始。烛光从落地窗上反映出来，照亮了芭蕉和草坪。窗前的草坪很少有人践踏，随着烛光舞蹈，使人联想起很遥远的西方情调。

　　教堂里传出了歌声：

守望之使，

圣洁天军，

你基路冰与西拉冰，

皆当高歌哈利路亚！

……

教学是全新的，从筹建到启用大约用了三年时间，全是仿罗马时代的圆顶建筑，远看像一座古城城堡。屋顶的拱形是乳白色，月光下颇似一位漂亮女人丰满的乳。这幢欧式建筑夹杂在东方建筑群里，更显得鹤立鸡群。当初为筹建这座堂，他曾捐资十万元。教民们为感激他的恩德，给他刻了一块很高的碑。

他下了车，在茸茸的草坪上来回踱着步子，手指间的烟头儿像一星鬼火在黑暗里游曳，给人以恐怖的臆想。那时候牧师已开始给教民们布道。牧师略显苍老的声音在夜空中显得凝重又悠远：

仇敌起来攻击你，耶和华必须使他们在你的面前被杀败；他们从一条路起来攻击你，必从七条路逃跑……

母亲是一位虔诚的基督教徒，从他记事起，他第一个认识的神就是耶和华。幼小的时候，母亲在他的脖劲里挂上了银制十字架，乞求冥冥之中的西方之神给他一个美好祝福。

他的父亲是旧军队里的一名下级军官，"文化大革命"中，被人从丈余高的批斗台上推下来，死于非命。那一年他十五岁，高唱着"从来就没有什么救世主"拽下了那枚藏在贴身处的银制十字架，呵斥母亲说："你信了一辈子神，神却保护不了你！"母亲面色木然，怔怔地望着他，喃喃地说："人，本来就是苦难的深渊！如果没有信仰，面对苦难你就无所适从！"他望着母亲，从母亲茫然的目光中读出了"信仰"二字的涵义。

父亲死后，母亲仍然偷读《圣经》。有一天，《圣经》被民兵抄走，母亲被带到了大队部。民兵队长拿过《圣经》，命令母亲说："撕碎你的信仰！"母亲吃惊地望着民兵头目，突然跪了下去，哀求说："信仰是心，怎能撕得烂？你们杀了我吧！"

信仰再度自由之后，母亲很少进家，守礼拜，布道，参加各种活动。那时候，没有教堂，守礼拜在一个固定的院子里。有一次，天突然下了大雨，母亲浑身如浇，得了大病，从此卧床不起，不久前离开了人世。那时候，他就发誓要盖一座大教堂。

母亲死后得到了最高奖赏，鉴于她对主的恒心，几千名教徒前来为她送葬，神甫亲自领唱《安魂曲》：

> 有日斜阳就要西沉，
> 把灯剔亮，儆醒等待，
> 有日主来召我归回，
> 我灵就要飞入主怀。
>
> 我必要见主面对面，
> 永远歌唱得救恩典……

那时候，他哭了，哭得无比宁静，就像自己步入了坟墓。后来，他办工厂发了财，就捐献了十万元盖教堂。他每天晚上要来这里，无论冬夏，无论阴晴，他都要来这里坐一坐，吸上几支烟，然后再走出宁静……

灯下礼拜散了，信徒们很木然地从草坪上走过，没人和他说话。他望着他们，像望到一群飘忽而过的幽灵。他知道那是一种神的驱使。他们的心中是一片净土，那该是何等的境界啊！

他走进教堂，神甫为他点上白色的蜡烛。烛光开始跳荡，然后就落进宁静里。

神甫已年过八旬，白发苍苍，目光古老而幽深。黑色的袍子罩在他身上，显得飘逸。据说他从小跟着外国神甫，后来就在教学里当仆人。那神甫是法国人，很善良，教他识字读《圣经》，然后又教他拉小提琴。开始拉《开塞》，接着就拉中级练习曲《马扎斯》。只可惜，《马扎斯》刚刚拉完，日寇侵华，那神甫就回了法国。

他要求神甫拉一曲《马扎斯》。

149

神甫取出小提琴——那是一把意大利小提琴，是那位法国神甫临走时给他留下的唯一纪念。他珍藏了半个多世纪。在这个镇子里，老神甫只给他一个拉琴。他说不清自己受此殊荣是为了他的母亲还是为了那十万元。他没读过《圣经》，更不会唱赞美诗。他知道自己永远也进不了宗教，更不会成为一个虔诚的教徒。可他说不清，为什么总想来坐一坐？

《马扎斯》的旋律开始在教堂里荡漾，像是每个音符都随着神甫的手指变得苍老而凝重。空气宁静又淡泊，灵魂被挤进了一隅。

偌大的教堂里只有他和老神甫。

世界随着琴声融化在宁静里。

老神甫拉完了曲子，很深情地望着他，问："孩子，你还需要什么？"

他一下呆了，半天没接上话。

需要什么呢？他也说不了！

神甫善良而温和地笑笑，说："当黑暗笼罩过来的时候，白色的圣母玛利亚将会出现！这是神的召示！孩子，你还需要什么？说吧！"

需要什么呢？他仍然说不了！

他怔怔地望着老神甫，目光茫然而空洞……

征　婚

　　《都市晚报》上有一个"鹊桥热线"专栏，每天登出不少征婚启事。一天，启事中有一男一女，他们各自的条件恰恰是对方所觅求的。所以，双方就通过朋友传递，约订好三天后的晚上八点来，在闹中取静的紫荆山花园东门口一块广告牌下见面。

　　那一日，男方和女方准点来到紫荆山花园东门口。电子广告牌闪烁着五颜六色的光芒。两人从不同方向朝广告牌下走去。走着走着，两人都止了脚步，目光异样地停在对方的脸上。

　　"——怎么是你？"男的瞪大了眼睛问。

　　"是不是搞错了？"女的更为惊诧。

　　"你是请谁写的征婚稿，那么美？"男的泄气地问。

　　"你的除去性别是真的外，连年龄都瞒了两岁，不知是谁把你美化得那么知识分子，那么如歌如画！"女的说话一点儿也不"性格柔和"。

　　"现在除去母亲是真的外，什么事儿都敢冒假"男的很生气地燃了一支烟，猛抽猛吐，烟雾向那块电子广告牌飘逝着。

　　"负责转信的家伙是不是你的同伙？"女的疑惑地问。

　　"我更怀疑帮你转信的是你老爸的化名！"男的啐了一口，"有的婚烟介绍所，老雇人与顾客见面，把老娘和女儿都派上了用场！为嘛？就是一字：钱！"

　　"你不要无中生有血口喷人，我可不是那种人！自从分手之后，为了咱们的女儿，我不得不另谋了工作。实言对你说，这只是我们公司开展的一项新业务，利用征婚广告拉顾客——不信你瞧。"

　　男的顺着女的手指处望去，那里有一片新开的豪华酒吧，透过莹莹的灯光，能看清里面坐满了一对对"情侣"……

男的望了女的一眼，问："为什么给我说这些，难道你不知道我是化装侦察？"

"因为我曾经是个工人，又当过几年警察的妻子！"女的说完，目光就朝很远的地方望去。

"谢谢你帮助我完成了任务！只是……你又一次面临着'下岗'了……"

"这不关你的事！"女的很傲气地说了一句，头也不回地向黑暗处走去。

几分钟后，公安人员就走进了那家酒吧……

杨子发屋

　　杨子是个漂亮姑娘，豫东人，5 年前来到省城打工，经老乡介绍在一个理发店里干了 2 年洗头工，学会了理发技术，接着就自己开了个小发廊。那一个，她还不满 20 岁。

　　杨子发屋很小，设备也简单，但她在经营上很有技巧，所以生意一直不错。较低的价格和杨子不错的技艺吸引着附近收入并不高的人们，钱也就多多少少地来了。杨子的性格开朗活泼，时常和顾客说说笑笑，渐渐地就都成了熟人。一成了熟人，她就有点不好意思收熟人的钱，每次都是人家硬塞到手里她才肯要。杨子爱玩，常常把门掩着就跑出去玩了，反正屋里也没什么贵重的东西。杨子有一个表妹叫林林，时常来找她玩，杨子没有亲妹妹，就把林林当作亲妹妹看待。两个人说说笑笑，像有着说不完的话。

　　杨子也有烦恼，最让杨子心烦的就是支出太多，一个月 1000 多元的房租就顶她剪 400 多个头挣来的钱了。杨子正是妙龄花季，压根儿不知道存钱，挣来的钱大多买了衣服。杨子总是穿得漂漂亮亮，怎么看也不像一个乡间出来的姑娘。平常时候，杨子的生意有淡季和旺季，所以杨子回家也就无规律。在更多的时候把杨子和父亲联系起来的是电话。杨子的父母把电话打到离杨子发屋不远的小卖部，和杨子烂熟的邻居就会跑来喊杨子。杨子跑过去抓起话筒第一句话总是喊一声妈——那声音嗲得像个不足十岁的小女孩儿。

　　本来杨子还可以无忧无虑地干几年，不想这时候却出了问题。林林也是个打工妹，在一个酒店里当服务员。有一天，林林领来一个男孩子。林林对杨子说男孩子叫海，是饭店里的大师傅。杨子这才看了海一眼。海很高，又白白净净，穿着也时髦。海说他也是豫东人，从烹调技校毕业后就在饭店掌勺，已跳过了三次槽儿，越跳工资越高，所以他说这一生至少要跳一千次槽，杨子一听笑了，觉得海挺幽默。

林林像是很喜欢海，海像是也很听林林的话。但杨子看海第一眼就有了某种感觉，知道这个叫海的家伙像是更喜欢自己，虽然只有一面之交——因为缘这东西不以次数多少决定的。

果然，第二天海就单独来到杨子的发屋，说是要让杨子给他理理发。杨子知道他是醉翁之意不在酒，只是笑，然后说："我的价格可是高！"海也笑笑，答："我就是奔着高价而来的！"

不久，海就把林林甩了。林林很痛苦，来找杨子诉苦，眼睛哭得红红的。杨子心软，耐心劝林林，说："缘份这东西不可强求，该咋就咋，一切顺其自然为好！"

好容易劝走了林林，海就来了。海很老练地与杨子说说笑笑。杨子很稳重地应付着，最后说："你不该把林林甩了！"海不在乎地昂了一下头，说："本来我们就没什么，是她自己自做多情！"杨子怔了一下，没吭。海见杨子不吭，就进攻性地走近杨子，要吻她。杨子巧妙地躲过海，问："还跳槽儿？"

几天以后，杨子发屋又来了一个女孩儿，长相出众，很靓。杨子叫她玫玫，并说玫玫是她的"铁姐儿"。玫玫叫杨子为"杨妹妹"，杨子喊玫玫为"玫姐姐"，很亲密。

有一天，玫玫刚到，海就来了，杨子向海介绍玫玫，玫玫很羞地望了海一眼，海像很喜欢玫玫，问她在哪儿住，干啥工作。玫玫也像是很喜欢海，一一作答。二人说了些客气话，玫玫便告辞走了。

玫玫一走，像是带走了海的魂儿。海只和杨子心不在焉地说了几句话，就说这几天熬夜熬得厉害，要回去休息。杨子笑笑，没吭。海见杨子不吭，尴尬地笑了笑，走了。

这以后，海就很少来杨子发屋了。

有一天，林林来了，杨子很自豪地对林林说："寻寻，我已替你报过仇了！"接着就向林林讲了自己与海和海与玫玫的故事。并说玫姐姐一定要让海尝到被抛弃的滋味儿!

林林不信，杨子说你不信可以去侦察一番，说完就锁了发屋，带林林去了玫玫上班的电脑城，玫玫在电脑城里一个私人小卖铺里当营业员，杨子带林林到了那个小卖铺里却不见玫玫。杨子觉得很奇怪，问那个胖老板说："玫玫呢?"胖老板认得杨子，说："你还不知道? 她和一个叫海的小伙子旅游结婚去了!"

杨子一听，如炸雷击顶般呆了。她做梦未想到会是这种结局，委屈的泪水就流了出来……

大力士

县委食堂前有一石墩，高二尺余，重三百斤，上雕汉画——瘦人骑瘦马，像一幅《狩猎图》，形象逼真，栩栩如生。有一年，从京城来一位考古学家到此考察汉文化，见到此石，如获至宝，连连叹曰："哎呀，哎呀！"然后，爱不释手地抚摸着，建议当地政府将其珍藏起来。说这东西若放在京城，早进博物馆了！怎奈此地汉墓成群，汉砖汉瓦多如牛毛，此种汉石雕刻张目皆是，本地人怎看重它，直笑专家少见多怪。等专家走了，石墩仍原地面天，一年又一年，充当饭桌。

每每饭后无事，县委里的年轻人，常借此石以赛力气：推倒，搬起，累得个个脸红脖里粗，也未分出输赢。这一日，新分来个"老转"，声称自己在部队里练过武术，格斗擒拿，无一不行，人送外号"大力士"。"大力士"绕着石头看了一周，轻蔑地说："区区小石，何足挂齿？"听他口出狂言，便有人撺掇："老吹不能买张三的牛犊子，耳听是虚，眼见为实！你能把石墩推倒搬起十次吗？"众人煽动纷纷，"老转"来了精神。他放下刚洗的碗筷，说："不在话下！"众哗然，皆围观起哄："若能办到，我们请客！""老转"终被撩得火起，叫道："若败了我请众人！"言毕，捋胳膊，唾唾液，摩拳擦掌，提精吸气，开始运动。待满臂肉疙瘩乱蹦了，才猛跨一步，大喝一声，把那立着的石墩推倒搬起，一连十次，面不改色。众人大哗，个个伸出拇指，皆称"大力士"名不虚传。

这时，恰巧食堂里一服务员，给上头来的领导端菜路过，不服气地对众人说："封他大力士，把我往哪儿搁？"

众人望了望又小又瘦的服务员，都透出一脸不屑。

有人撺掇："你若能推倒搬起十一次，桂冠易人！"

没想那毛头服务员只是冷笑一声说："那算鸟本事！他能搬得动，可他能托得起吗？"

"老转"见小伙子出言气粗，忙上前问："小老弟，你若能托得起，我当下就拜你为师！"

"那你可就输定了！"小服务员正经地说着，晃了晃满着鸡鸭鱼肉的托板，诡秘地对众人道："昨儿个会计算账，说我已托走了一座大楼，何谈区区小石？"说完，谁也不看，扬长而去。

众愕然……

从此以后，众人皆改口喊小服务员为"大力士"，发展开来，连书记县长们也喊开了。有一天，县委书记饭后无事，遇到那小服务员，好奇地问："小伙子，看你精瘦，怎称大力士？"

小服务员面红耳赤，嗫嚅半天，无话可答。问得急了，终于说出了实情。

县委书记沉吟一时，面色阴郁地念道："原来如此！"

小服务员吓病一场，待病好上班，见那石墩已挪到了书记门前。人们见书记每天饭后都把那石墩推倒搬起，搬起推倒……直累得汗水淋淋了，方住手。

谁也不知道他要干什么？

从那以后，每有会议，县委书记必讲"大力士"的故事，人们开初一听，都面面相觑。后来听得多了，也便觉得不新鲜了。

再后来，那书记升任为地委副书记，又不久，当了一把手。每有会议，"大力士"的故事仍是他必讲的话题。人们开初听到，都面面相觑。后来听得多了，也便觉得不新鲜了。

"大力士"的故事仿佛变成了一个遥远的神话！

心灵的虹

爹对她说："妮儿，临走再给他磕个头吧？"

她望着那座斑痕累累的陵墓，很踌躇。那墓由水泥砌成，方座圆台，上立长条石碑。碑文上"杨春秋"三字还依稀可辩，只是英雄的"事迹"已被岁月冲刷，脱落了颜色，变得非常的模糊。可她记得清：就是这个知青当年为她而献出了年轻的生命！

坟墓的一些部分已经露出橘黄色的砖，贴近地面的地方被什么东西掏了一个拳头大小的黑洞。一些青草在坟墓平台的浮土中生长出来迎风抖动。

爹烧了纸，蓝色的火苗儿在秋风中跳荡。爹压低了声音说："春秋，起来拾钱吧！丽萍如今考上了大学，就要去生你养你的那个城市上学了！我安排过她，一定要她去你家看看！孩子，起来拾钱吧！"

蓝色的火苗儿挣扎了几下，最后冒出一股青烟，火星儿如萤火虫在灰烬上蠕动，发出窸窸窣窣的声响。风从墓碑一侧踅过来，在灰烬的周围打着旋儿，终于连窝端起，犹如惊飞了一群黑蝴蝶。

爹的脸有些发白，慌忙跪地，颤颤地说："春秋，大伯知道你很想家……"

天灰蒙蒙的，空气似乎很压抑。她走上墓台，轻轻拨去青草。她的心空空荡荡，再也没有当年的那种悲伤，她又感受到秋风吹来时的那种彻骨寒冷。

杨春秋救起她的时候她才四岁，随着年岁的增长，童年也便模糊在记忆里。有一天深夜，家中突然起了大火，当爹和娘仓皇逃到门外时，才突然记起西间房里还睡着她和她的奶奶。娘哭天嚎地，凄凄地呼喊着她的名字。大火无情地封了门口，一切危在且夕。这时候，杨春秋出现在爹的面前，用一盆冷水浇在身上，钻进大火里首先把她抱了出来。当他再去背奶奶时，房屋无情地倒塌下来……

听爹说，那时候杨春秋已下乡七年，同他一起接受再教育的同学都陆续回到城里。他的爹是板车工人，他只能在乡间继续锻炼。杨春秋牺牲之后，上级追认他为烈士，事迹上了省报，占了大半个版面。

在她有限的记忆里，始终没有杨春秋的形象。杨春秋的遗物中唯有一张初中毕业时的半身像，也被报社拿去制了版。这个赋予她第二次生命的恩人在她的脑际间只是一团模糊的印象。为此，她曾几度去镇上各个机关翻阅旧报，想从报上看一眼这位恩人的光辉形象，可惜，镇上的报纸是保留不住的。

坟墓内只有一具烧焦的尸体。

搭上公共汽车的那一瞬间，爹一再安排说："萍儿，一定要去他家看一看！"

她没有回答。那时候，她对寻找那张旧报纸产生了更加强烈的欲望。

但英雄的照片完全出乎她的预料，是一个又丑又瘦的小伙子，双目间透出迷惘，显得老气横秋。那一瞬间，她感到了莫大的失望。像是毁灭了她多年来的描绘和想象，只觉心头一阵颤悸。为翻阅这张旧报，她向图书管理员小姐求了无数次情。报纸已经发黄，通栏标题是《知识青年的楷模》，副题比正题还要长；《记舍己救人的英雄杨春秋》。文章的确不短，占去了大半个版面。文字虽然写得俗不可耐，但她还是认真读了一遍。她迟疑了片刻，最终还是悄悄撕下了那张照片。这个丑陋的男人毕竟是她的恩人，没有他，她也就没有了今天。

从杨家回来的那个晚上，她更加感到空旷和失落。杨春秋的家仍住在金水河的一边，他的爹娘早已离世，两个弟弟两个家拥挤在三间旧房里。当时她想，如果春秋活着，住房可能更危难。听说是兄长救过的姑娘，杨家人并没有太多的热情。他们仿佛早已淡忘了那个埋在乡间的兄长，历史掀过去了许多年，突然又被这个姑娘掀了过来，使他们惊诧又迷惘。他们没说一句关于兄长的话，只是漠然地过问她的现在和将来。谈话在令人尴尬的场面中结束，活着的人无情地拥抱着现实，显得疲倦而乏味！

人死如灯灭，无论是英雄或是伟人！历史就是这般无情，活着的人要为活着而奔忙，很少有闲暇去回顾过去的岁月。

丽萍觉得极伤感。她捧着照片落下了泪水。她的脑际间闪显着熊熊的大火和满目灰暗的埋葬，禁不住替他惋惜和痛心！她小心地把照片压在她的枕边，她要伴他度过寂寞。

后来她交上了男朋友。有一天那男朋友来她房内玩耍，翻出了那张报纸上印的照片。他警惕地问："他是谁？"她给他讲了一切。那男朋友听后松了口气，最后又望了望照片，像突然想起了什么似的对她说："噢，他就是杨春秋！萍，你上当了！这人是我大哥的同学，大哥说，他为了进城当工人，是他自己放的火，又是他救了人，不料却丢了性命！"

她如炸雷击顶，惊诧得张大了嘴巴。她说不清是历史嘲弄了他还是他嘲弄了历史！她只觉得像是被谁摧毁了自己心目中的偶像，喃喃地说："不可能！不可能！"

"这一切全是真的！他爹妈都是板车工人，住在金水河东边！他算什么英雄？他是罪人！"那男朋友说着，"啪"地摁着了打火机……

"不！"她疯似地夺过那片纸，神经似的叫道："请你不要毁灭他！我永远不会相信你的真实！他应该永远躺在不真实之中——他够苦的了……"

雕　塑

街灯很亮。

她走在很亮的灯光下，身影很长。她极少看到过自己如此长的身影。随着身影的晃动，她觉得自己走进了某种幻觉里。

已是深夜十二点钟，大街上很静。偶尔有汽车驶过，卷来一阵风响，灯光旋即被尖雾弥漫，她那修长的身影便消失在一片蒙胧之中。

她是个独身人，每到夜间，孤独便开始侵袭她。为了逃出那种令人窒息的氛围，她便出来逛夜景。

城市的夜景很美，电子广告闪烁着五颜六色的光芒，映衬得街道一片迷离。她走到立交桥下，立校桥交汇处的花坛边，有一个男人正坐在护栏上抽烟。那人望了她一眼，她也望了那人一眼。二人目光相撞后又极快躲开，她从他身边走了过去。

说不清他们是多少次在此见面了。每次见面，均是在这个地方，同时望一眼，然后走开……开初，只是偶然相遇，几次之后，便无形中有了某种期盼。几乎是为了这一瞬，他们各自在自己心中盼望着，他唯恐她不来，她唯恐他不在……

她清楚地记得，第一次见面是多少天前的一个午夜后，她茫然地走到这里，看到了他。当时她并没介意，望了他一眼，就走开了。不想第二天的午夜后，她又看到他在这里抽烟……于是，她留了心，每天午夜，她便开始盼望这一刻的光临。果然，他们又一次见了面。

他年近不惑，长相很"知识"，也极有风度，连抽烟的姿态都像一位思想者。

他们就这样一直坚持半年有余，谁也没给谁说过一句话。

后来，她离开了这个城市去了南方。失去了的才是最珍贵的，她竟莫明其妙地怀念他。两年以后，她又回到了这个城市。她仍是独身，突然就想起了他，想去那个地方看一看的思想很强烈。

不想当她走近立交桥时，老远的就发现他在老地方坐着，抽着烟，侧着身，半面脸颊很深沉，双目里询问着什么，一直盯着她。

她顿时竟感到很紧张。她觉得再不能错过这次机会，应该与他说句话。

当她走近了，更加震憾，那原来是一尊雕塑。

她怔然如痴，许久许久才像悟出了什么，很兴奋地走近雕塑，静静地注视着"他"，自言自语地说："我明天一定要找到你！"

陵 长

　　解放这座小城的时候，仗打得很激烈，牺牲了不少人。那时候他是营长，战斗结束便留在了这座小城，后来烈士陵园一建立，他就自报奋勇去为战友守墓陵。

　　烈士陵园在城北，距城有五里路，高高的围墙，内里石碑林立，松柏苍苍。他去的时候松柏还小，民政局为他盖了三间房。他接来在乡间的妻子儿女，在那个森森的大院里安下了家。那时候孩子们小，出门都是坟墓，有些怕，天一黑不敢出屋，天不明不敢去学堂。为不误孩子们的学业，他就起早贪黑，为妻子儿女壮胆。后来上级又分给他一名助手，是个哑巴，帮他浇花扫枯叶，干些体力活。他掌管档案室，负责接待清明节前来扫墓的少先队员，算是成了"陵长"。

　　几十年过去了，他已年过古稀。当年与他一同留下的战友大都当了不小的官，连他的下级都当上了市委书记。他的儿女们也都相继走出了陵园，进城住去了。这里只剩下了他俩口和那个哑巴。

　　因为没有战事，进陵园的人是极有限的。这时是老区，在外地的老干部离休后也相继叶落归根。不知什么时候起，他们看中了这片墓地——因为只有有资格进入这片圣地的人才能免于火化。他们大都是农民出身，死后总想保个全尸，进入陵园，千古流芳……日子一天一天地过去，他的战友和回来的官员一个个都去了，陵园开始爆满。活着的够级别的人开始向他讨好，搭讪着掏出好烟，说是百年之后要来和他做伴，只求留片好地。

　　他总是阴着脸，不苟言笑，望着央求他的人，半天不说一句话。

　　有一天，他突然病倒了。他知道自己的日子不多了，便叫过老伴和哑巴，安排说："我死后就和当初攻城的烈士们埋在一起！"

一个月后，他溘然长逝。他的儿女们都回来了，给他钉了个大棺，一片嚎啕。哑巴哭得最痛。他的老伴劝住哑巴，要他为丈夫打墓坑。哑巴点了点头，寻找铁锹去了。他口哑心中有数，早已为老领导和自己寻好了墓地。那是一片高岗，位置正在当年牺牲的烈士群墓左侧。他把老领导的墓坑打上首，给自己留在尾处。他知道他是好人，他决心到阴间也要跟着他守陵园。

不料这个时候，民政局的领导来了。听说要把他埋在陵园里，很是吃惊。他们翻阅档案，说是老陵长当过营长是真，可回地方后级别要随地方。陵园是民政局的下属机构，陵长只能算股级。再说，老陵长属正常死亡，不为烈士，不为烈士的股级干部怎能入陵园呢？

这是原则问题，必须请示市委。

入了棺的陵长只好冷在了那里！

哑巴打好了墓坑，"哇哇"着，比画着，对陵长的老伴说墓坑已经打好，为什么还不下葬？陵长的老伴儿望着老实哑巴，泪水不住地流。

哑巴终于明白了什么。

第二天早晨，民政局的领导传来了市委的批示：陵长不得进入陵园，必须火化！

全家人都很伤心。陵长的儿女们都是有工作的干部，有意见只好保留，还是要按组织原则为准绳。他们为父亲悲哀，哭得极悲痛。陵长的老伴儿要打开棺木，想最后看一眼丈夫。人们打开棺木，都惊诧得目瞪口呆！

棺木里躺的不是陵长，而是哑巴！

哑巴面目安详，嘴角儿处还带着一丝惬意。

陵长的老伴似乎明白了什么，禁不住抱住哑巴失声痛哭……

那时候，烈士墓左侧的高地上已隆起了一座新坟——花团锦簇，散发出黄土潮湿的气息……

赵全宝

赵全宝今年二十几岁，镇北王拱楼人。1996 年 7 月高中毕业后，因为家贫没能继续上学。为给身体不好的父母减轻负担，懂事的他背起行李到外地打工。经人介绍，他先在一家工厂跑后勤，帮助采购生产资料。在实践中，他掌握了一机械操作技术，学到不少待人接物的知识，也增长了许多见识。一年后的秋天，省城一家生产百消丹的厂家在那个小城招工，赵全宝顺利通过各项测试，成为这个厂的一位技术工人。

赵全宝所在的车间是半成品车间，一天两班倒，工作紧张而有序。在这里，大中专毕业生有很多，赵全宝的高中毕业证根本就不值一提。可小伙子勤奋好学，上进心强，成为大家公认的技术能手。在工厂打工，赵全宝感受最深的就是：多学多问，少说多做。在他看来，自己一个农村孩子来到这省城工厂打工确实不易，不努力干活，就对不起任何人。工厂里每月 500 元钱的工资虽然不多，可对他的老家来说，已是个不小的收入，况且每月发得及时，很让在别处打工的伙伴羡慕不已。

赵全宝住在工厂的宿舍里，5 个人一间房，里面通了电话，冬天烧着暖气，条件相当不错。每当业余时间在厂外的小路上散步时，赵全宝心中就常常感慨：自己在这里更多的是得到了乡下打工者的尊严。

因为是家中长子，赵全宝时刻关心着家中的一切：父母的身体，妹妹的生活，田里的收成……尽管父母一再称不要他的钱，可赵全宝是个孝子，还是隔三差五往家寄钱。去年，家里翻盖新房，他一下子拿出了3000 元。

现在 23 岁的赵全宝已到了谈对象的年龄，家里不断来信催他回去相亲，可他有自己的想法，他想在外地谈朋友，改变一下传统的生活。

有一天，赵全宝认识了一个叫婉儿的打工妹。婉儿是酒店服务员。那家酒店叫"阳光酒店"，婉儿的任务是"迎宾小姐"。每天开店时刻，婉儿就身着旗袍站在门口迎送客人。迎宾小姐是两个人，另一个妞妞，与赵全宝是同村，也姓赵，喊赵全宝为叔。有一次家中捎来了衣服，赵全宝去给妞妞送衣服时认识了婉儿。婉儿是南阳人，初中毕业那年来省城打工。妞妞向婉儿介绍了赵全宝，并从中撮合，让二人成了朋友。大酒店里很忙，上午9点上班，一直忙到夜间11点。没星期没假日，而且越逢节假日越忙。赵全宝每次去找婉儿，都要等到11点以后或者要请半天假，在9点以前才能见到婉儿。由于时间关系，就是见到婉儿也像掏个火，说不上几句话婉儿又要去上班。赵全宝觉得婉儿的工作太累，有心给她再寻个别的工作，可又没熟人。自己的厂里要的是技术工，收女工极少。想来想去，赵全宝想出了一个好办法。他决定在"阳光酒店"一带租间房子，学着城里人的样子先和婉儿同居。这样，虽然自己上班苦一些，但可以每天晚上与婉儿住一起。另外，听婉儿说，大酒店里虽然鸡鸭鱼肉多，但打工妹却是一天三顿馒头加咸菜。如果租了房，他还可以提前做饭，等婉儿下班后吃顿好吃的。主意一定，便在电话里向婉儿说了，不料婉儿一听，满口拒绝。并说她们老板是个女的，为安全起见，严禁服务员在外面租房。

这一下，赵全宝算是无奈。

有一天，赵全宝的父母来了省城。老俩口一同来省城的目的，就是想看看婉儿。他们是听给赵全宝介绍婉儿的那个妹子说的，因为男婚女嫁是大事，就专程来省城一趟看儿媳。赵全宝很高兴，先领二老逛了两天热闹，接着就给婉儿打电话，约她出来见公婆。不想婉儿请不掉假，因为饭店连着三天都定了婚宴，服务员一律不准请假。赵全宝原想让二老等几日，不想他的父母都急着回去。没办法，他只好领着两位老人到阳光饭店门口，让爹娘远远地望了一眼在饭店门口迎宾的婉儿。不料还未到门口，两个保安却拦住了他们，问他们干什么？赵全宝想说找婉儿，不知怎么就说成了吃饭。两个保安一听这两老一少要进饭店吃饭，很轻蔑地望了他们一眼，说：吃饭去对面胡同口，那里有烧饼油条胡辣汤。赵全宝就觉得人格受了污辱，接着就提高了嗓门儿说我们就去这酒店吃饭！一个胖保安一见赵全宝上了劲儿，冷笑着问："你吃得起吗？"赵全宝眼睛都发红了，一下从口袋里掏出两张大钞，扬得很高地说："我怎么能吃不起？"那胖保安望了望赵全宝手中的钞票，又冷笑了一声，说："就你那几个钱，怕是不够点一个菜！"

这时候，婉儿看到了他们，急忙跑过来为他解了围，并悄声对他说："你别在这里丢人现眼了！你可知道这里一桌酒席至少也要三四千元呢！"

赵全宝一下呆了！他做梦不敢想吃一桌酒席会花那么多钱！与有的人相比，自己简直如乞丐一般。同样是人，为何有如此悬殊？赵全宝越想心中越不平，最后突然下定了决心，他要为自己的人生赌一回，让父母让自己过上一回人上人的生活。他把二老交给婉儿，安排说："你先订下房间，我回去借钱也要吃一回！"

言毕，转身便走，尽管他的爹娘和婉儿拼命喊他，他置若罔闻。

两个保安惊得瞠目结舌，对看了一眼，对婉儿说："你怎么找了个神经蛋！"

爱 好

　　"文化大革命"中大演样板戏的时候，颍河公社有位姓胡的书记，属二把手，由于热戏便成立了样板团。

　　胡书记虽然热戏，但嗓音儿不是太美，加上长相不济，多演反面人物。虽然他唱腔不好，但作派倒是令人佩服，从道白到眼神，一举一动，皆入木三分。尤其他演的刁德一，群众皆说比电影上演得还好。一日，开演《沙家浜》，他仍演刁德一，不料戏演一半，县委书记来了。县委书记下来，必得公社一把手作陪，不巧那一把手不在家，也活该出事儿，县委书记点名要与他会面。无奈，戏只得停演半小时。县委书记是向他布置紧急任务的，说是接到上级通知，有一股什么分子要从这里经过，必须马上开会布置拦截任务。那些年常常是半夜而起迎接"最高指示"，或者是在公路上放耙推石碌截汽车，抓反对无产阶级革命派的什么分子。由于任务太急，戏只好停演，胡书记当即召开了常委会议。又由于任务太急，胡书记没卸妆就主持了常委会议。他身穿"刁德一"的国民党服装组织共产党的党委会，有人告状，他成了反革命。

　　胡书记被判刑三年。胡书记坐在监牢里，痛定思痛，懊悔万分：若不是自己热戏，岂能有如此下场？想来想去，罪归爱好，悲愤之下，一下咬断了自己的舌头，发誓这辈子再不唱戏。

　　可事情不到两年，由于胡书记那帮哥们儿极力活动，终于冤案昭雪，胡书记又当了书记。

　　"文革"结束，造反派们倒霉，有的判刑，有的开除，胡书记由于坐过两年监牢，中间有不少事儿没有参加，因祸得福，只是免去了书记职务，让其回原来的教育战线干老本行——教书。

怎奈胡某人成了"半语子"，已不适应教师工作，上级考虑再三，只得让他留在乡政府里当一般干部。

几年以后，上级为团结更多的人搞"四化"，从过去"造反派"中又提了一批错误小、确有能力的人走上了领导岗位。胡某的能力有目共睹，因而又当了书记。

过去的朋友极眼气他，说他是"福兮祸所伏，祸兮福所依。"他苦楚地笑笑，好一时才结巴道："这……这就是命运！"

由于舌头短了一截儿，他把"命运"说成了"命问"。

命问，什么意思？

冷面杀手

湖边恋情

老人坐在湖边的矮脚长靠椅上。

夕阳渐渐隐去，暮霭悄悄地拢来，涟漪微泛的湖水，泛着青白的光。公园里早已没有了游人的踪影，四周很静。湖水浪拍驳岸，哗哗作响。月牙儿时隐时现，变换着万叠水波的色彩。夜风送来对岸梅林里醉人的芳香和湖水清凉湿润的气息……

老人抬手看看表，自言自语地说："该回了！"突然，天空中飞来几多个白点儿，少顷，一只美丽的天鹅悄然落在老人面前，一只，又一只……不一时，老人的面前就像落了一片白雪。

老人的脸上露出欣慰而又幸福的微笑。

老人从提包里取出鸟食，小心地撒向那片"雪"……天鹅们嬉闹着，争夺着，追逐着，像一群顽皮的孩子……

不一会儿，饱餐一顿的天鹅们像绅士般走向湖岸，散步在湖边的林阴小道上。夹道的浓阴里，日光灯乳色的青辉投下一个个边沿模糊的亮圆。天鹅们像一对对情侣，喁喁私语，耳鬓厮磨，似有永远也谈不尽的情话。

这时候，一个老太婆蹑手蹑脚走了过来，悄悄地躲在老人的身旁，深怕惊动了天鹅。两位老人偷偷地互望一眼，然后又同时把目光投向天鹅，像突然想起了逝去的岁月，回味起自己年轻时谈情说爱的幻影，双目里一片憧憬。老太婆压低了声音，对着老人的耳朵说："公园要下班了！"

老人点点头，站起了身，二人相互搀扶，怕惊醒了睡熟的孙子似的，脚步很轻地离开了湖边。

这是这座小城唯一的公园，多年来，老人总是第一个走进来，最后一个离开。这座小城的人几乎都听说过这位老人和他的老伴儿。他们没儿没女，夫妻俩的退休金除去生活之外，剩下的全买了鸟食。十多年前，不知从何处飞来了这群天鹅在此安了家，老人就成了它们的父亲。除去早晚两次喂它们之外，老人还一天到晚守在湖边，告诫人们不要欺负鸟类，更不要残害它们……

一天，老人突然患了脑溢血，临终前已不能说话，只对老伴儿指了指那座公园……

老太婆就按照老伴的遗嘱，每天早上带着鸟食来到公园的湖边，等待着天鹅落在她的身旁，可左等右等，天鹅们只在湖的上空飞翔，就是不愿落下来。老太婆急得又喊又叫，天鹅们却飞得更远了！

老太婆很伤心，拎着食袋在湖边发呆。几天以后，老太婆再次来到了湖边。她吸取上次的教训，先躲在林中暗处，然后手举一块大木板悄悄走到矮脚长靠椅旁，刚刚坐下不一会儿，她的面前就像下了一场瑞雪……

老太婆偷偷乐了，藏在木板后面开始向天鹅们抛撒食物———那里一片嬉闹声。老太婆悄声说："老头子，这招儿还真灵！"

老头子没说话，只冲着天鹅笑———因为那是一张放大了的巨幅彩照！

断指王

余同吾，别名小春，号修仁，生于清朝末年，陈州南王店人，豫东调名优。其父文良有学识，系村塾师，因患偏瘫而穷困潦倒后，其母外出未归。同吾年幼，与父相依为命，栖居关帝庙，度日虽艰而尚习读，略识文墨，父逝沦为乞儿，以讨饭度日。清宣统元年的秋天，终日饥腹难忍的同吾，一次潜至本村财主田中偷啃一穗玉米，恰被地主撞见，身挨痛打，吓得弃乡外逃，后蒙乡亲指点，投奔陈州东戴集王五魁班主的梆子戏班子学艺。师傅视其品貌、气质、声腔诸条件，令攻小生。同吾倾听师训，刻苦习练，进步甚快，文唱武打皆拔萃于同辈，初演《提寇》《困禅宇》等剧目即崭露头角。青春期变声后，改习豫东调，专攻红脸，搭于宁陵张家戏班。彼从艺间，承名伶"红脸王"的艺术熏陶，造诣日趋升华，常和红脸王之子青脸王同台献艺，以擅演《收卢俊义》一剧而名震艺坛。青脸王叫张穹，小同吾三岁，彼此兄弟相称，技艺各有千秋，相互媲美。又因兄长甘为小弟当"垫脚石"——做武打下手，被伶界传为佳话。在《收》剧中，张穹饰卢俊义手持镏镰，同吾饰张顺手持柳椽，二人对打"镏镰削柳椽"的套路，配合默契，得心应手。每当演到对打的高潮时，只见张顺手持柳椽，频频向卢发起进攻，动作迅猛凶狠。而卢手持镏镰连连阻挡，反把对方的柳椽节节削断，动作惊险异常。尤其是当张顺的那根六七尺长的柳椽被削得只剩二尺多长时，张顺的进攻优势已变为被动防御，只得处处招架，这时只见卢突然高举镏镰，直向张的头颅后部削来，张不得已，只好猛然低头，并且单腿跪地，急速来个"苏秦背剑"，将柳椽绕到背后伸出头顶一尺多长进行阻挡防护。此刻，只听"咔嚓"一声爆响，卢的镏镰紧挨着张的后脑顶把柳椽削下一截儿，使观众咋舌不迭。观众还没愣过神来，又听"咔嚓"、"咔嚓"连响两声，又连连削下两截儿来——每每演出，必赢得观众阵阵喝彩，掌声雷动。

在《收卢俊义》剧中饰演卢俊义妻子的女子叫红女，也是戏班儿里的台柱子。红女十一岁唱红，是青脸王张穹的小师妹。她长相端庄，性格温柔，张穹很喜欢她。开初，她也喜欢张穹，不料自从余同吾来到张家班后，红女见其一表人才，为人善良，演艺高超，不禁起了爱慕之情，开始对师兄张穹疏远了。这些细微的变化不但青脸王看得出，余同吾自然也看得出。红女是女台柱，一般开她的戏多由她担当主演，而自从余同吾来后，她竟甘愿屈尊在剧中饰演卢俊义的妻子。一台戏有三个台柱子，更可谓珠联璧合，相映增辉。可是，随着红女对同吾感情的日益加深，她竟越发对张穹冷淡起来。每每看到红女与同吾在一起，张穹的脸色已变成了名副其实的青脸王，双目里充满了妒火。因为他的父亲是班主，二人又是师兄妹，在余同吾未来之前，人人皆知红女要嫁给他。现在余同吾来了，红女一下将爱心转移了，张穹已觉得面子上过不去。有几次在对打"鐺镰削柳椽"时，他就狠不得将余同吾"削"了。余同吾呢，自然也看出了青脸王所想，便主动疏远红女。怎奈红女爱得发狂，处处找机会接触余同吾，并用眼神暗送秋波。余同吾进退两难，越发感到自己的危险性。有一天夜里，就偷偷离开了张家戏班儿。

可令余同吾做梦也想不到的是，红女竟悄悄地在后边跟着他。等走到一片小树林时，红女喊住了余同吾。余同吾深感吃惊，问："你怎么跟来了？"红女盯着余同吾说："我喜欢你，为什么不能跟着你？"同吾劝她说："快回去！你我都走了，班子里一下少了两个台柱子，会塌台的！"不想红女却固执地说："我不管，我只跟你走！"听红女如此一说，余同吾算是没了法子，万般无奈，只好带红女走。不料刚出小树林，就被张穹带人追了上来。因为余同吾是半路入的张家班，青脸王就说他是别的戏班的卧底，专来"掏"红女的。旧世道有"掏"台柱子一说，抓住了要严惩的。众人围住了余同吾，准备打断他的一条腿，让他永远别想登台。红女上前护住了余同吾，对张穹说这一切全是她的主意，不怪余同吾。见红女如此祖护余同吾，青脸王更是妒火中烧，顺手取出一把鐺镰和一根柳椽说："既然师妹这么说，我权当是真的。这样吧，我可以放你，但你要与我再演一回'鐦镰削柳椽'！"红女一看青脸王不安好心，急忙夺过柳椽说："来，我替他与你演一回！"听红女如此爱自己，余同吾感动了，对青脸王说："好吧，我答应你。"说完，上前夺过红女手中的柳椽，对张穹说："开始吧！"张穹见余同吾不惧，叫了一声"有种"，便打将过来。有人念着锣鼓点儿，二人你来我往，随着余同吾手中的柳椽被连连削断到只剩二尺见长时，开始被动防御，只见青脸王突然高举鐦镰直向余的头颅削去，余同吾仍像戏中一样单腿跪地急速来个"苏秦背剑"，将柳椽绕到背后伸出一尺见长进行阻挡。此时，只听连连"咔嚓"、"咔嚓"三声爆响，众人禁不住倒吸凉气。红女更是惊叫不止，面色都白了，心想此次青脸王定不会放过余同吾，禁不住上前护同吾。不料走近一看，余同吾仍是安然无恙。再看青脸王时，仍像是沉浸在戏中。余同吾这才醒悟过来，一把拉住青脸王的手说："兄弟，你为什么不下手？哥哥是有心送你一条胳膊呀！"青脸王望了余同吾一眼，颓丧地说："戏演到佳境，哪还有害人之心！"余同吾一听此言，禁不住肃然起敬，双膝跪地，对张穹说："兄弟，是哥对不住你！与你相比，哥不配当艺人！"言毕，夺过青脸王手中的鐦镰，"嚓"的一声，削去了左手四个手指………

从此，余同吾被戏界称为"断指王。"

天芝堂

陈州"天芝堂"中药店始于明朝末年。老板李士堂是豫西灵宝人，年轻时聪明好学，博览群书，尤喜医书，专攻医道，对中医和中药材皆通。李士堂初来陈州，即在东大街设店，门额的横匾上镌刻三个大字"天芝堂"，其中"天"指天公，以天拟人；"芝"即灵芝，古人认为灵芝为仙草，视为神木。"天芝堂"的含义是天公普济众生，人服了灵芝可以长生。

"天芝堂"资金雄厚，采购药材多到当时的中药材集散地安阳、禹州、安国、亳州等地，购进地道中草药材，口号是"只求药材真，不惜花重金。"凡伪劣药材一律不进。因而"天芝堂"的药材齐全，品质地道，加工精细，货真价实，疗效显著，很快誉满陈州四周各县。

"天芝堂"为保信誉创名牌，进药时不但要求药师一丝不苟，炮制时也要求精细加工，无论水制、水火同制、修制及其他制法，皆不得马虎从事；制度十分严格，对挑拣、簸、筛、碾、刮、抽、研、刷等多道工序，皆有人把关，目的是将原药除杂质和非药用部位清除，使药品纯正，充分发挥药效。"天芝堂"药店的司药大都是在店内学徒期满后升任的，深懂药理，到门市后，一要非常熟悉各种药品所放位置，做到伸手而得；二要基本做到"一抓准"不回秤；三要算盘打得精，药价计算无误；四要包药有角有棱，美观好看。为不发生意外，"天芝堂"包药前有专人验药，就是按方上几味药一一验证后才能包包。在"天芝堂"当学徒，要先学蹬碾槽；辨认药品，学药性，检筛、晒晾、浸泡；再学切药。因为药材不同，切法也有区别。

民国初年，"天芝堂"的老板叫李玉龙，已发展到一边行医，一边卖药，既有祖传秘方，又有名医验方、民间奇方，病人吃了"天芝堂"的药，药效显著，病好得快，许多顾客宁愿在"天芝堂"排队等候取药，也不愿到其他"立等可取"的药店抓药。一时间，"天芝堂"更是声誉鹊起。

其实，这李玉龙只是"天芝堂"的女婿。李氏"天芝堂'生意虽然兴隆，但人丁不旺，到了民国初年，只有一个女儿，叫李琼花，其父为让"天芝堂"不改姓，专为她寻一个姓李的女婿。赶巧这李玉龙不但姓李，而且也是个热爱医学的人，就被李家选中了。这李玉龙是地道陈州人，其父是个游方郎中，手拿串铃，身背药箱走村串巷为人治病，而且他还是个有心人，每到一处就收集民间单方和名医验方，并记录成册。李玉龙从小就开始背颂这些单方和验方，尤其是那些对疑难杂症的单方，更是熟记于心，而且有创新。他十二岁那年，其父就带他四处游医，让他临症、识药、学文化，等到二十岁时，他就能独当一面了。

赶巧这一年，"天芝堂"张榜招婿，李玉龙脱颖而出，战胜诸多对手，成了"天芝堂"的合法继承人。

可是，李琼花却是一个不安分的女人。她从小娇生惯养，脾气怪异，性格霸道，年过二十了，还小孩子似的，说哭就哭，说闹就闹，弄不好还要砸东西。对雇用的相公，她说打就打，说骂就骂。她闹起来的时候，你还不能相劝，越劝闹得越凶。唯一的办法就是等她闹累了，自己感到无趣了才能消停。为此，她父亲李士堂大伤脑筋，担心再寻下个纨绔子弟将家业荡尽，所以才张榜招婿。当然，有关李琼花的一切，一开始全是保密的。就包括相公们，为着李老先生，也都守口如瓶，未走漏半点儿风声。李玉龙胜出的第三天，就与李琼花拜堂成了亲。新婚的第二天，厨娘的饭菜做得稍咸了点儿，李琼花就开始了大闹。她进厨房摔碗砸盆，吓得那厨娘直打哆嗦。相公们都躲在暗处，没一个相劝。李老先生夫妇也关门在屋内不肯出面。李玉龙当时正在药铺给人抓药，听得一相公的报告急忙回府。他看李琼花双目如火，满脸的凶光，不知发生了什么事儿。悄悄找相公一打听，方知是因饭咸了一点儿惹小姐动了气。开初，李玉龙认为李琼花独生独长，是骄气所致，后来从面部上看出事情并不是那么简单。他走上去大呵一声，只见那李琼花惊恐地望了他一眼，仿佛不认识似的看了李玉龙好一时，突然就静了下来。李玉龙当即断定，这是鬼魂附体所致。他认为，所谓鬼魂，是病人自己的心中之鬼。由于李琼花性格乖张，父母对她太宽松，无人管教，再加上她自我束身能力差，才形成了一种放纵之鬼。这个鬼越放纵越张扬，如果从小就开始管束，事情就不会发展到这一步。现在下手调治，已经太晚了。说白了，这是一种心理疾病，在中国还没有人设科，而在西洋人那里，早已有专治这种病的诊所了。李老先生一听，觉得门婿言之有理，李琼花的母亲更高兴，直给苍天磕头，说是上天有眼，给李家送来了一个好门婿。这一下，女儿和家业都有救了！

李玉龙说，他要带妻子外出行医一年半载，在途中治愈李琼花的病。李老先生欣然应允，忙指派管家备车套马，不料李玉龙一一谢绝，说是带李琼花外出主要是受苦，风餐露宿地漂流他乡，方能让她知道人间的艰辛。她未婚时不行，一个姑娘家外出你们不放心，现在她跟着丈夫，是最好的治愈方式。

果然，李琼花随丈夫外出不到一年，就变成了十分贤慧的夫人。后来生二子，长大后都成了陈州一带的名医。

冷面杀手

曾国藩与相士

清朝中叶，周家口已成为豫东重镇，十里长街车水马龙，贾鲁河、颍河、沙河在此交汇，河中舟楫如林，两岸百业兴旺，货堆如山。由于经济繁荣昌盛，游乐场地也应运而生，在河北岸覃怀公馆一带，就是当初有名的"后地"。

"后地"类似于旧北京的天桥、汴京城的相国寺。三教九流麇集其间，"津、汉、利、团（谈）"一有尽有。所谓津、汉、利、团，乃江湖上的行话：津，又叫金门儿，就是占卜算卦的；汉，又叫汉生意，即数嘴子卖假药的；利，又称为利子活，就是各种跑马卖解变把戏的江湖代称；团，即卖当的，在卖东西之前，先编一段骗人的故事或假话，说得天花乱坠，吸引观众，招揽生意。其中又有"九津十八汉"，包括的更细更全面，不再一一细说。当然，这些江湖行当，虽然是以各种方式骗取钱财，但内里也有不少高人和绝活绝技，能给市人带来新奇和乐趣。

清同治五年，也就是公元 1866 年的夏天，两江总督曾国藩为镇压鄂、豫、皖地的捻军，亲自坐镇周家口。据《陈州府志》载，曾国藩当时就住的覃怀公馆。由于覃怀公馆距"后地"只一箭之遥，曾国藩又喜欢相术，所以常去"后地"一带看相士给人算卦。

当时"后地"的占卜者中名气最大的先生姓石，叫石梦达。这石梦达是陈州人。古陈州为八卦之乡，当年伏羲画八卦就在蔡河旁，至今仍保留有画卦台遗址。遗址上有棵八卦松，半歪着，树皮的纹路很奇特，站的任何一个地方观看都是那个图案，千年不变。据说很早的时候，台上还有石算盘，后来被人盗去了，至今下落不明。石梦达的师傅是个盲人，姓胡。胡先生曾是道光年间的秀才，半路失明后开始以占卜为生。因为他读过很多杂书，能触类旁通，所以占卜很灵。石梦达原来也是个读书人，只是屡试不第灰了心，后来家道中落，便投师胡先生。因为石梦达不是盲人，给人占卜时还能观其相貌——这一点儿与曾国藩后来写的《冰鉴》很相符，所以他每次去"后地"，必到石梦达的卦摊前听其给人断卦。

其实，石梦达不但能观相，还会掐八字、六爻和猜字，基本是相士的全活。他给人算卦，均是先观其相，然后问生辰八字。一般说，观相与掐八字，多是预猜人一生的命运。而六爻，是具体的指问，或问财路或问官运或问婚姻或寻物或寻人。石梦达断这种卦时不光看卦面，还讲究外应，讲究死卦活断，所以就显得灵验。当然，曾国藩每次去"后地"多是与随从化装前往的，只是固然化了装，但衣服可换，气质却是换不掉的。而石梦达呢，对每一个站的他卦摊前的人总要先观察一下的，这当然也是他的职业病，就像刽子手爱看人的脖颈一样，只是他们观面相的目的除去盼着有贵人出现挣个大钱外，也在时刻验证和锻炼自己的判断力。十人中若有几个看得准，这经验就积存在了脑际中，成为在书本中很难学到的真功夫。当然，人的面相大抵也是有规可遁的，不但有"同、目、田"字脸型，也有"甲、申、由"字脸型，这些虽然在相书上分得清楚，但一旦进入实践，必得像医生临床一样来真对某一个。弄不好，就会丢手段。曾国藩自然懂得这些，所以他就觉得这个石梦达不是一般的占卜先生，就是说，他基本上已属相士中的佼佼者。

于是，曾国藩决定要让石梦达给自己观观相。

其实，石梦达早已注意上了曾国藩，而且已从气质上猜出他是位显贵。但至于显贵到什么级别，他还有点儿拿不准。为能更准确地判断，他先让曾国藩写了一个字。曾国藩为试石梦达的能力，就提笔写了一个。石梦达一看字体，立刻变了脸色，悄声说："曾大人，为安全起见，小人不敢就地跪拜，万请大人恕罪！"曾国藩一听此言，禁不住暗吃一惊，他望了一眼石梦达，面色沉静地问："你怎么看得出来？"石梦达说："大人善八分书，字体谨饬稳健又烟云苍润，自成一体，天下人哪个不知？实不相瞒，小的早已观大人不凡，只是拿不准官至几品，故特让你留下鸿爪。不想大人一不留神，就露出真山真水来了！"曾国藩很后悔没防这一手。心想自己还是小瞧了石梦达，原以为一个地方相士，怎能知道他善写八分书？再加上自己来周家口剿捻军，是众所周知的，两下一加，就让石梦达拣了巧儿。但也不能不服这石梦达之聪明，曾国藩按了按石梦达的手，让随从赏了卦钱，说了声后会有期，便走了。

这一切均是两江总督闲暇时的某种放松，包括对石梦达的那句"后会有期"也全是客套语。可石梦达却为此联想了许多，猜想最多的可能是曾大人要让他去当幕僚。因为石梦达毕竟是个读书人，虽然没求得过什么功名但想入官场的心情一点儿也不比别人少。算卦、测字只是末路文人的杀手锏，越穷困潦倒盼望奇迹出现的梦想越强烈！这奇迹说来也就来了，谁会想到堂堂两江总督会来"后地"这地方儿呢？现在不但来了也让我石某人赶上了！贵人临门，必是福音，看来我石梦达真的要跃龙门了！为验证自己的猜想，石梦达还特意为自己算了一卦，卦面一出，更使他惊讶！他竟摇出了一个"地天泰"！这是问仕途的上上卦！难道这是巧合吗？全是天意呀！

从此以后，石梦达就不再到"后地"出卦摊，每天守在覃怀公馆大门前，单等曾国藩与他"后会有期"，不想曾国藩很少出门，就是出公馆也是前呼后拥，戒备森严，石梦达压根儿就近不了前，就这样苦等了几个月，也始终未找到机会。眼见坐吃山空，原来算卦积攒下的几个钱花费已尽，没办法，只好又回头到"后地"去算卦。

不料他一到"后地"，几个相士朋友乱问他这阵子去了哪里，并说有一个器宇不凡的人来这里找过他两次，均未找到。那人还觉得很遗憾！石梦达一听，眼睛瞪得奇大，忙问那人长什么样儿，几个朋友边回忆边形容，石梦达一听便知是曾大人！他一下傻了，呆呆地望了这个望那个，突然惊呼道："他就是两江总督曾大人呀！"言毕，扔了卦具，飞似的朝覃怀公馆跑去……

他气喘嘘嘘地跑到覃怀公馆，不想门前的卫兵已撤，门前空空，只有一个扫地的老者，上前一问，才知曾大人已撤防，昨儿个回南京总督府了！

石梦达一听，禁不住大喊一声，喊得石破天惊，最后一屁股坐在覃怀公馆大门前，嚎啕大哭……

　　因为此时他才悟出自己忽略了一个重要细节，那就是曾国藩每次去"后地"多是化装后从公馆后门走出，为的是防备捻军派来的刺客，也为了是作为官的威严。而自己，恰恰没把曾国藩当成人，而是把他当成了官，撞到了他的"威严"上！

　　怎么就没算到这一层呢？

传统叙事的魅力

段崇轩

地域文化与传统叙事

读孙方友的小说，我们感受到的一面是浓郁的中原文化的地域色彩，一面是朴素的传统小说的叙事魅力，二者古朴凝重、相辅相成。尽管作者赋予了作品某种现代意识，也融合了多种现代表现手法，但它的特质和风格依然是本土的、民族的。就像从中原厚土层下发掘出来的一件青铜器，它自然属于那个已逝的时代，但其蕴含的文化精神却与今天是相通的，甚至是很现代的。孙方友的小说不断发表、转载于全国一些重要刊物，不断获得各种各样的文学奖项、受到各个层面读者的欢迎，不断走出国门被翻译成英、法、日、捷克等文字，就说明这种地域文化和传统叙事，依然具有强劲的艺术生命和广阔前途。

中国的现代小说已走过了90年的历程，新时期以来的小说也有30年的历史了。回顾这长长的小说轨迹，我们不难发现，面对丰富多样的小说传统，其中有继承、有融合、有创新，自然也有令人骄傲的成绩。但我们恰恰忽视、扬弃的是中国古典小说、民间文艺的优秀传统；重视、强化的是"五四"新小说和西方文学的传统。这几十年来的长、中、短篇小说中，我们还能看到多少源于本土的、民族的小说传统？还能看到几个致力于承传、发展中国小说传统的作家？这种传统的"缺失"现象，实在是值得我们深思的！

俗话曰：一方水土养一方人。一个地方的自然环境、社会生活、历史变迁、文化传统等等，对于一个作家后来的文化性格、思想倾向、表现题材以及创作方法和手法等，几乎有着一种宿命般的关系。孙方友说过："我的故乡淮阳为古陈州，那是一片充满神奇的土地。那里不仅有人祖伏羲的陵墓、伏羲画八卦的八卦台、神农尝五谷的五谷台、龙山文化的遗址平粮台、孔圣人厄于陈蔡的弦歌台，还有曹子建的衣冠冢、包龙图下陈州怒铡四国舅的金龙桥，以及水波荡漾的万亩城湖。除此之外，她还是中国第一次农民大起义的建都之地。我从小就浸淫在这种古文化的环境中，不自觉地吸取着传统文化积淀中的精华。这些年，以发掘历代掌故、民俗、轶闻逸事、志怪传奇为能事；立创意于继承之中，化古朽为神奇，更是吾努力之处。我试以当今语流走向和现代意识：或沿袭其故事注入先锋意识，或创意于民间传说浇铸新的精神"。中国的中原地区，是一个历史特别悠久、政治变动异常剧烈、文化思想格外深厚和发达的地域。淮阳县处于中原文化地带的中东部，历史文化的积淀尤为厚实。生长于这样一块文化沃土上，孙方友能逃脱地域文化的影响和支配吗？作为作家能不表现这块土地上的生活吗？

但孙方友并不是一个站在辉煌的传统面前晕头转向了的作家，他总是努力学习和借鉴着现代的思想理论包括西方的思想观念，去表现历史的、现实的、传说的生活，使他的作品具有了某种现代性。他的题材领域较为宽广，写当下的农村生活、几十年来的农村变革，农村中出现的新矛盾、新问题，但现实生活的背后又往往隐含着一个较大的地域文化背景。而他最擅长的是站在民间的立场上，表现历史中的底层生活和普通百姓的文化精神风貌。他写古陈州（淮阳县）、颖河镇（大约是他出生的新站镇吧?）的历史传说、民情风俗、奇人奇事……他不是为了自己的"猎奇"和向读者"炫耀"，而是为了潜入历史深处，探寻传统文化的脉动和在今天的价值，触摸和发掘历史人物身上的文化精神，启迪人们如何汲取前人身上的传统文化。孙方友在他的小说中创造了属于他的一方文化地域，这一文化地域是博大精深的中原文化的一部分。依我有限的文化知识和对孙方友作品的有限阅读，我还不能完整、清晰地描述出这一方独特的文化地图，总的感受是：这是一种儒道兼有的生生不息的古老文化，是一种注重人的道德修养和人格境界的人文文化。这种文化在今天的现实生活中已几近消失，取而代之的是一种实用的、功利的、"弱肉强食"的市场经济文化。

表现一定地域的社会生活和文化形态，需要一定的表现形式和手法。孙方友采用的是中国古代小说的创作传统和叙事方法。正如著名学者杨义所说："中国小说在其自古及今的漫长发展中，文体形态异常丰富和复杂。甚至令人感觉到，小说一门几乎成了文学领域众多不登大雅之堂的拉杂文体的'收容队'，它出入于典籍和民间，收容了志怪、传奇、笔记、话本和章回，给人以海纳百川，有容乃大之感"。在众多作家拥挤在"五四"小说和西方现代小说道路上的时候，孙方友却回转身来，走向"海纳百川"般的中国古典小说传统，从中选取了叙事方式、传奇手法、笔记文体等"十八般武器"，形成了一种具有浓郁的地域文化和民族风格的小说文体。其重要作品有长篇小说《鬼谷子》《衙门口》《紫石街》，系列短篇小说《陈州笔记》《小镇人物》等。两组系列短篇由于题材的独特、写法的精妙，被文学界称为新笔记体小说。孙方友在回归小说传统方面，迈出了坚实的步子。

叙事方法与继承创新

小说叙事学理论是西方人建构的，它几乎囊括了小说艺术的全部理论，并在过去的基础上又有新的扩展。西方有小说叙事学，20 世纪 90 年代以来中国的学者也创建了本民族的小说叙事学体系。依我看，中国古代小说无论在创作上，还是在理论上，比西方小说更为复杂一些，其原因就在中国小说的发展中，总是有两个源头，一个是民间艺术家的俗文学创作，一个是正统（宫廷）文人的雅文学写作，前者的轨迹是由俗到雅，后者的发展是从雅向俗，雅俗的借鉴和融合，使中国的古代小说在文体形态上变得"异常丰富和复杂"，充满了生机和活力。面对这样一个叙事传统，多数作家修养甚浅，其实是想继承也力不从心的。而只有一部分作家，对传统小说有兴趣、较熟悉，能够深入堂奥，才有可能继承乃至发展的。孙方友就是其中的一位。他出生于农村，对底层社会有着深切的体验；他写过山东快书、相声小段，还在宣传队演过戏剧，这又使他熟悉民间文艺；他酷爱文学，读过大量的、各种各样的古代小说，有着较厚实的古典文学修养。同时，他从 1978 年开始发表小说，一直追踪新时期文学，这又使他能够立足于文学前沿，反观古典小说传统，有助于他处理好继承与创新的关系。在他近 30 年的创作历程中，他大体上借鉴了古代小说的叙事角度与语言，传奇性、悬念式表现形式，笔记体、公案体小说表现方法等等，并在继承的基础上有新的发展。下面作一些简要论述。

叙事角度与语言。"五四"以来的新小说，其叙述者的面孔越来越清晰，甚至作品中的主要人物就是叙述者的"我"，"我"的叙述角度与语言也带有明显的个性化色彩。而在孙方友的小说中，这个叙述者的身影既无处不在，又面目不清，隐而不显。在反映现实生活的《荒道》《幽您一"默"》《霸王别姬》中，作者采用的是全知视角，俨然是一位富有良知的知识分子作家，揭露现实，解剖灵魂，激浊扬清。在叙述历史故事的《谎释》《一九四八年的那桩奇案》等作品中，作者又似乎变成了一个专业的说书人，全知视角中又有限知视角——设置一个曾经在场的见证人，而设立限知视角人物是为了更深入地刻画人物的行动和心理。全篇以讲述为主，但又不时停下来描述风景和一些细节。在故事的发展、人物性格的展示、悬念的设置上，大多运用的是古代说书人的方法。而在他的《陈州笔记》《小镇人物》系列小说中，那个叙述者有时像一个古代的文人雅士，有时像一个洞察古今的现代作家，一律是全知视角，既是在讲述，又是在描写，态度客观，语言简洁。读着这些篇什，你真有一种"不知有汉，无论魏晋"的时空倒错感觉。孙方友的小说语言总是随着他的叙述身份的变化而不拘一格，一会显得朴素而土气，一会显得华丽而洋气，一会又显得凝重而雅致，但整体风格是质朴、简练、蕴藉的。

"传奇性"故事与手法。孙方友的小说最具吸引力的地方在哪里呢？在于他的小说故事的传奇性。他生活的那块土地上有无数神奇的传说，这是生活的厚赐，同时他也有意识地调动艺术手段，把平常的故事讲述得"传奇"起来。马振方在总结中国古代小说的艺术特征时指出："我国古典小说，情节大多很生动，在很大程度上得力于其中的故事性。一部《水浒》创造了多少生动的故事；一部《三国》呈现着何等错杂的纷争；就是短篇，情节也都曲曲折折，有很强的故事性"。短篇小说《罗汉床》本是一篇写官场心理的现实小说，但一张来历奇特又与官员升迁有着微妙关联的"罗汉床"，给一个现实故事平添了传奇色彩。中篇小说《虚幻构成》把一个人的人生道路设置成两种可能，真真假假，虚虚实实，初读感到匪夷所思，读完才觉得大有深意。短篇小说《蚊刑》中的特殊刑法——用蚊子叮人，《泥兴荷花壶》里陈家传人用弹奏之法挑壶的绝技等等，情节虽然不大也不复杂，但却神奇而微妙。我们在孙方友的每部每篇作品里，几乎都可以找到一个传奇性的故事、情节或细节，它构成了小说中的"眼睛"，使作品充满了阅读的诱惑力。但这样的"眼睛"，看似容易成时难，不经过对生活的披沙拣金般的选取，对艺术表现手法的苦苦寻觅，是很难创造出这样的艺术效果的。

　　"笔记体"手法。笔记小说是中国古代小说中的一个重要品种。石昌渝在《中国小说源流论》一书中说："笔记小说和野史笔记都是'笔记'类文体，大体都是随笔杂录，坚持实录原则，篇幅略近尺寸短书。笔记小说以记短小故事为主，略偏重于文学价值，野史笔记以记历史琐闻为主，间杂以考据辨证之类的文字，略偏重于史学价值"。在孙方友的全部小说中，笔记小说所占比重最大，作者用力也最勤，也最能代表作者的思想和艺术风貌。《陈州笔记》《小镇人物》两个系列中的 300 余篇作品，都属于笔记小说。古老的淮阳留下了那么多民间故事、民情风俗、奇闻轶事，其实作者完全可以把它们拿来，或写成不加修饰的民间故事，或制成中规中矩的短篇小说，或变成长篇小说中的故事和情节。但作者却偏偏把它们用笔记体的种种写法写出，构成了古色古香的笔记小说。因为他熟读过大量古代笔记小说，精通这种文体的写法。得到一个精彩的故事或传奇人物，抓住其中的"眼睛"，然后精心构思，巧设悬念，突出主题，最后用简练、含蓄、实录的文笔描述出来，——这是孙方友惯用的笔记体手法。由于所写的人事都有一点记载或是传说，因此便有历史和野史的味道。由于经过了作者的苦心构思和创造，因此又都成了很纯正的小说和小小说。作者绝不仅仅是要"实录"这些故事和人物，他要潜入历史，把握生活的脉搏和人性的底蕴，因而又使他的作品有了一种打通古今、借古鉴今的味道。从这个意义上，我们完全可以称之为新笔记小说。偏重写故事的《会文山房》《女票》《女匪》《蚊刑》《花杀》《泥兴荷花壶》等，偏重写人物的《安主任》《王洪文》《炮兵白社》《方鉴堂》《刘老克》等，都是孙方友笔记小说中的精品之作。

"公案体"手法。公案小说是中国古代通俗小说的主要类型之一，它着重写官员的审案、断案故事，深受底层读者的欢迎。孙方友的《谎释》和《一九四八的那桩奇案》，就带有明显的公案小说韵味。前者写贫农团团长顾大壮，侦破大财主顾家（也是他的东家）的杀人抢劫案，这位贫农团团长明白地讲：小时候看过一些公案小说，不料这回破案派上了用场！故事扑朔迷离，引人入胜。后者写颖河区政府刚刚成立，年轻的治安助理小马，如何通过蛛丝马迹，抓捕了隐藏在眼皮底下的匪首刘老虎，而他自己中了敌人的暗枪倒在血泊中。情节一波三折，扣人心弦。

"悬念式"技巧。中国古代小说在故事情节的安排中，十分讲究"悬念"的设置，甚而在每章每回的结尾，都要留下一个悬念，吸引读者。孙方友很好地继承这一表现手段，在许多篇作品中都设置了不止一个悬念，不仅使作品好读、耐读，同时也扩展了作品的思想内容。如前所述的《一九四八年的那桩奇案》中，究竟是谁向小马打了暗枪？疑窦重重，一直是个谜。再如《荒道》里，企业家贺广南和支书贺广田，利用金钱和权力逼迫村姑辉辉嫁给他们的儿子，辉辉坚定而聪明地两面拒婚，最后不得不远走他乡。她能逃出神通广大的二贺之手吗？作品留下了一个令人揪心的悬念。即便是在篇幅短小的笔记小说中，孙方友也要有意无意留下一些悬念，让读者去想象、补充，一读而再读。中国古代小说多用悬念，但到结尾时一般是大团圆的。孙方友的小说虽然都有结局，却并不一定是大团圆的，它往往是这一故事的延伸和另一个故事的开始，这就是他在继承基础上的创新了。

还原历史与现代意识、现代手法

孙方友叙述的大抵是淮阳历史中的旧人旧事，运用的主要是古代小说里的传统写法，但我们并不感觉他的小说陈旧、落套，相反，我们在他的作品里读出了历久弥新的思想内涵，读出了兼容并蓄的新的手法。新的思想促成了新的手法的使用，新的手法又突出了新思想的体现。正是在这个层面上，我们说孙方友的小说具有现代意味。

浏览孙方友的小说我们不难发现，他对中国的现代以至当代历史有着特别的兴趣。对于这段历史，已进入历史教科书，基本盖棺论定。孙方友没有亦步亦趋地去论证、补充历史内容，而是力图拂去厚厚的尘埃，捡拾散落在角落里的碎片，努力还原本真的历史，深入人物的精神和心理世界，去发现被忽视和遮蔽了的人情人性。他写过数篇关于土匪的小说，故事大都发生在动荡混乱的民国年间。如《女票》写一个土匪头带领众弟兄去财主家绑票，结果错绑了财主的三姨太，这位三姨太年轻漂亮，出身很苦。两人在以命作赌，轮流出枪的几分钟内，竟良心萌发，感情相通，三姨太说服了土匪头退出江湖，双双逃走去过他们的穷日子了。这反映了在动乱的年代里，有人会被逼上梁山当土匪，有人会被财主掠去当小妾，但每个善良的人都人心思定，渴望着一种平安和睦的生活。再如《匪婆》写一个老太太寻找儿子闯入土匪窝中，匪首以及他的老婆、孩子，都把老太太当作自家人看待，结下了很深的感情，展示了这些被"妖魔化"的土匪们正常的人情和人性。

孙方友1978年发表小说处女作《杨林集的狗肉》，就以独特的笔记体形式、鲜明的地域文化色彩，引起了人们的关注。此后若干年，他开始有意识地以陈州地域文化为背景，以故乡历史的、现实的生活为题材，构筑他的笔记小说，同时也写文坛上通行的那种长、中、短篇小说。在近30年的创作生涯中，他曾有过几次不大不小的创作"变轨"。而这几次"变轨"都是向现代小说靠拢的。我想有两种可能，一种是作家不满足于拘囿在古代小说、现实主义小说的惯性路子上，企图有所突破和变化。另一种是他思维活跃，也想端一盘"洋菜"出来，炫耀一下：这"洋菜"咱家也会做，别以为我只会做陈州的"家乡菜"！不管是不甘心、凑热闹，还是怕落后、想"表现"，都反映了孙方友开阔的艺术思路、开放的创作心态和融会贯通的表现能力。

1990 年的中篇小说《虚幻构成》，是孙方友的第一次"变轨"。用老作家段荃法的话说："从结构到语言变得让人不敢相认，变得像先锋写作的老手，得到许多赞扬"。其实何止是结构和语言，连作品的主题思想也哲理化了。小说写一位富裕人家的儿子张继续，在镇里上"洋学"。突然家遭土匪洗劫，房屋被烧，亲人被杀，他在万念俱灰中喝老鼠药自杀未遂，无目标地走进芦苇荡。从此开始了他截然不同的两条人生道路。或是遇到了打家劫舍的土匪，走上了聚啸山林、后又迷途知返的道路；或是遇到了共产党的游击队、走上了轰轰烈烈的革命人生之路。两条"虚幻构成"的人生道路平行发展，时分时合，亦真亦假，创造了一种少见的艺术结构方式。在语言上也变得华美灵动，如诗如画，忽而描写，忽而抒情，忽而议论，一改那种质朴、写实、简练的笔调。而作品的主题呢？意在阐释两句名言，一句是一位老者的话："有些机会在人的一生中只有一次，没能占有它，它将永不回归"。另一句是卡尔·波普的话："因为他对于事情不可能弄错，就像不可能弄对一样"。其中蕴含着对人生命运的偶然性、必然性的领悟和一种深深的虚幻感。今天阅读 16 年前的这篇作品，我倒以为它只是作者的一次有意义的创作探索，并不是一篇多么出色的作品。作品的主题意蕴在西方小说中并不鲜见，而过分故事化的叙事方式冲淡了人物性格和心理的深度开掘。

2003 年发表的《幽您一"默"》，是孙方友创作的又一次"变轨"。上篇写村支书吕二毛，与村民形成的深刻隔阂和尖锐冲突；下篇写吕二毛逃往省城，一路上草木皆兵，总觉得那个寻衅报复的田文革在跟踪、追杀他。但结局却出人意料，田文革并没有追踪他，完全是他心里有鬼产生的幻觉。这是一个荒诞故事，这是一种"黑色幽默"的写法。但在荒诞的情节中我们看到了那位内心发虚的村支书的心理真实，从作者幽默的笔法中感到了作者对农村现实问题的忧虑，幽默中饱含着沉重。

　　孙方友的小说创作总体上是古典主义、现实主义的，但他不时跳出来，站在现代思想的高度，"拿来"现代表现手法，去观照他所表现的生活，去处理他的创作问题，使他的小说变得丰富多彩，变得更富有审美价值。

卷帙浩繁的百姓列传

——读孙方友的《小镇人物》

孙 荪

2008 年孙方友先有 8 卷本《陈州笔记》出版，今年又有 6 卷本《小镇人物》问世。这只是孙方友作品的一部分：小小说 14 卷 600 余篇。

孙方友在当代文坛也算一个传奇了。

"文革"开始时孙方友还是一个乡村中学生，经过 10 年并非自觉的生活磨砺和随机式的文学积累，自 1978 年发表第一篇小说，一发而不可收，先在河南，进而在《收获》《人民文学》《钟山》《花城》《当代》等全国的重要文学刊物，发表短篇小说，中篇小说，还有影视剧作，长篇小说，30 年来总计 500 多万字。

也许这样介绍孙方友，还无法挂上"传奇"二字。他只不过是新时期以来文学豫军乃至中国中青年作家中有实力的一个。

孙方友传奇出在小小说上。

文学艺术就是这样，读者和文坛只愿意记住顶尖的东西。尽管孙方友的文学成就是多方面的，获各类奖 60 余项，其影响力不能算小；但是，印象深刻，使人记住他的是因为其小小说。其得奖大多也是因其小小说，6 次蝉联《小小说选刊》两年一度大奖，4 次荣获中国微型小说学会年度一等奖，全国小小说金麻雀奖，首届吴承恩奖，等等；小小说作品入选全国许多重要选本，许多篇被译成多种外文；为此，文坛早就称赞孙方友为"小小说中的大家"，甚至有人戏称其为"小小说之王"。他的其它文学光彩则可能由其小小说的强烈光芒遮挡了。

这也难怪。孙方友30年集腋成裘，聚沙成塔，由点点滴滴到浩浩荡荡，使小小说成为洋洋大观，微型成为巨著，获得无可争议的大成功。检点古今，就一位作家某一文体的创作总量来讲，孙方友小小说的数量尚无人出其右。说到当代孙方友，自然会想到一位古人。山东淄川蒲松龄一生以短篇而筹成经典名著《聊斋志异》，总量也就是将近500篇。时下有人把蒲松龄孙方友相比较，足见孙方友传奇的品位。当然，蒲松龄的崇高评价已有共识，对孙方友的评判还需要时间检验。但有一点似乎可以肯定，作为后来者、后学，孙方友的作品当是不辱前人的。

当然，不仅仅是数量。孙方友在对中国古典文学尤其是笔记体小说传统的参悟和承继的基础上，创新了中国当代小小说的内容和形式，提升了小小说的文学含量，扩大了中国小小说在当代读者中的影响。应当说孙方友代表了当代中国小小说创作的成就，同时，也是我国当代笔记体小说的重要代表性作家。

孙方友之所以对小小说锲而不舍，植根于他对小小说深刻的文体意识。他是小小说的觉悟者。他早早地看到了小小说独有的文学功能与不可低估的独立价值。见微知著，以小见大，是人们认识世界的规律和方法；一斑窥豹，滴水现太阳，更是文学艺术反映世界的规律和方法。孙方友在小小说中看到了"大"。

小小说聚焦焦点，放大细节，微型可缩微，微型可显微；细胞解剖，可成人类标本；地方邮票可成世界窗口；因其"寸铁杀人"的功能，小小说向为小说家族之小精灵，为长、中、短篇所不可代替。如律诗之绝句，亦为文学史之一景观。

在当代，小小说更具以小取胜的特殊价值。因其小而创作方便；因其小而称为一分钟小说，口袋读物，是说其速读方便；更因其浓缩了文学含量，有营养，有特色，有品位；因其雅俗共赏，两端喜爱而决定其读者众。为此，孙方友以写小小说为看家本领，贯穿于其创作过程中，矢志不移。

孙方友的老谋深算更在于他对文学资源的独具慧眼。对家乡古陈州，对淮阳颍河小镇,他从出道之初,就认定它是祖宗留给后人的文学风水宝地,得天独厚的文学富矿。过去叫做选择题材,寻找素材,这是不全面的。其实它是全面的资源。它为作家准备好了一切:故事、人物、氛围、语言……应有尽有,俯拾皆是。还有他浸润沉潜其中的感觉。以陈州人物故事诉之于小小说写作,如从大山上取石伐木,如从城河里舀水,取之不尽用之不竭。其实,这个"公开的秘密",不少人也许都看到了。而孙方友早就动了进行深度开发的心思。面对家乡这一宝库,他像阿里巴巴一样,喊一声芝麻开花开门吧,宝库的大门打开了。他是一边打造成文学作品一边长远谋划。在长达二三十年的时间里,他进行了多层次多角度的取宝活动,以小小说的形式一块一块垒成了家乡的七宝楼台,使颍河小镇进而古陈州成为中原乃至中国的文化符号。

作为文学家的孙方友有一双慧眼,更有一颗慧心。他情有独钟一往情深的是人。孙方友的小小说是可以当《史记》读,当《世说新语》看的。《陈州笔记》和《小镇人物》,前者以写事为主,后者以写人为主;前者可称乡村社会的"百科全书",后者则是底层人生的"百姓列传"。也可以说,孙方友的小小说整体来说是卷帙浩繁的百姓列传。中国的二十四史有大量的篇幅是人物列传,但基本是帝王将相达官贵人的,没有老百姓的。孙方友写的是"民间版的史记",是"老百姓的列传"。孙方友目中有人,心中有人,笔下有人,毋宁说他是以人为中心的。《小镇人物》和《陈州笔记》共有各个阶级,各个阶层,各个行业,各色人等,各个不同时代,各种不同性格命运的数百个人物,全面深刻地表现出作家对世道人心的洞察,对人性人情的体悟,不仅具有当下时代的鲜明的鲜活的特征,而且留下具有历史含量的可以穿越时空的关于人、人情、人性的一些永恒版本。

就写作艺术而言,写好小小说,更需要作家呕心沥血成为妙手。孙方友清醒地认识到小小说对文学家实力、功力的挑战。小小说因其小而无法藏拙,无法兑水,不给粗疏留下空间,因其数量大又必须避免重复。因而不仅选材要刁钻,布局要出人意料,语言要像鸡汤一样有味道,一石三鸟,意趣横生,对细节精雕细刻,以一二动作或片言只语突显人物性格,笔简神肖,即事见人,着墨不多,而一代人物,百年风尚,历历如睹,最终在艺术走廊里留下人物的脚步声，直至让读者忘不掉他的人物。

这一些正是孙方友小小说艺术追求的目标。他正是按这个高目标一篇篇写的，一步步做的。既吸取古代的外国的传统写法的许多长处，又从自己的感悟和表现对象的需要出发，独出心裁，不拘成规，率意成新。在作品数量上创记录的同时，在艺术上日臻成熟，佳作纷至沓来，诸如《蚊刑》《女匪》《女票》《满票》《壮丁》《狱卒》《雅盗》《神偷》《捉鳖大王》《霸王别姬》等已成为当代小小说脍炙人口的名篇范本乃至经典，其艺术经验越来越为人们所重视。

孙方友小小说创作的成功，为以文为生、以文名世的探索者留下诸多启示。在自己的经历和视野的基础上发现和选定适宜自己开发的文学资源以后，还要选择适合发挥自己才情的文体，然后是坚忍不拔、义无返顾、竭泽而渔，力求做大，同时做好，做到尽善尽美，达到极致，做成"品牌"，做成"王"。

孙方友的《小镇人物》出版，命我作序。我想，孙方友写了张王李赵刘，但这个"小镇"还有一个重要人物漏掉了，这就是孙方友。补写孙方友，是我的责任，我是他作品的老读者，又是他的同事、朋友和兄长，人与文俱熟，不可推托。只是我不会写小说，权以此文代之吧。是为序。

孙方友文学的独特魅力

——论孙方友的小小说

孙青瑜

孙方友是一位有着艺术使命感的作家，纵观他的作品。我们可以强烈地感受到这一点。从文化向历史的楔入，由历史向现实的折射，读者在阅读快感中，将历史与现实、现实与未来联系起来、融合起来，产生对照，从而对历史和现实进行反思和拷问。

一

"孙方友这些一两千字的小说远远超出了小小说的范畴，混淆了短篇小说和小小说的概念，使这些一两千字的小说滑进了文学的殿堂，产生了灿烂奢华的光彩。（摘自《百花园》1998 年第 9 期）"多层艺术因素带给读者视角和思维的撞击和震撼，来自于他把多元性的艺术成份融入小小说创作。将多重性的艺术魅力浓缩在一篇仅有千把字的小小说之中，给人一种如同短篇小说一样的涵量，这确实体验了孙方友小小说不同凡响之处。精简老道的语句、奇特思维和奇特的人物、以及玄妙的故事和翻三番的艺术形式都证明孙方友在小小说创作上达到到了一个相当的高度。

在《蚊刑》中，孙方友用短短的一千五百字便道出了中国五千年官场上的黑暗历史和政治弊端。贪官如陈州城吸人血的蚊子，来了一批又一批，一直把人的血吸干。但是身处官场的那个县官，深知其蹊跷。当那群被他惩以蚊刑而死的土匪们逮住这个县官时，也决意用其人之道，还治其人之身。奇怪的是第二天，这个县官没死。问之，县官说，"蚊子，懒虫也，吃饱喝足便是睡觉。吾一夜如眠，怕的就是惊动他们。这样一来，后边的蚊子过不来，趴在身上的已喝饱，是它们保全了我！说出道理怕你们不懂，这就叫逆来顺受。"《猫王》中专拿"官耗子"的猫王被皇上派来的钦差打死了，从此陈州城的"官耗"也便肆无忌惮起来。透过文中的艺术象征，我们清楚地透悉了那个已逝的历史以及构成我们这个人类社会的原始基础，看到了我们今天的社会就是由这样的一个可怕的、已逝的现实演变而来的。人民反贪官，贪官层出不穷，贪官由民而生，由清白正直的民众脱变成反人民的贪官，孙方友用传统的笔记小说表现着这样尖锐和复杂的社会现象，这本身就说明了传统的作品中并不泛具有深层结构的作品。这种象征主义的应用使读者深刻而形象地完成了一次对历史的重组，并返身于现实用历史对现实进行观照。

二

迷漫在小说里浓郁的传统文化气氛，是孙方友小小说里的重要特征之一。在结构上，孙方友热衷于在小说的开头将各个行当的规矩和各种工艺的制法精辟地介绍给读者，然后才进入故事的陈述。对传统文化的宣扬，看是争夺了小说故事的陈述空间，使作者的小说游离于小说的文本之外，但孙方友却由此自然而巧妙地导入叙事，并以简洁老道的笔法将故事讲的一波三折，将情节推向一个又一个高峰，并走向极至。在曲尽离奇的故事中参杂着对已逝文化的宣扬，不但增强了小说的文化意味，更重要的是使流失的传统文化获得一个很好的传播场地。整篇看来，开篇对文化的陈述，就是有画龙点睛之笔。这种独特的小说结构无疑为小小说开创了一种新的文本，这种文本模式的开创不仅丰富了读者，也引起了我们对小小说创作形式上的重新思考和探索。

在《泥兴荷花壶》里，从土质的选择、到外观和壶音的处理，以及后来陈三关为段祺瑞择选精品中的极品的过程，无不在向今人展示着传统文化的精奥。陈三关用壶能弹出《春江花月夜》，他的每一把壶的壶音都是按着音律调制而出。当陈三关挑选出宝壶时，方知买壶者是段祺瑞，惊了一头汗，平静下来后对段祺瑞说"此种宝壶为百里挑一，实属宝中之宝！据我所知，此种壶多有灵性，得此壶者，能救主人一命！"段祺瑞不信，便对着壶身打了一枪，子弹果真只过一壁。那子弹穿过之处只一个圆眼儿，四周且无一点炸纹儿。陈三关哈哈大笑，那个宝壶也就成了一个残品，一个民间艺人的政治立场、爱国情怀也由此表现出来。

在孙方友的每一篇小说中几乎都涉及到一个历史地域名词——陈州，渗透着古老的陈州气息，提供着那片乡土上特有的地域文化。他为自己的小说设置了一个家园，并将众多的人和事引入他所熟悉的这片热土，在这个特定的地域里源源不断地产生和放射着独特的人生体验和历史感悟。

《捉鳖大王》中的刘二是远近闻名的捉鳖大王。他首先将自己变成了一只鳖，知其行，懂其道，手到擒来。刘二深知其道，对鳖的食居规律了如指掌，所以能日捉几十只。刘二做的团鱼肉团鱼汤更是鲜美。陈州城沦陷后，日本军官大佐听说刘二汤绝，便派人命令其日送一汤。刘二应下，做了。送去，将汤一分为二，刘二先喝，大佐后喝。街人大骂刘二，说他用鳖汤养肥了一只狼。还骂刘二对狼如此孝敬，可见是一条没有血性的叭儿狗！以后再没人去刘家订汤。刘二有苦难诉，仍是垂着眼皮去送汤，每日一次，从不敢怠慢。这一天，刘二照例前去送汤，大佐照例一分为二。不想半夜时分，大佐七窍流血，一命呜呼，宪兵队便火速捉拿刘二。谁知到了刘家，刘二也早已七窍流血命丧九泉了……

"艺术家的可贵之处在于他对命运即有清醒的洞悉，又能担当起命运的重压，并在不懈怠的担当中悲悯一切受难受辱的生灵。"（摘自摩罗《不死的火焰》）孙方友应该称得上是这样一位"可贵"的艺术家，他用当代人的眼光去烛照历史，去关注已逝的小人物命运。刘二这样一个小人物在压抑中扬起民族气节后的那种壮烈，在作品中得到淋漓尽致的展示，刘二是个弱者，他不可能像《平原游击队》上的英雄们，一人能打死几十个日本鬼子。但是刘二身上隐藏的那股血性，让他抉择了用自己的生命去反抗，完成了一个小人物的生命辉煌的一笔。

三

孙方友的创作在对民族精神和民族情节的赞颂中，包涵着深刻的历史哲理、人生哲学和对人性的深层挖掘。这种多层面的折射和内涵，是孙方友的小小说能成为经典的一个重要可能性。如卡尔维诺所说："第一次重读经典，就像初次阅读一般，是一次发现的航行。这种发现，不是简单的重复，更不是由一个进入口进入的寻觅和探索。面对一本经典，我们得从不同角度、不同方位去观察、去了解、去判断、去熟悉。"

孙方友的众多小小说都是经得起时间的考验和重读的。《匪婆》中描写了一对母子为救土匪周大炮的妻子和其儿子而牺牲的故事。母子二人的命运是在富人（周二少）有仇必报的信念和圈套中走上绝路。隘义的或只属于穷苦人的报恩思想对杨婆实行着绝对的精神统治。"恩惠"在穷人眼中的份量是重的，使他们不以牺牲自己的性命也要报恩。别人给予的滴水式的"恩惠"像音乐一样安抚他们困惑已久的生活和心灵，他们渴望这种"恩惠"润泽。然而，当时动荡不安的社会因素决定了在他们所得恩惠的后面，往往又会埋藏着一个更大的困惑。

作者持以对传统精神的某种批判性和道义上的体验，或说是对人与人之间的"情义"的质问，是没了时间跨度或者说是超越时空的，使已逝的周夫人和杨婆与现代人在人性的黑白两条通道上分别联系了起来。周大炮的夫人一直将杨婆当亲娘来看待。在二人生死离别的时候，周夫人一步三回头的身影，最终被一片密林遮掩了。这种场面是感人的，但它留给读者的触动不是文章表面所赞颂的情义，而是更深一层的东西。周夫人走的时候虽然是一步三回头，但还是走了。周夫人走后，杨婆母子为她牺牲了性命。当杨婆母子的头颅在城门口悬七七四十九天，仍鲜血欲滴时，我不知道土匪夫人有没有冒着生命危险去城门口看上他们一眼，这个作者没有写出，那么我们只有凭借对"情"字的理解去猜测。

孙方友在这篇小说里以现实生活做出了对道德仁义的诠释。并把道德仁义本身置于现象世界，从而怀疑了它、贬低了它、否定了它。尼采曾说过"由于生命从本质上说是非道德的东西……难道道德不是否定生命的意志，旨在摧毁、压缩、诽谤吗？难道它不是末日的开始吗？因而，难道不是最大的危险吗？"道德精神本身与现实实存的生活之间存在着巨大的对立。道德精神在现实里成了一口陷阱，讲良心讲仁义的好人一不小心便会跌入这口陷阱。孙方友从虚无的一面否定了道德意义。杨婆在仁义道德里走向了人生的悲剧……

四

人奇、事奇、意奇是孙方友的小小说建构艺术上的又一大特点。他将具有传统色彩的"奇"与西方现代艺术中的"荒诞"有意地揉和起来，混搅了读者的视线，分不清他在传统与先锋的划分中应归属哪一类。孙方友有意地在其作品中去划破传统与先锋的界线，一次又一次地尝试着将"洋气"的东西渗入他的小说之中，但他还是一个标准的传统型作家，或者说他是一个不太安份的传统派，因为他只是在传统小说的基础上去尝试一下、突破一下。

为了达到艺术的真实，文学的思维空间留给作家们的不再是现实世界的狭小，这个空间是魔幻的。在选材、编故事、拟定人物的时候，作家便成了各怀技艺的魔术师。能不能让观众（读者）佩服你花样（思维）的新颖和奇特，能不能被你的高超的技艺（思想的威力）所震摄，这决非一般的功夫！《首富》中的二哥由于三弟不承认是因他的权势发的家，而得了气鼓。在病笃时，叫来三弟，伸出握紧的双手，问三弟：你猜我拿的是什么？三弟掰开一看，竟空无一物。二哥苦笑道：我死什么也没有带走吧？三弟问："包括官欲吗？"二哥用劲点点头。这里折射出的人生哲理，使我撼动，同时也为二哥对人生深层的感悟而佩服，这个人物的情感反应，也是对人生的整体体验。再往下看，三弟说"大清朝完蛋了！"，话音没落，只听一声巨响，老二的肚子爆炸开来，这里显然是充满了荒诞色彩。看到这儿，我不禁为上面二哥用一只空手来启导三弟的细节而深思。人性的痛苦弥漫于黑暗的每一个角落，平凡而恒常的挣扎，别人认为不必要的东西，自己深陷其中不能自拨。虽然文中的二哥是一个城俯很深的人，他一直把希望和报复埋藏在肚子里，但是日益鼓起的肚子，却在向人们暴露着他内心深处的痛苦和隐晦。三弟肯定早已看出了这一点，却故意说出"大清朝完蛋了"的话！

《壮丁》中的大胡子尸首分家之后，仍能与主人翁大狗对话。这显然是不可思议的，但是你再看看大胡子的话语间流露出的人情味儿，你就不得不佩服作者，他往往能把作品的情节逼到绝境。如果大胡子只是奄奄一息，那不叫高招。作者的笔下，大胡子尸首分了家，但灵魂仍不甘离去，仍在关心他手下的弟兄。直到大狗把这些弟兄们的"阴阳头"全剃了，他才安心地闭上了双目。作者在文章的最后"大胡子只剩一个头颅"将情节推到了高潮，把人情推向了极至，再也没有这样更能如此真实地表达人与人之间那种浓厚的情义。

五

孙方友用历史眼光塑造着五花八门的人物形象，从而表现出了一个又一个微妙而深刻的主题。尼采曾经说过"没有一个艺术家能够容忍现实"。现实总是或多或少地存在着令人不满的地方，作为作家能及时地发现社会存在的弊端，是他们的职责。孙方友的小说往往是回避现实的，但从未与现实脱过节。从"古"入手，讲出一个个奇异的故事，玄而又玄的刹尾，又有着很强的现代寓意。总而言之，走进历史，反射现实世界，构成孙方友先生小说的又一个重要特点。在一个个情节曲折的故事背后，读者进入一场历史的反思和拷问。也就是说作者从历史着手将读者引入一个内涵丰富的现实世界的沉思。

《侠女》描写了一对情人为了钱而互相残杀的故事，在生命垂危的时刻刺客说了一句话："多年来，你是我挣钱的目的，可不知为什么，当我挣钱的时候，一切都是为着你，可当我见到钱的时候，就忘掉了一切，其中也包括你！"看到此，读者想象的空间不再局限于狭小，而是几个世纪的伸展。这种伸展的基点靠的就是人性的相通。这种相通是没有（或舍弃了）时间跨度的，只有那种几千年来，以不变应万变的人的本性。人是爱情的奴隶，更是金钱的奴隶，在爱情和金钱两个主宰者面前，人往往会变得身不由已。但在爱情和金钱两者之间权衡时，爱情便成了一片虚无！被金钱填充的那片虚无便构成了刺客不择手段的全部动机。

《女匪》讲述了一群女匪利用去富家当佣人而绑架小孩子的事，从而表现了永恒而伟大母爱主题。

<h1 style="text-align:center">六</h1>

孙方友的小说涵盖和满足了各个层次阅读者的不同需要。故事性强，这便是他小说能够雅俗共赏的一个重要原因。我个人认为故事性是小说的根。一个事物外观的美是最能吸引人，故事性就是小说的外观。犹如一个外观的丑陋的人，使其失去了很多与人构通的机会，更谈不上让人去发现其心灵的美。小说也正是这样，现在有一些以生涩的文本模式去模糊读者的视线和思维，像是很深奥，其实思想性也并不见得如何。小说是写给读者的，思想也是让读者接受的，并受到某种启发和感染的。小说的起源就是演义和话本，说白了，也就是广大人民喜爱听的故事。故事是小说的根，思想是小说的血液，读者就如树叶。没有根，血液就不能流动，思想也自然流不向读者。

孙方友的小说不但故事性强，而且又有着一波三折的情节。小说里玄而又玄的情节、出奇制胜的结尾，每一个情节，每句人物的对话，都漾溢着作者的机智和老辣。而且情节的这种出乎意料在一篇文章中又不止一次地出现，用孙方友的一句话说就是："翻三番"的结尾。我想这个"翻三番"的问题凡是读过孙方友小说的人，都有所领略。亲爱的读者，您从孙方友任意一篇小说中都能找到至少三处可以结尾的地方，但是聪明而又熟知读者心理的孙方友不会就此罢休，他笔逢一转，一个又一个的出乎意料，再一次逼进你视角的时候，你就会由衷地佩服作者的智慧！

想象与浓缩

孙方友　孙青瑜

青　瑜：文学作为另一种历史记载，需要一定的篇幅来容纳它的历史性想象。但随着生活节奏的加快，现代笔记体小说越来越趋向于精短化，缺少了传统笔记体小说的篇幅优势，这不仅需要从语言到细节的多重浓缩才可达到中、长篇的艺术含量、更需要作家有丰沛的想象力方能将历史思考嵌入有限的文本，从而达到"文小而指大"的审美效果。您的笔记体创作就一直面临着这种审美考验。如果把您的笔记体小说浓缩为一个句子，这个句子是复杂的，我们不仅能在语义学的层面上感受到它的层次和张力，还能从结构与形式上找到它的多元性。从《陈州笔记》到《小镇人物》大多的篇章都具备了一个"绝"字：人物绝，题材绝，结构绝，立意绝。这"四绝合一绝"算是你创作的一大特点。能否谈一下，您是如何以"绝"字致胜的？

孙方友：随着时代节奏的加快，笔记体小说也越来越趋于精短化。作为一种文体，新笔记体小说必应承载起中篇、短篇、仍至长篇一样的文化和思想内涵。这就是说，篇幅的短小对于"新笔记体小说"创作来说，担负了比其它小说文体更大的难度。它需要一种从故事到思想的高度浓缩，才能达到其它小说门类同等的艺术效果。这就摆在作家面前一个难题，这个难题，就是艺术想象能力。你以前曾在写我的评论中说道"一个好的艺术思考可将理性表达拉上令人叹为观止的绝境，甚至可以闭合一个母体。"这句话说得很好。如何在小说创作中将艺术想象力与理性表达形成完美的统一，这是我多年来创作的努力方向。在故事高度浓缩的基础上寻找理想的细节，利用故事的走向推动作品中的人物命运的发展和理性的挖掘，是我创作"陈州笔记"的一个基点。但在"小镇人物"的系列中，我却有意淡化了小说的故事性，用一种淡淡的叙述语言来讲家乡小镇上的熟人熟事，但这样并不代表我避开了文学的想象力将作品滑向庸常的经验制复，相反，作品中每一个重要的细节都倾注着我苦思冥想的心血。比如《打手》里对那根钉子的处理，比如《大洋马》中，老毛戴着"绿帽子"游街，《方殿堂》中对那个"墨疙瘩"的构置……细节如果没有理性爆发点，我是不会轻易下笔的。《蚊刑》在我脑海里酝酿了二十多年，《雷老昆》《打手》都是在我脑海里酝酿几十年的东西……我个人觉得，真正意义上的写作从来都是双向度的，它需要用强劲的想象力和成熟的叙事构置出具有双重审美倾向的故事，从而向读者放射一种强大的理性力度。在阅读过程中，读者总怀有一种期待，他们的这种期待不单单是对故事本身的期待，更重要的是想迎接一场理性上的震撼。当然理性的震撼是需要绝的题材和绝的细节为依托的！也就是说，小说的震撼力不仅需要绝的题材为依托，更需要绝的细节去推动！我记得有一位评论家说过："小说不死的唯一理由就是发现别人没有发现的存在细节，塑造别人没有塑造的精神景象……"只有让读者在阅读中永远揣抹不到创作者的笔锋走向，读者才会喜欢，只有"理"和"趣"浑然一体，读者才会看得有味。

青　瑜：的确，从你的笔记体小说来看，这一文体发展到今天，的确需要很强的想象力。你小说里的故事处处都彰显着丰富想象力，有些具有很强的荒诞性，您怎么理解文学的想象力？又怎么样理解故事与文学的关系？

孙方友：不光是笔记体小说或短篇小说需要想象力，整个小说史的存在都是由想象力在支撑。想象力的问题归结到实处，其实也就是你说的故事与文学的关系。有很多人把故事分为几个层次。我很赞同这种观点。但是他们的这种分划看似很明晰，其实又是含混的，我觉得还是用中国古典文学的"妙悟"的习惯，来创造一个词汇，叫"故事的含金量"，为最好。故事的含金量，其实就是故事本身所具有的艺术价值。如何在小说创作中将艺术想象力与理性表达形成完美的统一？靠的就是故事的力量。

"陈州笔记"是我创作的一个转折点，这个阶段我对"想象"有了从感情到理性的认识，开始从无意识的追求上升到自觉追求。但是，这个自觉追求中又曾让我面临一个难题，就是我如何把"自为"和"人工"的追求，达到"无为"和"理趣浑然"的"自然"境界？后来想想，这其实还是故事含金量的问题，还是细节含金量的问题。故事与文学的关系，其实仍然属于古典文学理论中"诗画一律论"的范畴，也就是"诗中有画，画中有诗"、"借物引怀"的高境。换句话说就是，只有故事和艺术思考结合得理趣浑然一体，才能让"人工"和"自为"的主观努力达到"无为"和"自然"的高境。

青　瑜：您说过要写就写出让文坛震惊的小说。您觉得小说达到什么样的标准才能让文坛震惊？

孙方友：我说过吗？我大概不会说出这么口满话吧？（大笑）。其实能让文坛震惊的小说就是中国古典文艺论上所讲的"至文"。所谓至文，不但要具有"至真、至美、至法"的高品格，还要达到道艺论所提倡"精艺合道"、"以天合天"的境界。

中国古典文艺理论不但讲究"精艺合道"、讲究"以天合天"，方法论上讲究"理趣浑然"，"肇于自然""造乎自然"。创作经验上又特别注重"天机"、"天籁"，"自然"这三种"神明之中，巧力之外"的东西同时降临，方能达到"诗之至也"的境界……文学的方法论很多，但所有的方法论都高不过"无法乃至法"这一条！文学的标准也一样，也属于"无法乃至法"范畴！什么是让文坛震惊的小说？看似有标准的，其实又是没有绝对标准的，也就是说，至文的判断若套用"无法乃至法"，就是"无标"乃"至标"也。

青　瑜：有一位作家说："文学之根应该深置于民族传统文化的土壤里。"历史、文化这些历时性的因子一直是您所投向的视野。你的作品里除去浓烈的文化气息外，连语言也渗透着"一石三鸟"的古仆遗风。在文学日益朝"单向度"滑落的当下，你的笔记体小说却犹如一片原始森林，蕴藏着层层叠出的艺术内涵。这与明清时期以离奇怪事、立传于个人为主的笔记体小说相比，多出了由情节到理性、由个人到社会的幅射能力。这种幅射力又多是以你"翻三番"的情节"爆炸"为依托的。您在前面说了"……利用故事的走向推动作品中的思想和理性的发展……"这里所说的"故事走向"是否就是你"翻三番"的结尾策略？文章结尾的"爆炸"是不是更适合于短篇文本的创作？由于篇幅的限制，这种"爆炸点"来得会更集中更火爆更能给读者带去脊骨的一震？你作品中具有"爆炸力"的细节往往又是以一种非常态的、超越庸常生活经验的姿态出现，比如《打手》中你对"钉帽子"的处理，比如《雷老昆》中，雷老昆以自虐对抗恐惧的非常态手段，再比如《大洋马》中你对大洋马丈夫带着"绿帽子"自己游街这一细节的构置……这些非常态的细节在揭示常态生活背后的历史问题时，的确达到了我曾经所说"一个好的艺术思考可将理性表达拉上令人叹为观止的绝境，甚至可以闭合一个母体。"可在传统笔记体小说里似乎找不到由情节推动理性"爆炸"的典范之作，包括浦松龄的《聊斋》系列。你是如何对此进行继承和创新的？在你创作风格形成的过程中你得益于哪些作家？

孙方友：我喜欢读精品，说起得益，也可以说是广泛阅读，广泛吸收，广泛受益吧！

对传统思想的偏爱，主要与我生长的环境有关，这在前面已经谈过。在语言和思想上我都喜欢"一石三鸟"。"一石三鸟"叙事手法是中国传统文化的精华。光从语言学的角度来说，汉语的张力就不是其他语言所能企及的。它字字可以卓然独立，句句可以含义无穷。如孔孟、老庄、周易，短者数千，长者两三万字，便可包罗万象，成为经典学说。这些传统经典不但是精神传承的基石，而且还留给我们一种"浓缩"的思维方式：寥寥数语，便有泰山压顶之险，雷霆万钧之势。但"浓缩"并不等于"简化"！我不喜欢将精神内涵剥落残尽跌落到故事行列的"小说"。小说作为人类精神生活的一种特殊载体，它需要有足够多的意义来支撑。要想在浓缩的篇幅里注入足够多的精神内涵，是一个难题！解决这个难题最好的办法，我个人觉得就是回归传统，当然这并不是一种完全意义上的回归，更准确一点说应该是"继承"，在继承的基础上发展……

作家莎伦·斯达科说："小说结尾时柔和的震撼，应该像是两扇对称的翅膀在蒙胧中展开时那最后的一颤。"重视小说结尾的爆发性不只是笔记小说，各种小说都是如此。"一个好的结局能使我们经历一种典礼式的缓释，使我们在掩卷之后反思故事给予我们的启迪。"寻找理想的细节，利用故事的走向推动作品中的思想和理性的发展，这是文学的内在理想。刘庆邦说短篇小说是自然生长出来的，毕飞宇说是"烤"出来的。我偏向于毕飞宇的这个"烤"字。好的小说必须来来回回地"烤"，方能达到震撼之效果。有一个词叫作"炉火纯青"，说的就是这个意思，只有烤到一定的火候，才能把"自为"烤成"无为"，才能达到炉火纯青。我的《蚁刑》前前后后共有十多年才写出来，若是从听到传说算起，几乎用了二十多年。那么多年为什么不动笔？就是没"烤"出内涵和结尾，没有找到理性依托的那个最后的爆发点，没有这爆发点就不可能让读者产生最后的一颤。如何将"烤"出来的思想巧妙的融入故事的情节中，从而达到刘庆邦所说的"自然生成"的"最终的艺术真实"。这是一个难题，不但是短篇小说的难题，中、长篇同样面临这样一个难题。如何将具有多重所指的形而上思维纳入形而下的生活，我觉得还是靠细节。由于我的笔记体小说篇幅都很短，细节的理性爆发只能聚集在结尾上。把理性自然融入故事，需要技术的支持。而这"技术性"，要靠长期积累，化入笔下。就像武林高手，将"技术"含在灵魂深处，方能出神入化。结尾艺术也是如此。刻意去追求，就是露了你的"技术性"之弱，反而捉襟见肘了。

青　瑜：蒲松龄有一篇小说叫《好快刀》：（刽子手）出刀挥之，豁然头落。数步之外犹圆转，而大赞曰："好快刀！"你有一篇小说叫《狱卒》，其中的一个重要细节与《好快刀》有些表现像似，但细看之后，却又是迥然不同的。从这两篇小说的细节背后所承载的东西，无疑是映证着笔记体小说从"蒲松龄时代"到"孙方友时代"的发展轨迹，同时，又似乎反映小说艺术从整体到局部的某种说不清楚的发展玄机？孙方友：说实话，我一直没读过蒲松龄的《好快刀》，直到前一段有个记者采访我，提及这篇百字小说的时候，我才知道这个小说的故事情节。你说的不错，我的《狱卒》里的一个细节的确与《好快刀》有点表象类似，但内在却是有很大区别的。

孙方友：说起《聊斋志异》，还要说一说薄伽丘《十日谈》，这部小说集和中国的《西游记》《聊斋志异》一样，都是取材于传说轶闻，历史故事，都来自民间思考。三位大师都具有高超的艺术驾驭能力，不但能别出心裁地以框架结构把这些散乱的故事有机地组成一个严谨、和谐的叙事系统，更重要的是，他们能把民间故事升华。本来没有什么艺术含量的民间故事和传说，经过他们这道工序之后，就成了世界经典。你说"从整体到局部的某种说不清楚的发展痕迹？"，这句话说得很好。这三部小说除了结构和来源相似之后，还有一个相似之处，它们的价值都不在局部，而在于整体。他们不是用情节载"道"，而是在用整体的故事，载着沉沉的"道思"。尤其是《聊斋志异》最典型，如果单抽出一篇来读，并不比一般的鬼怪故事丰厚，但是它的力量在于整体，分开，它是一般故事，整合在一起，它放射的艺术思考就如同原子弹一般威力四射。这就是说，理性的爆炸点，可以依靠故事的局部，也可以依靠故事的整体。从世界文学的大路子来看，依靠故事整体凝聚力的经典例子比比皆是，而依靠故事局部引发"理性爆炸"的文学个案就比较少了，《项链》是一个很有名的例子。

说罢世界名著之后，再说说我这篇名气不大的笔记体小说《狱卒》。

《狱卒》中狱卒的名字叫贺老二，专看死囚，这一天号子来了一个小土匪，小土匪知道自己死罪难逃，就不吃不喝，天天泪流满面。贺老二为让阳寿不多的少年小土匪余生过得快乐点，就冒充匪首王老五写了一封密信，让老伴送入狱中。白娃接到"大哥"的密信，便开始猛吃猛喝，精神大变，专等秋后问斩时，兄弟们勇劫杀场的快乐时刻。人一快乐时间就像抹了润滑油，转眼间就到了秋后，拉出白娃问斩的时候，白娃精神昂扬，满面含笑地跪在刑场中央，双目充满希望，在人群中扫来扫去……直到白娃的人头倔强地离开身子，在刑场中滚动一周——充满希望的双目仍在人群中扫来扫去，扫来扫去……这个细节和《好快刀》中人头落地喊一声"好快刀"是有内在区别的。蒲松龄的一声"好快刀"，还属于奇闻奇事的原生态范畴，这个细节的含金量不是太大，如果用"理趣浑然"来评论，此细节只有"趣"，却没有多少"理"镶嵌其中。我小说中的贺老二为了让白娃忘记死亡恐惧，以一种博爱的情怀关爱着这个"可怜"的小土匪，为了让白娃的余生过得快乐，他好心地设置了一场骗局，让年轻的白娃充满了强大的生的希望。由于求生的欲望，白娃在头颅落地之后，双目仍在人群中扫来扫去，扫来扫去……这个细节的出现给读者呈现出一个凄凉而美丽的画面之外，还构建了一个更具人性的真实世界。两个表象类似的细节，可以说直接代表着笔记体小说内在的发展轨迹，从奇闻奇事的记述到有意识的加入艺术思考。

我的"笔记小说"里像这样的推动理性爆炸的细节还有不少，像《壮丁》《瘫匪》、像《打手》《方鉴堂》《刘老克》……

青　瑜：从整个创作量来看，笔记体小说只占你作品总量的四分之一。你的中、短篇频频现身于各大刊物，当年的《虚幻构成》，今天读来，仍有一种穿透时空的震撼力。文章中，通过对命运这一主题的探索，时刻都有触怒意识形态的危险，无论是从哲学角度还是社会学角度，都达到了应有的高度，可事实上，这篇小说却因一场政治风暴，没达到应有的影响力。就在这次落寂之后，你的写作发生了变化，开始在历时性的空间里寻求突破的可能，《蚁刑》可是说就是你寻求突破的一个典型，也可以说是你创作的一个转型符号。这篇只有一千五百字的笔记体小说承载了对历史和人性的理性总结。成功地达到"文小而指大"的审美要求，可以说是中国笔记体小说的典范之作。在我看来，你的这种从故事到思想的高度浓缩，不但但是一种艺术追求，还应该有来自中、短篇构置的思维习惯？

孙方友：的确有一种思维习惯。也可以说我把对中、短篇的艺术追求，运用到了"笔记体"的构思与创作中去了。

青　瑜：阅读你的作品，使读者一次次进入已经消失的历史场域，你在作品中对这种历史场域的选择在很多人看来：似乎隔断了与现实的联系，无力穿透时间与现实对话，或者将意义书写陷入苍白的尴尬。因此有些同行，甚至有些所谓的评论家，将你的"陈州笔记"随意地定位为"传奇"一列。这些对作品的定义不但抹杀了你有意追求的"现代指向"，而且还抹杀了你作品里浓烈的艺术含量，你对此有什么看法？

孙方友：真正的经典都是具有很浓的传奇因子。我不能要求别人怎么看我的作品，或者怎样对我们的作品做什么样的评价，但我清楚我的写作是以人性为基点，表达我对社会的看法的，正是永恒不变的人性将历史与当下联系起来。比如马尔克斯的《百年孤独》比如莫里森的《宠儿》……作家们正是出于对社会与人性的双重关照，才让这些历史小说具有了浓烈的当下意识。作家对特定历史时期的选择，透视着一个力度强弱的问题。时间的选择对于小说创作来说，是自由的！环境的时间选择决不会造成艺术空间内的"时间差"，或者说"历史错位"，更不会将意义书写陷入苍白的尴尬。

青　瑜：当一个民族或一个地域的历史和文化渐渐淡出集体记忆，像文物一样搁置在史料里成为学术界研究的专利之时，当我们面对有关文明的发问无从作答，从而陷入集体失语的尴尬境地时，你却从文学的角度开始了一场文化拯救，不惜笔墨，将文化大量溶入小说，在这些文化传播当中包含你对家乡一种怎样的感情？

孙方友：一个民族一个地域的文明不能只是一个随意可解的符号，更重要的是展示出符号所依托的内容和价值，这样才能使缄默不语的文明或城垣恢复它的体温，才能使人们真正意识到符号背后的独特意义，展示出支撑这个区域存在的人文精神与文化传统，展示出岁月演变进程中渐次形成的区域个性和魅力。

一个民族、一个国家和一个地区的成熟，在很大程度上取决于对自身传统和文化的追寻与承袭。但是面对传统文化失利的当下，泊来文化几乎独撑了当下的文化框架，造成了传统的文化断层，而这种断层有可能是终结的危机信号。我的故乡淮阳为古陈州，那是一片充满神奇的土地。那里不仅有人祖伏羲的陵墓、伏羲画八卦的八卦台、神农尝五谷的五谷台、龙山文化的遗址平粮台、孔圣人厄于陈蔡的弦歌台，还有曹子建的衣冠冢、包龙图下陈州怒铡四国舅的金龙桥，以及水波荡漾的万亩城湖。除此之外，她还是中国第一次农民大起义的建都之地！这些地区特有的文化瑰宝，无论是从历史学还是从文化学意义上，都是值得我们长久凝视的。但是随着西方文化的攻入，传统文化早就淡出了青年一代的耳目。他们除了知道有一座象征人类始源的伏羲坟墓之外，并不知道我们的这块土地上曾有过的其它辉煌，甚至连承载文化记忆的民间传说也早在他们这一代中间消失了。我从小就浸淫在这种古文化的环境中，不自觉地吸取着传统文化积淀中的精华，并常常为那些数不尽的民间传说而惊叹不已。步入文学创作之后，便开始有意探索这些美丽传说中的神秘色彩，并极力将众多的民间传说和民俗文化融于作品之中，一是以报家乡对自己的养育之恩，二是承担起一个文人应该承担的宣传传统文化一点儿责任。这些年，以发掘历代掌故、民俗、轶闻逸事、志怪传奇为能事：立创意于继承这中，化古朽为神奇，更是吾努力之处。

青　瑜：你的"小镇人物系列"与"陈州系列"已有很多的不同，这是否在进行探索与创新呢？对以后的创作有何展望？

孙方友：第一个问题我已经说了。对于以后，我的任务仍然是读书和思考，在写作中表达自己所想要表达的一切……

创作年表

（主要作品）

1975 年

自编自演的相声《怒困孔丘》在地区汇演中获胜，并参加去省城演出。

12 月在县城拜访侯宝林老师，开始学写相声。

1976 年

创作山东快书《找花镜》，参加地区曲艺创作班，后选入河南人民出版社编选的《新风格》一书，得稿费 15 元。

1978 年

10 月，处女作《杨林集的狗肉》在《安徽文学》10 期"小说专号"头题发表。

1979 年

在《奔流》一期、七期；在《郑州文艺》2 期、4 期发表小说。

山东快书《找花镜》收入《河南三十年曲艺作品选》。

1980 年

元月加入中国作协河南分会。

1981 年

在《北京文学》《飞天》等刊上发表小说。

1982 年

在《百花园》发表《颍河风情录》。

1983 年

《颍河风情录》获《百花园》1982 年优秀作品奖，收入《河南作家优秀作品选》。

5 月，《布袋儿哥》获上海《文学报》命题小说二等奖。

1985 年

《莽原》第五期发表中篇处女作《荒漠的精灵》。

1986 年

在《莽原》《飞天》发表中篇两部。

《传奇文学选刊》4 期转载中篇小说《复仇》。

1987 年

在《人间》《安徽文学》《北京文学》等刊发表小说。

《豹尾》被《小说月报》第 10 期转载；并收入人民文学出版社《1987 年全国短篇小说选》《全国优秀小小说选》。

《小小说选刊》转载《豹尾》《捉鳖大王》；《捉鳖大王》获 1985—1988 年全国优秀小小说奖。

1988 年

在《飞天》《小说家》等刊发表中篇《白家酒馆》《罢卖》《黑盲》。

《豹尾》被河南电台改编成同名广播剧。

1989 年

《星火》刊出《蚊刑》，被《小说选刊》6 期转载，后收入多种选集。

1990 年

《钟山》5 期发出中篇《虚幻构成》。

《小小说选刊》6 期转载《女匪》《追魂》《花船》。

《小说月报》7 期转载《女匪》。并获《小小说选刊》1989－1990 年全国小小说优秀作品奖。

《传奇文学选刊》6 期转载《女匪》《追魂》《花船》。

1991 年

《海爷》《神偷》《泥兴荷花壶》被《小小说选刊》4、5、6 期转载。

小小说集《女匪》由广西民族出版社出版。

《周妇联》由中央电视台改编成同名电视剧。

《捉鳖大王》收入《世界华文微型小说大成》。

1992 年

首次以"陈州笔记"为题在全国各地发表笔记体小说。

《莽原》3 期发表"兄弟专辑"与胞弟墨白一人一部中篇。

《花城》5 期发表中篇《谎释》。

《小说月报》3 期转载《一笑了之》，6 期转载《笔记小说三题》。

《小小说选刊》5、6、9 期转载《鬼屁》《壮丁》《血祭》。

《捉鳖大王》《女匪》收入《小小说百家代表作》。

1993 年

《峨眉》发表中篇小说《血色辐射》，《小小说选刊》转载《飞贼》《雅盗》《狱卒》《哨兵》《狼狗》《冷秋》，《小说月报》转载《百字小说三则》,《作家文摘》7 月转载;《牛黄》《旗袍》被《传奇文学选刊》转载;中篇小说《寿州街奇案》、短篇《陈州刺客》、《绑票》收入人民文学出版社《1992 年全国短篇小说选》;《女匪》收入《中国大陆微型小说家代表作》;《泥兴荷花壶》获《小小说选刊》1991－1992 年优秀小小说奖。

《一笑了之》被湖南花鼓戏剧院改编为六场大戏搬上舞台,并获佛山剧本大奖赛金奖。

《神偷》收入《微型小说二人谈》集。

1994 年

《山魂》由《中国文学》1 期(英、法文版)同时转载。

9 月,参加北京首届当代小小说作品讨论会。与会的有王蒙、林斤澜、叶楠、周大新、阎连科、墨白、吴泰昌、胡平、李洁非、吴然等。

在《人民文学》《长江文艺》《山西文学》《东海》《春风》《广州文艺》等刊发表短篇小说二十余篇和一部中篇。

《作家文摘》62 期转载《哨兵》。

《小说月报》4 期转载《陵长》;《中华文学选刊》3 期转载《临街茶坊》;《小小说选刊》转载《白大》《守墓》;《传奇文学选刊》转载《残梦》《麻嫂》;《小小说月报》转载《水妓》《守墓》;《女保镖》收入《中国当代小小说家代表作》;《临街茶坊》收入人民文学出版社《1994 年全国短篇小说选》;《雅盗》获《小小说选刊》1993 年－1994 年优秀小小说奖。

根据《一笑了之》改编的京剧《刽子手世家》在《剧本》8 期发表,并获 1994 年曹禺文学剧本大奖。

小说集《刺客》出版。

《姑妈的句号》获河南省报纸副刊奖。

1994 年

6 月,加入中国作家协会。

在《莽原》《长江文艺》《文学大观》发表中篇《秋决》《绿盲》等。

在《东海》《长江文艺》《北方文学》《天津文学》《作品》《青年文学》《新生界》《绿洲》《鸭绿江》等二十多家刊物发表"陈州笔记"系列小说。

《小说月报》转载《狼狈为奸》。

《小小说选刊》转载《针钱活儿》《欢欢》《天职》《水龙张三》《国粹》等。

《作家文摘》转载《匪婆》《国粹》。

《传奇文学选刊》转载《守墓》《富孀》《水妓》《匪婆》。

《微型小说选刊》转载《奸细》《宋散》。

《雅盗》收入《获奖作品赏析》。

《神偷》《泥兴荷花壶》《雅盗》《猫王》《壮丁》收入《探戈皇后》集。

《哨兵》收入《梦花结》集。

《狱卒》《泥兴荷花壶》收入《文豪精品》。

《天职》获《百花园》全国小小说大奖赛二等奖。

《当印》收入中国作协选编的《1995年全国短篇小说精选》。

1996 年

在《天津文学》《青年文学》《当代作家》《上海小说》《山西文学》《福建文学》《作品》《中国作家》《朔方》等刊发出中短篇小说若干。

《澳州日报》转载《侠女》《祈祷》。

《小说月报》转载《当印》。

《作家文摘》转载《玩笑》《神裱》。

《小小说选刊》转载《祭台》《虎痴》《穷相》《玩猴》《刀笔》《伊文成》《仙舟》；《中国文学》（中文版）3 期转载《神裱》；《中国文学》（英、法文版）4 期同时转载《雅盗》《匪婆》《匪医》《陈州二杰》《牛黄》《刺客》《泥人王》《绑票》《泥兴荷花壶》《乔二》。

《山魂》收入《中国文学》（法文版）《小小说精选》。

《传奇文学选刊》转载《宋散》《祭台》《逃犯》《车夫与财主》《当

印》《侠女》《玩猴》《名尤》《血火烧天》。

《微型小说选刊》转载《穷相》《圆圆》《狼狈为奸》《满票》。

《满票》获《微型小说选刊》首届优秀微型小说奖。

《雅盗》等8篇小小说收入《中国小小说精品库》一书。

1997 年

10月，正式调入河南省文化厅《传奇故事》杂志社。

《绿洲》3期"当代小说家"栏目发出中、短篇、创作谈、简介。

《小说选刊》转载《打工妹菊》。

《作家文摘》转载《陈州饭庄》《认亲》。

《新华文摘》转载《张少和》。

《小小说选刊》转载《买马》《吕氏修表店》《盲师》《苏大胖子》《县长过河》等。

《捉鳖大王》收入日本朝日出版社《中国短小说》（渡边晴夫译）。

《泥人王》《泥兴茶花壶》收入中国文学出版社《绝活——九流三教传奇大观》。

《颍河风情录》《女匪》《花船》《追魂》收入《河南新文学大系》。

《绑票》《赛酒》《壮丁》收入《河南新时期精品小说大成》。

《泥人王》《泥兴荷花壶》《雅盗》《刺客》《崔氏》收入中国文学出版社的《小小说选》（英汉对照）。

《微型小说选刊》转载《一把手》《奴仆》。

《乡间人物》获《福建文学》1996－1997年优秀作品奖。

《孙方友小小说》由湖南文艺出版社出版。

1998 年

在《天津文学》《花城》《时代文学》《小说界》《山花》《作品》《当代作家》等多家刊物发表小说作品。

《小说选刊》1期转载《乡间人物》。

《小说月报》9期转载《司机白光》。

《传奇文学选刊》2 期转载中篇《湖光》。

《传奇文学选刊》转载《贪》《集文斋》《懒和尚》《陈州古董行》。

《小小说选刊》转载《刘二狗》《血灯》《澄泥砚》《罗锅》《张毛笔》《王二赶脚》《笔误》《工钱》。

《微型小说选刊》转载《保镖》《工钱》。

《捉鳖大王》《女匪》《雅盗》《蚊刑》《猫王》收入上海文艺出版社《世界华文微型小说名家名作丛书》（中国卷）。

《绿盲》（中篇）、《楼子船》（中篇）、《刺客》《乞婆》《狼狗》《鸟女》《壮丁》等 20 篇"陈州笔记"系列收入野莽先生主编的《绝事》（漓江出版社）。

1999 年

7 月 17 日—25 日带妻、女去北戴河中国作家公寓度假，同时度假的有王蒙、刘富道、袁一强等。

在《当代作家》《飞天》《天津文学》《长江文艺》《海燕》《边疆文艺》等刊发表中、短篇小说若干。

《丁济一》获《传奇故事》一等奖。

《陈州烈考》获《鸭绿江》优秀作品奖。

《小说月报》转载《陈州烈考》

《小小说选刊》转载《交任》《织婆》《老常》《乔县长》《苗苗》《郭先生》《雷二少》《老曾》。

《微型小说选刊》转载《刺卜》《穆歧太》《丁济一》《离婚专家》。

《青年博览》转载《离婚专家》。

《传奇文学选刊》转载《刺卜》。

《雷二少》收入《中国年度最佳小小说·1999》。

《满票》《一把手》《奸细》收入百花州出版社《微型小说 300 家》。

《豹尾》收入《中国名家小小说选》。

2000 年

在《花城》《鸭绿江》《大家》《朔方》《雨花》《时代文学》发表中、短篇、散文若干篇。

《微型小说选刊》转载《玉嫂》《老蔫》《河边的错误》《误区》《亮嫂》《买马》《甜甜》《绝响》。

《小小说选刊》转载《范宗翰》《老袁》《韩广元》《女票》《被子的麻烦》《会文山房》。

《短篇小说选刊》转载《卢团长》《黄参谋》《于老六》；《作家文摘》转载《蒋宏岩》《画家姚昊》。

《亮嫂》收入《新世纪文学作品选》。

《狗祸》收入《全国优秀短篇小说选·2000》（长江文艺出版社）

《匪先生》收入《中国年度最佳故事·2000》（漓江出版社）

《女票》收入《中国年度最佳小小说·2000》（漓江出版社）

《女票》获《小小说选刊》1999—2000 年度全国小小说优秀作品奖。

《老蔫》获《微型小说选刊》2000 年度全国微型小说优秀作品奖。

《工钱》改编成电视短剧，由北京电视台拍摄，并获第二十届"飞天"短剧奖。完成十六集电视剧《鬼谷子》剧本创作并开拍。

《当印》收入《中国最精彩小说 68 篇》。

2001 年

《传奇·传记》转载《荒劫》《奇破》《鳌厨》。

《小小说选刊》转载《霸王别姬》《保镖》《票友龙三》。

《小说精选》转载《云龙端砚》《龙马负图》《追赶楼子船》。

《短篇小说选刊》转载《误区》《霸王别姬》。

《微型小说选刊》转载：《霸王别姬》《王货》。

《泥人王》等 10 篇"陈州笔记"系列小说收入《俗世奇人》一书。

《风箱》《玩猴》收入长江文艺出版社出版的《老手工·老器物》。

《泥兴荷花壶》收入马来西亚出版的《走出沙漠》一书。

《女匪》《工钱》收入《世界微型小说经典丛书·中国卷》。

《雅盗》《女票》《泥兴荷花壶》《捉鳖大王》收入长江文艺出版社出版的《小小说获奖作品精选》。

《满票》《一把手》收入《中国二十世纪微型小说精选》。

《霸王别姬》《王货》收入《中国年度微型小说精选》2001年度。

《霸王别姬》收入《中国年度最佳小小说·2001》。

《霸王别姬》收入《世界华文微型小说双年选》。

十六集电视连续剧《鬼谷子》拍摄完成。

完成二十四集电视剧《衙门口》的剧本创作，并在河北定县开拍。

《霸王别姬》获上海微型小说学会首届小说大奖第一名。

中短篇小说集《水妓》由长江文艺出版社出版（23万字）

2002 年

4月16日—18日参加《山海经》杭州笔会。

4月18日—20日参加北京当代小小说颁奖及研究会，与会的有王巨才、张胜友、何镇邦、从维熙、贺绍俊、阎纲、胡平、牛玉秋、季红真等。荣获36颗星座奖。

《女票》《女匪》等四篇"陈州笔记"被加拿大黄俊雄译成英文收入《中国小小说》。

《小小说选刊》转载《乔局长》《重逢》《曾老板》《钱学孔》《安主任》。

《传奇文学选刊》转载《麻队长》《曾老板》《雷家炮铺》《李佑三》。

《传奇·传记》转载《追赶楼子船》。

《微型小说选刊》转载《大狗》《新娘彩彩》《戏奸》。

《作家文摘》转载《炮兵白社》《刘义伦》。

《霸王别姬》《女票》《工钱》《皮袄》收入《当代小小说名家珍藏》。

《乌柏》收入《微型小说佳作赏析》。

《被子的麻烦》收入《小小说选刊精品选》。

《满票》《一把手》收入《微型小说200篇佳作赏析》。

《戏奸》《丹菊》收入《2002·中国微型小说精选》。

《钱学孔》收入《2002·中国年度小小说选》。

《霸王别姬》获 2001 年—2002 年全国小小说优秀作品奖。

10 月调入河南省文学院当专业作家。

《衙门口儿》拍摄完工。

长篇小说《鬼谷子》（约 23 万字）由河南文艺出版社出版。

《古刹牒影》收入《2002 年中国最佳故事选》（中篇）

《缅甸玉镯》获全国故事奖。

2003 年

4 月 15 日—18 日，参加《山海经》杭州笔会。

在《钟山》《收获》《清明》发表中短篇小说若干。

《小小说选刊》转载《探监》《美人展》《神秘》《马老四》《方鉴堂》《竹匠铺》。

《民间故事选刊》转载《刺客》《美人展》《彩彩》。

《传奇·传记》转载《银元的启示》。

《传奇文学选刊》转载《墓谜》。

《神偷》收入《中国当代小小说排行榜》。

《安主任》《大洋马》等 8 篇"小镇人物系列"收入《2002 中国小说排行榜》。

《龙泉剑》《刺客》《侠女》《崔氏》收入《中国武侠微型小说选》。

《误区》《老蔫》《工钱》《霸王别姬》《亮嫂》分别收入百花洲文艺出版社出版的"家庭"、"讽刺"、"幽默"、"哲理"丛书。

《绑票·救票·劫票》获《章回小说》首届短篇小说奖。

《医生·国宝·强盗》《新娘彩彩》获《章回小说》首届小小说奖

《重逢》获上海微型小说学会第二届全国微型小说一等奖。

《孙方友小小说》获河南省第三届文学艺术优秀作品奖。

获《小小说选刊》首届"金麻雀"奖。同获奖的有王蒙、冯骥才、林斤澜等。

《衙门口》已开始在北京、南京、杭州等大城市播出。

长篇小说《衙门口儿》由北京现代出版社出版。

《山魂》收入捷克文版《中国寓言和小小说精选》（齐米茨基译）。

《女票》《女匪》《壮丁》等10篇小小说收入《首届中国小小说金麻雀获奖作品集》。

《探监》收入《2003·中国最佳小小说》（漓江出版社）和《2003年·中国微型小说精选》（长江文艺出版社）。

《袁世凯葬母》收入《2003·中国最佳故事》（漓江出版社）。

《微型小说选刊》转载：《探监》《大茶壶》。

《女匪》《满票》《霸王别姬》收入《新时期微型小说精典》。

《旗袍》收入《语文大阅读》（广西师范大学出版社）

《重逢》收入《中国微型小说排行榜·2002》（作家出版社）

《越王剑》《彩彩》《绑票·劫票·救票》收入《章回小说获奖作品集》。

《探监》《毛孩儿》《韩广太》收入《微型小说2003佳作》（漓江出版社）。

12月19日—23日参加黑龙江哈尔滨冰雪节笔会，与会的聂鑫森、石钟山、野莽、孙春平、阿成、王立纯、白天光等。

2004 年

《罗汉床》收入《中国小说排行榜·2003》（新世界出版社）。

在《收获》《钟山》《大家》等刊发表《小镇人物》。

中短篇小说集《贪兽》由群众出版社出版。

《竹匠铺》由《小说精选》2004－1期转载。

《霸王别姬》《蚊刑》收入《微型小说鉴赏辞典》上海辞书出版社。

《霸王别姬》收入《中国精短小说名家经典》中国广播电视出版。

《乌柏》《探监》收入《佳作欣赏》百花州文艺出版社。

《重逢》《打手》《晴晴》收入《2004·中国重型小说精选》长江文艺出版社。

《霸王别姬》收入《2004·中国微型小说》江出版社。

《越王剑》收入《2004·中国最佳故事》漓江出版社。

《他为什么出走》收入《2004·中国最佳小小说》漓江出版。

4月22号参加《小小说选刊》龙潭笔会。

6月24日—7月4日在杭州中国之家度假，同时度假的有阿成等。

9月16日—19日在上海参加中国微型小说第五届年会。

11月12日—18日参加《今古传奇》张家界笔会。

《周口晚报》《今日安报》等开始连载长篇小说《女匪》

《赵驴儿》获《青春阅读》2004年"精品小小说"大赛二等奖

2005年

《虚幻构成》——中国作家档案第一辑由云南人民出版社出版。

三月十六日在北京召开新闻发布会，收入韩少功、史铁生、苏童、叶兆言、野莽、刘恪、邱华栋、温亚军、石钟山等10人各一卷。

短篇小说《撕碎了让你看》获全国乡镇企业短篇小说大奖赛第一名。

《侃爷》《贾知县》《赵章》获《小小说月刊》"擂主奖"。

4月17日—21日在杭州参加《山海经》笔会。

5月8日—28日广东湛江师院组织网上"孙方友微型小说大讨论"。

8月10日—12日与聂鑫森、谈歌等应邀参加武汉举办的"悬念小说研讨会"。

9月15日—30日与墨白、李洱、杨东明、蓝蓝、候玉鑫、何弘等去法国、德国、意大利、荷兰、比利时、奥地利、卢森堡、梵蒂冈等11个国族游观光。

在《钟山》《大家》《芙蓉》《北京文学》《长江文艺》《雨花》《北方文学》等表小说若干。

《女票》由花山文艺出版社出版（20万字）。

2006年

《接电话》收入《2005年微型小说》漓江出版社。

《大人物》收入《2005年军事小小说》军事谊文出版社。

《玉嫂》收入《2005年中国微型小说精选》长江文艺出版社。

在《收获》《大家》《钟山》《小说界》《长江文艺》《雨花》《时代文学》《绿州》《福建文学》等刊发表小说若干。

《美人展》由河南文艺出版社出版（20万字）。

《雷老昆》上中国小说学会排行榜。

《小说选刊》2006年10期转载发在《钟山》5期的短篇小说《奇案叙述》。

11月7号—14号在北京参加中国作家协会第七次代表大会。

2007 年

在《广州文艺》《作品》《长江文艺》《佛山文艺》《天津文学》《山东文学》《章回小说》《文学界》《延河》等刊发表小说若干。

长篇小说《红色基因》被列入中国作协2007年重点作品扶持项目。

《牛黄》获2006年《微型小说选刊》优秀作品奖。

6月，《各色人等——孙方友精短小说选》由群众出版社出版（21万字）。

《雷老昆》获中国微型小说2006年一等奖。

《罗锅》获首届"吴承恩奖"。

《雷老昆》收入《2006年中国小说排行榜》山东美术出版社。

《鸟柏》收入《世界华文微型小说精选》（中国卷）上海外语教育出版社。

2008 年

元月《陈州笔记》（八卷本）由河南文艺出版社出版。

长篇小说《女匪》在《长江文艺增刊·春季号》发出。

7月，由河南省文学院、河南文艺出版社联合召开《陈州笔记》研讨会。

《吴嫂进城》被《中华文学选刊》10期转载。

《雅盗》收入《中国微型小说精选2008》长江文艺出版社。

《赵铁头》收入《中国最佳小小说2008》长江文艺出版社。

《施玉路》《老冯》《宫老师》《卢家干店》收入《中国微型小说年选2008》花城出版社。

《亨德利钟表店》《宝簪》《张大头》收入《2008中学生最喜欢的100篇故事》华东师大出版社。

《意外》收入《羊城晚报花地50年作品选小小说》花城出版社。

《神裱》收入《最适合中学生阅读的小小说年选》北方妇女儿童出版社。

《征联》《女保镖》收入《最适合中学生阅读的微型小说年选》北方妇女儿童出版社。

《赵驴儿》收入《2008年值得中学生珍藏的100篇故事》华东师大出版社2009－1

2009 年

30集电视连续剧《濮家班》创作完成。

《陈州笔记》获河南省第五届优秀文艺成果奖特等奖第一名。

《绿州》第9期发"封面作家"。

《小镇人物》（六卷本）由河南文艺出版社出版。

中篇小说《把梳子卖给和尚的几种理由》被《中篇小说月报》7期转载。

《微型小说选刊》转载《瞎侃》《霸王别姬》《穆斯林饭店》《耿雪奥》。

《雷老昆》《王洪文》《关学亮》《黑婆婆》收入《收获50年精选系列·短篇小说卷二》中国文联出版社。

《亮嫂》《女匪》收入《最具阅读价值的小小选》光明日报出版社。

《永康粮号》收入《精美小小说读本》光明日报出版社。

《吕紫阳》《满票》收入《中国微型小说300篇》光明日报出版社。

《女票》《雅盗》《霸王别姬》《修真庵》《泥兴荷花壶》收入《中国

小小说 300 篇》光明日报出版社。

《湖泊三》《李老华》《田家炮铺》收入《精美微型小说读本》光明日报出版社。

《刀笔》《国粹》收入《最值得珍藏的小小说选》光明日报出版社。

《雅盗》《女匪》《女票》《蚊刑》收入《中国当代小小说大系》河南文艺出版社。

《蚊刑》收入《60 年小小说精选》长江文艺出版社。